散文精选

总有一条小河
在心中流淌

李培禹 著

作家出版社

目录
C O N T E N T S

第二辑　惹我情思

序

梁　衡

新春伊始，从微信朋友圈知道培禹应邀去东城区图书馆讲课，他讲的题目是《散文，陪伴人生的美好》。

散文在中国，尊为一切文体之源泉。古代文典中，堪称经典的好散文比比皆是。散文家们认为：首先，倾诉是人的一种本能，就像容器里的水满了要漾出来一样自然。而经由文字来将所感所思记录下来，又远胜过口头的表达。与写作这一外在行为相同步的，是经验的整理，思绪的梳理，从飘忽的情感烟云中触摸到灵魂的真实状态，由零碎的感悟里演绎出完整系统的理念。梁实秋在《论散文》里说："散文是没有一定的格式的，是最自由的，同时也是最不容易处置的，因为一个人的人格思想，在散文里绝无隐饰的可能，提起笔便把作者的整个性格纤毫毕现地表现出来。"好的散文，无疑是人生的一束束折光。在阅读它时，我们仿佛听到了自己的心跳声，那是受到作家笔下文字的叩击而发出的。读培禹的这本散文集《总有一条小河在心中流淌》，正是这种感觉。

我和培禹是多年的好友，这同我俩的共同经历有关——同毕业于中国人民大学，都是从新闻记者干起，进而迈入作家行列。我在国家新闻出版署工作时，他在北京日报社主办的《新闻与写作》杂志做主编，曾登门约稿。后来报社调他任日报副刊部主任，他又拉我为副刊写作。大凡我的呕心沥血之作，都被他搜罗而去，包括那篇担着一定"风险"，后来在社会上造成轰动的《张闻天：一个尘封垢埋愈见光辉的灵魂》。《北京日报》竟舍得以一个整版刊出，影响很大。有这样一位副刊部主任，想不办好副刊都难。后来，中国报纸副刊研究会把首届"孙犁报纸副刊编辑奖"授予了培禹，我以为实至名归。近年来，他从副刊部主任的岗位上退下来后，便专心写作，厚积薄发，一发而不可收。

当我有幸第一时间阅读他近几年的一篇篇新作时，有一种如沐春风的亲近感。我以为培禹文章最大的特点，是他骨子里的那种忧国忧民之心，那种对乡土的不弃不离之情。他没有文人易犯的穷酸之气、做作之病。存在决定意识，这得力于他的两个出身。先为知青，血液里有了土地的基因；后当记者，研究社会，眼里常含忧民泪，心中常怀忧国情。他不是一个纯文人。这也是我们一切新闻人进而为文人的传统，从范长江到邓拓都是这样。

这本散文集的第一辑"小河流淌"，是抒写家国情怀的。开篇《总有一条小河在心中流淌》可看作培禹的代表作，最初发表在《人民日报》上，并入选了几个年度散文选本。我读着，思绪跟着他翻飞，真想随培禹回村去看看一直在他心中流淌的那条无名小河。"那条小河，只有谢辛庄有；那时的青春，只有我们确认。"其实，它在我们每个人的心中。

让我怦然心动的还有《重返谢辛庄》《我的老师"流水

账"》《念想》《不沉的湖》等多篇，尤其是他怀念亲人的《"清明"情思》和《天堂应有爱》，读着读着，让你难抑泪水。

培禹还是人物散文写作的高手。在"雪落无声"这辑中，《雪落无声一品红》是写李雪健的；《在那遥远的地方》是写王洛宾的；《一条大河波浪宽》是写乔羽的；《从延安出发的银幕征程》是写于蓝的。特别喜欢他写漫画大师李滨声先生的《九秩滨老"书苑栽花"》，还有他写作家好友凸凹的《把乡愁写进读者心里》，堪称人物散文写作的大手笔。

纵览这本散文集，通篇少见华丽的词藻，而自然、平实的文字，却时常能撩拨起读者心中的波澜。《八雅村情缘》，作者自己开头就说："这故事太不离奇了。"少数民族偏远山区八雅村一个六岁的小姑娘，她对人说，想要一双三十六码的鞋（为妈妈要的），故事由此展开，层层递进，波澜起伏，真是催人泪下。我知道，还有些更好的篇章，限于各种原因未能收入。

我的序就此打住吧，美好的阅读由此展开……

2017年仲春，北京

第一辑　小河流淌

总有一条小河在心中流淌

"立春"的前几天，北京才飘落下今冬的第一场雪。尽管它来迟了，也不是小时候见到的那样晶莹，但纷纷扬扬的雪花，还是给人们带来了欣喜。微信上，各式各样的雪花、雪景在刷屏，有的还配上了音乐——朴树在忧伤地唱着白桦林……

雪落无声。不知怎的，我的思绪还是回到了四十年前我下乡插队的谢辛庄，想起村旁那条连名字都没有的小河。多少年了，每逢遇到冬天的初雪，我就会想起那条小河。其实，我想不想它，它都在那儿流淌；然而我知道，无论它水清水浊，水缓水急，哪怕有一天它真的断流、消失了，它也还会在我的生命中静静地流淌着。

总有一条小河在心中流淌。

我们总是春天去看它，因为我们第一次从高中生成为知青，成为农民，就在4月萌春。1974年下乡插队那年，我任性地把落户的村子往山根底下靠，跟随我而来的十五位同学，竟没有一人埋怨我。谢辛庄是盘山脚下的一个小村，属当年"学大寨"中的落后村，生活比较贫苦不说，回趟京城要走上十几里土路才能搭上每天只有一趟的长途汽车。幸亏与这条小河邂逅！它是那样的美丽，清清地从村子旁流过，绕过知青大院不远处，河面变宽，形成了一个天然湖泊。是我们叫它湖，贫下中农称它"泡子"，它的确太小了，小得连个名字也没有。水从哪里来，流到哪里去？全然不知。可在我们眼里，它真的很美：河边是茂盛的钻天杨，水岸边生长着摇曳的芦苇。"三夏"收工后从它身边走过，捧起清凉的河水擦擦汗，涮涮镰刀，顿感一身轻松。女生总能最早适应环境，她们的做法也比男生胆大。一天傍晚，我和同宿舍的立成、吴川往河边走，被一位大嫂拦住。她说，你们不能过去！为什么？大嫂郑重地说，你们的女知青在洗澡呢！"洗澡"，就是游泳，这个我们知道，但还是红了脸，心里一阵狂跳！冬天大雪纷飞，队里歇工了，我们班那几位漂亮女生竟穿上冰鞋，在湖面上滑起冰来。她们轻盈的身影，欢乐的笑声，能不迷倒我们这些正值青春期的小伙子们吗？如果是今天，我会为她们点赞：玲儿是公认的劳动能手，下大田干农活儿，一点也不比村里的姑娘们差；小辛在一队喂猪，曾一夜接生了九个小猪崽儿，得到大队的奖励；麦子、王队，听听这绰号，就知道她们干得不错，得到了乡亲们的认可。一块儿滑冰，没有大嫂拦我们了。在几位女同学的召唤下，我是第一次换上冰刀鞋，踩在冰面上，摔在冰面上……

谢辛庄的小河，你留下了我们的青春！

大学毕业后，我在京城一家报社当记者。迎接国庆三十五周年的时候，我已离开谢辛庄整整十年了。在我的力争下，报社领导同意了我的选题，我怀着兴奋与自信，踏上了回故乡之路。当我走进谢辛庄的田间小道时，脑海里不禁涌出唐朝诗人刘皂的一首诗："客舍并州已十霜，归心日夜忆咸阳。无端更渡桑乾水，却望并州是故乡。"诗人曾经旅居他乡十年，恨不得立即离开并州，可是一旦踏上更远的路途，那客居过的并州，却也故乡似的惹人怀思，难舍难离。我那时的心情正是这样。任务完成得圆满，稿子上了要闻版头条，还配发了我拍的小河的照片。那条小河好美，引来不少读者询问，然而我真的说不出它的名字，也不知道它是哪条河流的支脉。

就在同一年，我去采访词作家乔羽，那时他已有词坛"乔老爷"的美名。无意中我和他谈起谢辛庄的小河，不想，引出了他的一个重大话题。他先用浓重的山东口音吟诵道："一条大河波浪宽，风吹稻花香两岸。我家就在岸上住……"他问，我为什么不用"长江万里波浪宽"？他说，电影《上甘岭》的导演沙蒙，对这首歌词非常满意，只提了一个建议：把"一条大河"改为"长江万里"，这才有气魄啊。乔老爷不容置疑地说：改不得，改不得！他说，长江是特指一条江，生活在长江边上的人再多也有数儿啊；而谁的家乡没有一条小河、小溪呢？这河流再小，甚至叫不出名字，但它在儿女们心中也是一条大河，一辈子也忘不了。我家就在岸上住，岸上就是你家、我家门前的那条小河、小溪的边上啊！

乔老爷高见。谢辛庄的小河，不也连着《我的祖国》中的那一条大河吗！

有着小河情结的，还有作家叶辛。2012年我去贵州参加一个活动，在休息室和他交谈。这个上海青年，四十年前到贵州插队落户当知青，一当就是二十一年，当然干农活儿的时间没有那么长。他心中的小河叫神龙河，位于黔湘交界的梵净山脚下云舍村。他曾与乡亲们拉着绳子量过，这条河从头到尾总共长八百米，不到一公里。"正是黄昏，夕阳把清澈的神龙河水洒出无数的金斑银点……土家寨子上炊烟袅袅，鸡犬相闻；村寨外头，田畴阡陌，郁郁葱葱的树木铺展到那边叫水银坡的山上，真是神龙河畔一派好风光。"叶辛把他心中的小河写成一篇美文，题作《人间最短的河》。我想告诉他，神龙河并非是人间最短的河，我们谢辛庄的无名小溪只有四五百米长啊……可开会时间到了，他上台去作演讲了。

也是在同一年，2012年的深秋，我和作家凸凹同去新疆参加采风活动，在穿越塔克拉玛干沙漠时，我们看到了夕阳下的塔里木河。那是一条壮阔的大河！我给他命题，写写塔里木河吧。当时激动不已的他满口答应下来。回京后他来电话说，这文章真不好写。我以为他要退缩，不想他说的是，憋了好几天了，越难写越要写好。几天后，他交稿了，题目是《没有流进大海的河流》。这回是我激动不已了。他从家乡的拒马河，写到千里之遥的神河塔里木，在饱蘸色彩地赞美最终没有流进大海的塔里木河的同时，也渗透出作者对家乡那条小河的挚爱。

情同此心，总有一条小河在心中流淌。

去年我在无锡采访，来到荡口古镇时，竟有了一个意外收获。写出"越过高山，越过平原，跨过奔腾的黄河长江"的音乐家王莘，他的家乡在哪里？人们大都知道在天津，著名的《歌唱祖国》，就是他在从北京返回天津的火车上，在一张烟盒纸上完成的。然而，那是他新中国成立后的家。王莘的故乡是无锡荡口，他的童年是在古镇荡口的北仓河边度过的。家境并不好的父母，在他六岁的那年，省吃俭用把小王莘送进荡口施德教会学校。从此，背着书包的小儿郎，每天都要走过小桥去对面的学堂上课。午后的时光，他和小伙伴们就在北仓河边玩耍。晚年的作曲家，经常回到故乡，他给母校捐款、捐物，义务给小学生们上音乐课，他最后的足迹留在了家乡的小河边。我们来到王莘的金色塑像前，纪念馆的音响播放出"五星红旗迎风飘扬"的旋律。我想，当他执笔书写"跨过奔腾的黄河长江"乐句时，家乡的北仓河一定在他心中奔涌吧！

思绪翻飞，似窗外的雪花在飘舞。这个夜要失眠了，我索性打开手机，一个个信息跳进来，微信群里曾经一起插队的同学们在问：老培哪儿去了？同意不同意啊，倒是给个话啊！同意什么？回村呗，回谢辛庄啊！我赶紧回复：同意同意，一切听王队的！

总有一条小河在心中流淌。

看来，今年的回村计划等不到春暖花开了。和我一样，大家想起伴着雪花在小河上滑冰的情景了。

那条小河，只有谢辛庄有；那时的青春，只有我们确认。

（原载2015年2月20日《人民日报》）

重返谢辛庄

　　5月，是谢辛庄柳絮纷飞，小河水涨的时节，我们一帮高中一起下乡插队的同学，终于踏上了回"故乡"之路——重返我们曾经度过"知青"生活的第二故乡顺义谢辛庄。普希金说，忧郁的日子总会过去，而那过去了的，便会成为亲切的怀恋。真让老普说对了，1974年，也是这个时节，我们从北京二中高中毕业，来到这个"广阔天地"插队落户，一晃四十年过去了，当回村看看的建议一提出，我们的微信群就开了锅，连续一个多月来热议不断。

　　首先，我们先去谁家？

　　当然是李国臣家。国臣大哥既不是书记也不是队长，而恰恰因为家里成分高（富农的后代），在那个年代抬不起头来。他吃苦耐劳，样样农活都是一把好手。你要想把队长分派的活儿干完，就得跟着他一招一式地学。没当过知青的人很难体会到，麦收时节，每人一把镰刀，面对一望无垠的麦田，队长大声喊着："干哪，鸡不叫算今儿个！"就是说，包给你的这块地的麦子割不完，你就甭想收工，公鸡不打鸣都算今天！记得已累得实在挥不动镰刀的我，肯定是绝望了。这时，对面传来"唰唰"声，有人来接应你了。说喜极而泣，有点夸张，但也差不到哪儿去。国臣往往就是这个"救"你的人。

国臣已在村口等我们了，"王队"（同学们公推的回村领队）提前给他打了电话。下车围住他握手，那场景我虽然早有想见，但此刻还是禁不住心里一阵浪翻。那年"三秋"，我跟着社员们去"招棒秸"，就是抢着镐头把玉米秸秆的根部刨出来。干到快晌午了，又热又闷的玉米地里没有一丝风，我嘴唇干裂，知道了口渴得要命是什么滋味。国臣看不下去了，他说了句"你等着"，就拿起铁锹，找了一块洼地铲起土来。我看得见他胳膊上结实的肌肉暴起的青筋。一会儿，一个叫果荣的壮劳力也加进来一起干，很快，一个深坑挖成了。在他们抹汗的当儿，我眼见坑底渗出了水，真是水啊！国臣掰下一个棒子，用壳儿做成舀子，然后从坑里舀出了水，递给我说："沉沉沙子再喝。"哪还顾得上啊，我抿紧嘴唇嘬着喝起来，不用说，那是我平生喝过的最甜的水吧！

国臣大哥还像当年，言语不多，微笑着看着每一个"知青"。

大家嚷嚷着让国臣带我们去看大果茂。为啥叫"大"呢？因为当年他是我们心目中的英雄。作家浩然笔下那些"高大全"的贫下中农形象，都能从果茂大叔身上找到影子。他挥舞着红缨长鞭，甩出"啪啪"的脆响，赶着队里那"三挂"马车，甭提有多威武英气啦！他曾手把着手教我扎拴牲口的"梅花扣"，我怎么都学不会；跟着他的车去盘山拉石头，干不了多少活我就磕磕碰碰伤了手。他叹了口气，"唉，这拨学生里顶你笨，就不是干活的命。"可当大队书记问起我的情况时，大果茂却护着我，说："行，不赖。干活不惜力。"

来到果茂家，我们竟没认出他来。果茂大叔前些年伤了腿，如今已直不起腰来了。他见到我们先是有点窘迫，但很快站立起来，像当年一样亮开嗓音，一一叫着我们的绰号，那些今天听来格外亲切的称呼，一下把时光拉回到四十年前。他叫我"李春雨"，他说庄稼人喜欢春雨。他管辛婷、阮立成叫"心疼"、"软肋疼"。这外号从何而来？当年初学写作的我，在一篇描写插队生活的小说《红心》中写了这个真实的故事：辛婷是个亭亭玉立的漂亮女生，有点娇气；立成则是个朴实能干的壮小伙。那时生产队里唯一的副业就是养猪了，队长看中了他俩，派他们到一直搞不好的猪场来当猪倌。俩人虚心地学，起早贪黑地干，猪场有起色了，一头良种母猪一窝产下了九只小猪崽儿——那可是队里的"活钱儿"啊！寒冷的冬夜，"接生婆"辛婷精心打理、守护猪崽儿的情景，被晚收工的果茂大叔撞见了，他心疼了，便问阮立成呢？辛婷说他累了一天了，刚回去。"嘿，你俩呀，真是让人心疼、软肋疼！"就这样，村里的孩子也跟着叫开了。其实，还有个情节我的小说里不能写：在表扬会上，队长夸他俩能干，书记总结他俩为啥能干？大果茂冒出一句："男女搭配，干活不累！""轰"的一声，大伙儿都笑了……

今天，依然美丽的"心疼"和朴实如初的"软肋疼"，大方地站在果茂大叔身旁拍下合影。他们的笑容告诉你，岁月总在美好中流淌着。

重返谢辛庄，难免有不少失落：不见了村边的小河，不见了农舍的炊烟，不见了"哞哞"叫的老牛，连我们住过的知青大院也早已没了踪影。然而，为什么我们还要回来？为什么回来依旧心潮难平？因为人还在，朴实的乡亲们还在。今年已经七十五岁的于淑香大姐，当年是管知青的党支部副书记，她坚持要队里每周安排知青半天学习时间，工分照记。她说，让孩子们歇半天儿不是？此次见面，她紧紧拉着我的手，像四十年前一样，对大伙儿说，你们等会儿，我有话和培禹说。这话是一定要蹲着说的，我只好随她在院子里蹲下。当年，我是知青小组组长兼着公社的理论辅导员，于书记常叮嘱我一些事、布置一些工作，都是把我拉到一边，蹲下，再说话。我俩说话的场景，这回让同学们拍了个够。

谢辛庄是我们的第二故乡，我们懵懵懂懂的青春与爱情，毕竟要在那里留下痕迹。有人提议："我们去看看俊儿吧。"善解人意的"王队"立即同意，她知道那个"俊儿"是村里最漂亮、最能干的姑娘，当年，她在好几个男生心里占据着位置。女生们尽管"喊、喊"了几声，还是都愿意一起去看俊儿。

国臣领我们来到邻村赵家峪，一边敲门一边喊着："俊儿，有人来看你了，知青。""啥？"门开了，俊儿哪想得到是我们！她的第一反应是："天哪，等等，等等，家里太乱了。"她第二次开门迎我们进院时，显然换了身衣裳。俊儿还是好看，除了和我们一样变老了，她那高挑的身材、齐耳短发、爽朗的笑声还似当年。有人回忆清晨去水井边挑水，水筲不听使唤，晃来晃去的，俊儿接过来，绳子一抖，一拎，一桶水就打上来了。想说谢谢，竟被俊儿的美丽惊着了。曾和她一起下过大田的，不论男生还是女生都说，常常被她干活的样子迷住。我和她有过一次单独的接触，那是已离开谢辛庄十年后，为完成报社国庆三十五周年的报道任务，我回村采访。那时村里还不通车，采访结束后，大队书记让俊儿骑车送我到长途车站。并不平坦的石子路有十几里长，我和她轮换着蹬车，也聊了一路。终于等来了那辆绿色的长途汽车，俊儿才骑车往回走。

当年还有这么"浪漫"的事儿？同学们一下炸了锅。要我如实交代，我说那感觉很独特、很美，但确实记不得都聊啥了。再逼问俊儿，她更不记得了。一定要她说出啥感受，她说："特激动……"立时，哄堂大笑，她赶紧补一句："我是说，今天你们来看我，我特激动。"几个女生还不饶她："难道当年不激动吗？"俊儿竟脱口而出："你们问他吧！"

问我，我该怎样回答？我的笔还写得出当年的俊儿和当年的我们吗？

起风了，是乡村那种5月的暖风。染了黄梢儿的麦田，散发出久违了的香气。我们十几人默默地站成一排，都没有说话。有点凝重，就让我们这样和谢辛庄道别吧，就让我们向那个永远留驻着我们青春的小村，做一次郑重的致敬！

（原载2014年5月21日《人民日报》）

我的老师"流水账"

我所在的报社副刊部研究教师节选题时，一位编辑提议：能不能找个作者，让他写他的老师，要从小学、初中、高中甚至大学都写到，这样也许更能真实地反映老师对学生一生的影响，会更令人信服。但也有人疑虑，几个阶段的老师都有的可写吗？这话触动了我的神经，竟自告奋勇地说，有的可写，我愿意接这活儿。于是，便有了这篇我的老师的"流水账"。

一

人到中年，还记得他的小学，还记着哺育过他的老师，本不是件什么新鲜事；人到中年，对已过去四十多载的小学生活已淡忘了，对老师也没有太多印象了，也是件很寻常的事——生活本身就是这样平淡如水。

我的小学母校——北京遂安伯胡同小学，因王府井扩展，几年前被夷为平地。我路过那片废墟时，不禁驻足呆望了几眼。后来我知道，在这里呆望过的，不止我一个。我的小学同学李来启，也是其一。

来启现在是一家公司的经理，他找到我说：你是咱们班的班长，你该牵头找找咱们当年同窗六年的同学啊。我赞同，于是拿来纸笔，俩人掰着手指头一个一个地写起当年同学的名字来。照实说，我们写了不到十个，卡壳了，真的想不起还有谁了。过几天再想，收获仍不大……

然而天底下只有一个人，清楚地记着我们全班所有同学的名字。读者朋友可能猜到了，她，就是教了我们六年的小学班主任老师陈辉。如今已退休多年的陈老师，拿出一张纸，她开始写着：1962年入学、1968年离校的我的学生：李晓梅、武亚平、王宪明、周克明、宋国强、武莲娟、赵燕玲、洪菊英、肖惠敏、高泽萍、赵庆六、王天培、王治渠、于莎莎……四十多人，她竟一个不落地写了出来，其中包括因留级蹲到我们班和中途转学到我们班的几位同学的名字。

我想起我们"毕业"离校时，正是"文革"深入发展的1968年，校园里贴满了大字报，可陈老师却千方百计把大家聚在一起，她借来一架120相机，请人为我们全班拍了一张合影。我想，这张照片一定还在她的影集里，因为她的每一个学生，还在她的记忆里。

我，曾是陈老师指定的"班长"，当然也在她的记忆里。

那是一个深秋的下午，报社传达室的师傅打来电话，说有一个老师找你。我怎么也没想到，我的小学老师陈辉来了。陈老师是我小学六年的班主任，六年时光，在她的身边，我度过了幸福的红领巾生活。可毕竟那么多年过去了，陈老师怎么找到我的呢？她告诉我，她已经退休了。她先找到我原来的家，幸好我弟弟还住在那儿，这不，一下就找到了。说着，她从包里掏出一件浅灰色羊绒衫："从小你的身体就不好，天冷了，老师给你带了件羊绒衫，不知合适不合适。"我的眼泪差点涌出来，平生第一次紧紧拥抱了我的老师。

那天，我和陈老师仿佛又回到了四十年前，坐在校园里那棵很老的杜梨树下，"谈理想，谈志向，也谈那美好的明天"（小学时朗诵的金波的诗）。

二

每年春节，我都去看望我的老师。那种期待、惬意融入浓浓的年味，已经成了多年的习惯。然而2007年却有了不同——我中学时代的恩师贾作人先生已然不在了，春节我少了一个去处。

我进入北京二中的时候，是"文革"正深入发展的1968年。我被编进"五连四排"，幸遇骨子里属"修正主义"的班主任老师贾作人。那时的贾老师三十出头了仍是单身，样子很帅，穿戴十分讲究，可以说是纤尘不染，笔挺的呢子外套给人一种高贵的气质。现在想来，他那时候就用香水或很高级的香皂了，他身上总有一种淡淡的清新的气息。课堂上，他用广播电台播音员一样标准的声音，朗诵着毛泽东诗词或鲁迅的杂文；他在黑板上用"行楷"书写着课文要点，简直把我们"震"住了。从他身上，我们不能不感到二中就是二中，尽管在"读书无用论"甚嚣尘上的大背景下，他坚持说：学生不读书干什么？

记得有一堂课，他给我们讲"驳论的写作"，我听后很受启发，就模仿着写了一篇，"驳"的什么已经想不起来了。又是贾老师的语文课了，他同样用广播电台播音员一样标准的声音，朗诵了一篇文章——那竟是我写的"驳论"！对写作的浓厚兴趣，使我瞎写上了，什么都敢写，什么都敢往贾老师那送。他从不嘲笑我，怕挫伤了我的积极性。只是我写的几首"旧体诗词"，让他实在看不下去了，他拿出半天时间，专门给我讲诗词格律，讲"平平仄仄平平仄"。

这以后，他把精力放在了指导我读书上。那个时候哪有书读啊？贾老师就每隔一段时间骑着他的"飞鸽"车到我家来，自行车后架上驮着一个用包袱皮儿裹着的大包——他把自己的藏书（当时都是禁书）一摞摞拿给我看。我知道了杨朔、秦牧、茅盾、吴伯箫、曹靖华、何其芳、臧克家、公刘、徐迟、艾青、王汶石、胡采、柳青、梁斌、刘白羽……知道了列夫·托尔斯泰、海明威、果戈理、莫泊桑、罗曼·罗兰、陀思妥耶夫斯基……我有看不懂的就问，贾老师就讲。作为语文老师，他对鲁迅、郭沫若尤其推崇。当时课本上几乎没有郭沫若的文章，偶尔从《人民日报》上读到郭老发表的诗词，我有点不以为意，和贾老师说了。他说，评价一个人要看他的作品，但要历史地看，看他有没有伟大的作品。

不久后的一个星期天的傍晚，贾老师给我带来了《沫若文集》，他翻开《凤凰涅槃》，先给我讲授生僻字，然后一边朗读一边讲解——

> 除夕将近的空中，
> 飞来飞去的一对凤凰，
> 唱着哀哀的歌声飞去，
> 衔着枝枝的香木飞来，
> 飞来在丹穴山上。
> ……

这是一首长诗，他讲得渐入佳境，我听得如醉如痴，不知不觉已是深夜……今天，如果我不把这情景写出来，有谁会知道、有谁会相信——在当时那一片文化荒漠上，一个中学老师为了培养他的一个未准能成才的学生，他是怎样地殚精竭虑、付出一腔心血啊！

贾老师这样偏爱一个学生，是不是我的家里有什么背景？可偏偏我的家庭背景算得上是班里最差的了。1971年，我们这一届学生已上到初三，有上级精神下来：在周恩来总理的支持下，北京市决定恢复高中。在这个"喜讯"面前，我却要和贾老师告别，因为我的家里供不起我再念高中。我把家里的想法说了，贾老师斩钉截铁地回答："这不可能！你必须上高中。"可十分痛苦的我却答应家里不再上学，因为我的母亲患肺癌刚去世不久，父亲当时瘫痪在床不得已办了病退，而我如果放弃上高中，很有可能分配一份工作。贾老师从未这么"没有商量"，他风风火火地来到我家，与代表家里的大哥"谈判"，说服他支持我继续读书，他还向我病中的父亲"立"下"保票"：李培禹的学费、饭费由他来交，不用家里负担。多年后我才知道，当时能上高中的学生比例很小，贾老师为了给我争一个名额，费尽心思，原本清高的他，一次次地去找有关领导，最后一刻才把我的名字写进高中班的名录。就这样，我终于上了高中，在北京二中系统地学习高中课程，为以后恢复高考时得以顺利地考取理想的大学打下了基础。

没想到，我们高中毕业后都要到农村插队去了。贾老师也来送我，看得出他内心的痛苦和无奈，他嘱咐我道："学习要靠你自己了。"后来，我在当知青时发表过一些作品，贾老师看后其实都不满意，但他还是鼓励了我，他知道那时我的困境，坚持写作已属不易。

我说过，贾老师对我是偏爱的，其实他对我们班的每一个同学都是热爱的。他不允许我看不起任何一位成绩落后的同学，他在他们身上付出的心血一点也不少。毕业多年后，有一次我去看望他，恰巧我们班的一个学习成绩较差的女生也去看他。那直率的女同学说："瞧，咱班的大才子来了，我赶紧走吧。"贾老师说："什么话？都是我的学生！"

贾老师教了一届又一届学生，每每有他的得意门生，他们考上了哪所高校、发表了什么文章、做出了什么成绩，他都会津津乐道。直到2007年，这位才华横溢，精力充沛，下了课也愿意和他的学生们在一起的二中公认的优秀语文老师，终于累倒在讲台上，住进了医院，才暂别了他热爱的学生……

贾老师走得很安详，像平时熟睡了一样。然而他却再也不能看一看他惦记着的学生了！他的夫人、女儿深知贾老师一贯低调的禀性，坚持不搞任何仪式，只想自己家里人为他默默地送行。二中的领导、昔日语文教研组的同事、好友等闻讯后匆匆赶来，为他敬献了花圈。我是为他送行的唯一的学生，我贴在他的耳边说："贾老师，您放心地去吧，我将为有您这样一位恩师骄傲终生；我会继续努力，让您也为有我这个学生而感到欣慰……"

向贾作人老师最后深鞠一躬时，我已泪流满面。

从那年丁亥春节起，我少了一个去处，再也听不到他的教诲了。

三

这天，北京二中的几位"小记者"为迎接校庆来找我采访，使我对母校那遥远而又亲近的思念，不禁又燃烧起来。我该写我的高中老师了。

1972年，在周总理的关怀下，北京市恢复了高中，我们这些不论考试及格不及格的人，"自然"地成了高中生。第一节语文课，当我们空虚地坐在教室里时，上课铃响了。一位个子不高却很威严的中年教师站在教室门口。我忙喊了声："起立！"同学们稀稀拉拉地站起来，后排几个男生光欠欠屁股就坐下了。

"太不堪了！"对这种惯了的散漫劲儿，老师显然不满意了，"重来一遍！"说着，他竟退出了教室。第二遍整齐点了，矛盾见缓。可是，当他知道班上不少同学没带课本时，不禁又怒了："不堪，太不堪了！"嚓嚓嚓，他在黑板上写下"不堪"两个刺眼的大字，还边写边说："工人不做工，农民不种田，学生不读书，这就叫不堪！"

"太不堪了！"这，就是赵庆培老师给我们的见面礼。

赵老师上课总是很精神，语音洪亮，板书刚劲有力，他的每一节课都讲得那么精彩。有时，课堂上鸦雀无声，只有沙沙的笔记声；有时，赵老师大声地和同学们讨论问题，教室里格外活跃。有意思的是，他的课堂笔记，我们抄写后他还要再对一遍。一次，一个同学抄落了一个字，意思恰恰反了。赵老师发现后照例一个"不堪"！他说："当老师的不能误人子弟，你们也不能误我呀！否则，将来算谁的账？"说完，自己"哈哈"先笑了，我们也忍不住笑起来。

记得一次命题作文《春游颐和园》，不知怎的，我忽然"诗思如泉涌"，"哗哗哗"在作文本上写下了一组诗，等后悔不安时已来不及改写了。下课铃响了，只好硬着头皮交本。几天后讲评作文，赵老师先表扬了写得好的几位同学，然后他严厉地说："做好命题作文很重要，对这项基本功的训练一定要认真对待，要打下坚实的基础。这次我们班有个别同学没有按要求做，还写起诗来……"我的心咚咚直跳，不敢直视赵老师的目光，后边的话什么也没听清楚。当那本沉甸甸的作文本发到我手里时，我赶紧放进书包。直到下午放学后，我才翻开作文本，啊，在《春游颐和园》的题目旁，竟是一个大大的"优"字！我的那一行行"诗"，赵老师认真改过了，有的句子下边还画了表示赞许的红圈圈儿。文尾处的批语只有两个字："很好！"

实际上，赵老师是影响了我一生的人。1989年春夏之交以后，很长一个时期，我遇到了较大的坎坷，工作、生活都跌到了谷底，赵老师看出当时的我万念俱灰，怕我有轻生的念头，他严厉地对我说："李培禹你记住，这辈子不枪毙不死！"

后来，在一次作家笔会上，我把这段经历讲给刘恒听。不久，我和刘恒通电话，他告诉我，电视台的记者来采访，问他：贫嘴张大民"贫"了那么多话，你认为哪一句最有水平、最精彩？他说，是你老师讲的那句："这辈子不枪毙不死！"我们都乐了，原来，他把这话写进他的小说和电视剧里去了。刘恒问："那位老师叫什么来着？"我再次告诉他："赵庆培！"

现在，赵老师也退休多年了，而且家搬得挺远，我们极少见面，但我总能感到他那炯炯有神的目光。

四

有这样的小学、初中、高中老师"垫底"，一旦恢复高考，我就于1978年考入了第一志愿的中国人民大学新闻系。大学毕业后分配到北京日报社，一干就是三十多年了。

至于大学老师，我就可以简写了，因为他们大多是成就斐然的知名教授。只说恩师薄瀚培吧。

1999年春节还没过完，我含着眼泪和不少大学同学一起赶往八宝山，向薄瀚培教授告别。鲜花丛中，我分明觉得薄老师那关爱的目光，仍像以往一样，注视着他的学生们。

薄老师是讲授新闻写作尤其是新闻导语写作的专家。在校当学生时的事不说了，仅说我当了记者后他对我的关爱吧。当记者的几年，几乎每天都要写新闻，凡是下了功夫写的，薄老师几乎都能看到，我也就时常接到他的信。有时采写了比较重的稿子，时间上又允许，我就把文章的小样寄给薄老师，他看得非常认真，一些精心的改动使原稿增色不少。记得1986年的一天夜晚，薄老师从湖南打长途电话到我家里，他兴奋地告诉我："报社推荐你的一篇消息获奖了，是二等奖。我没有给你争一等，因为这篇消息偏长了一点，有遗憾的地方。我先祝贺你！"那年，薄老师是全国好新闻评委，他的学生获奖，他怎能不高兴呢。

五

我的成长旅程中还有一位老师永生不忘，他就是著名作家韩少华。韩老师离开我们至今已经七年了，我很想他。

那是七年前北京春天的一个下午，我给作家韩晓征打电话，本想约她为我们副刊的"人物版"写篇稿子，不想话筒那边传来她哽咽的声音："李哥哥，我正要给您打电话呢……我父亲，今天凌晨去世了……"就这样，我无意中成了最早知道韩少华老师去世这一噩耗的人之一，也因此最早承受着痛失我师的悲痛。

心里难受，下午的工作根本干不下去了，职业的本能提醒我，著名散文家韩少华辞世的消息应该见报，因为他不仅是我一个人的老师，他培养的文学作者该有多少啊！况且，他是我供职的报社副刊的主要作者之一。近几年，大病初愈后，半身不遂的他坚持用左手给我们写了不少作品，受到读者好评。就在2009年新中国成立六十周年之际，他还高兴地担任了《北京日报》"我从天安门前走过"文学作品征文的评委。我想，把这讣告式的文章发在韩老师生前喜爱的日报、晚报上，既是代他向他始终热爱着的读者朋友们做最后的告别，也是我——他的一个热爱写作的学生，用心去为一位散文大家写一篇散文，代万千读者为敬爱的韩少华先生送行。

在报社工作多年，我不知编过、写过多少文章，而此刻，我竟呆呆地不知该如何下笔。我要求自己冷静下来，先写下了标题《著名散文家韩少华去世》。由于非常熟悉他，我平静地写出了主要生平部分：

著名作家韩少华于4月7日凌晨因肺心病去世，享年七十六岁。

韩少华以散文著称，1961年在《人民日报》发表并引起文坛关注的散文《序曲》，是其成名作。新时期以来，创作以散文为主，兼及报告文学和小说。报告文学曾连获全国第一、二届优秀报告文学奖。还曾获得散文、儿童文学、小说和讽刺小品等多项创作奖。出版有《韩少华散文选》《暖情》《碧水悠悠》《遛弯儿》《万春亭远眺》等。2009年9月，中国作协表彰从事文学创作六十年的中国作家协会会员，韩少华获此殊荣。此外，因多篇作品被选入中学语文教材和多年在北京二中、北京教育学院执教并教研成绩斐然，韩先生被公认为中学语文教学的一代名师。

写完以上文字，我的心再也难以平静，和韩老师相识、相知，得益于他的一幕幕往事，潮水般涌进我的脑海……

得以认识韩少华老师，全凭我自己的刻苦努力。1971年，我在北京二中初中毕业。这时，北京市恢复了高中，我的初中班主任老师贾作人费尽心力让我上了高中。偏爱我的贾老师，特意把我"交"给了教高中语文的赵庆培老师。在二中这样一所名校，我又遇到了贾作人、赵庆培这样的高师、严师，很感庆幸。但我发现，在二位优秀语文老师的眼中，竟还有一位令他们敬重的语文教学名师，他，就是当时已调至市教育局的著名作家韩少华。记得是高一下学期的时候，我的作文《晚霞》被选入了东城区教育局编的《中学生作文选》，这已是我的习作第二次入选印成铅字，赵老师很高兴，下课后他对我说："现在，可以让你见韩少华老师了。你晚上到我家来吧，我约了韩少华。"作为对我的一种奖励，这天晚上我认识了少华老师。

我的"认识"，不知给当时已很忙的韩老师又添了多少忙！每完成一篇习作，我都想听到他的指教，我的"足迹"追随着他从西石槽胡同的小平房，到安外兴化路的新楼房，每次推开房门，都能听到韩老师那亲切的招呼声，我甚至多次吃过韩老师亲手下厨做的饭菜。高中毕业后到郊区插队、恢复高考后上大学、分配到报社当记者做编辑，一算，四十多年啊！我知道，我只是他成百上千学生中的一个，他的不少学生都已是知名作家、学者，有的甚至成就斐然。韩老师的一生，是写作、教书俱佳的一生，他洒在许许多多学生身上的心血，文章中不能不写，但又只能简略，一笔带过：

> 韩少华无论创作旺期还是患病以后，始终热心扶植文学后人。1991年他赴外地为文学青年讲课途中病倒，后用左手逐渐恢复写作，今年1月刚发表了散文《我和袁鹰先生》。

接着，我控制着自己的感情写道：

> 近日阴冷的天气中他感到不适，曾到天坛医院救治。4月7日早晨6点，在床边守候一夜的妻子再一次呼唤他的时候，却没有了回应——他在睡梦中安详地走了。

我不知该怎样往下写了，文章字数不能太多，否则版面安排上会有困难。如何用最简短、最准确的语言来概括、评价他的文学人生，我在思索，反复推敲着……我已在电脑前坐到凌晨了！这时，像是老天助我，韩老师的生前好友、著名作家刘恒的短信，发到了我的手机上。他写道："独居山中，凌晨醒来惊悉韩少华先生辞世……我写了几句……"这几句，准确、凝练地表达了他作为北京作家协会主席，对韩少华文学成就与人格魅力的高度评价，也充溢着他对北京文坛失去一位好作家、好朋友的哀悼之情。我把刘恒的短信内容，编写进稿件中：

> 惊悉他辞世的消息，著名作家、北京作家协会主席刘恒说："韩公是淡泊而潇洒的人，文章漂亮之至，恰如其貌。人品也好，既与人为善又与世无争，是个优雅而纯粹的文人。此去黄泉，我们祝他路顺，并将永记他宁静的背影。"

至此，文章基本完成了。我却觉得有些话如鲠在喉，一种永远失去恩师的悲痛袭上心头，没有能宣泄表达出来。看看表，已是早上8点多钟了，当天的晚报已开始定稿拼版了。我把这篇稿件通过邮件发给了《北京晚报》文化部主任王晓阳。同时，给她发了短信，提醒她及时查看这篇稿件，尽可能当天安排。很快，晓阳的电话打了过来，说："马上安排，放心。"她非常理解地又说："你还能补充点东西吗？可以多写点。不过要快！我让编辑等着……"于是我很快补充了这样一段文字：

> 昨天，他的女儿、作家韩晓征说："父亲是在家里睡过去的，很安详。没有留下遗言。我和母亲不断接到深情悼念的短信、电话，人们引用父亲文章里的句子，称赞他温婉多彩的文学人生'就像积蓄了一夜的露珠在晨光中闪烁'。没想到他有那么多的作家朋友、学生都因他的离去而悲痛，父亲可以安息了。"

韩少华老师可以安息了，细心的读者不难感悟到，我是通过客观叙述——晓征的话，充分表述了我自己对韩少华老师的深厚感情！

4月8日下午，《著名散文家韩少华去世》的消息在《北京晚报》刊出，立即被多家网站转发。4月9日，《北京日报》也发出了这篇消息，还配发了一张韩少华老师晚年潇洒、儒雅的照片。没想到这篇只有六百字的短文，在不少读者、朋友中引起共鸣，北京的一些作家朋友对我说，看到这篇文字就被打动了，看似平淡无奇的语句后面，却藏不住作者对老师的一片深情！

那天清晨，东郊殡仪馆。摆满了花圈、挽联的告别大厅里，哀乐低回。我看到中国作协、北京作协、北京日报社、中国教育报社等单位和王蒙、陈建功、史铁生、刘恒、刘庆邦等众多作家好友，都送来了花圈。我排在长长的告别队列里，迈着沉重的脚步走向韩老师，我含着泪水向恩师三鞠躬，心里默默地告慰他：韩老师，您安息吧！我已代您向您的读者告别了；我也代喜爱您的万千读者和您教过的一届又一届的学生，为您送行……

时光流逝，光阴荏苒，欢乐许多，忧愁许多，失去许多，得到许多。回望自己的脚步，总还留下了一点扎实的印迹。新的征程已经在向我们招手，当我迈向它的时候，我敢说我是充实的，因为我知道，在我的背后，暖暖地陪伴着我的，永远是老师们那关爱的目光。

2017年新年伊始，泪水中改定

附：

春节，少了一个去处

①每年春节，我都去看望我的老师，那种期待、惬意融入浓浓的年味，已经成了多年的习惯。然而今年却有了不同——我中

学时代的恩师贾作人先生已然不在了，春节我少了一个去处。

②我进入北京的名牌学校二中的时候，是"文化大革命"正深入发展的1968年。当时学校都是按照军队的编制，我被编进"五连四排"，幸遇骨子里属"修正主义"的班主任老师贾作人。那时的贾老师样子很帅。课堂上，他用电台播音员一样标准的声音，朗诵着毛主席诗词或鲁迅的杂文；他在黑板上用"行楷"书写着课文的要点，简直把我们"震"住了。从他身上，我们不能不感到二中就是二中，尽管在"读书无用论"甚嚣尘上的大背景下，他坚持说：学生不读书干什么？

③那个时候哪有书读啊？贾老师就每隔一段时间骑着他的"飞鸽"车到我家来，自行车后架上驮着一个用包袱皮儿裹着的大包——他把自己的藏书（当时都是禁书）一摞摞拿给我看。作为语文老师，他对鲁迅、郭沫若尤其推崇。当时课本上几乎没有郭沫若的文章，偶尔从《人民日报》读到郭老发表的诗词，我有点不以为意，和贾老师说了。他说，评价一个人要看他的作品，但要历史地看，看他有没有伟大的作品。

④不久后的一个星期天的傍晚，贾老师给我带来了《沫若文集》，他翻开《凤凰涅槃》，先给我讲授生僻字，然后一边朗读一边讲解——

> 除夕将近的空中，
> 飞来飞去的一对凤凰，
> 唱着哀哀的歌声飞去，
> 衔着枝枝的香木飞来，
> 飞来在丹穴山上。
> ……

⑤这是一首长诗，他讲得渐入佳境，我听得如痴如醉，不知不觉已是深夜……

⑥贾老师这样偏爱一个学生，是不是他的家里有什么背景？可偏偏我的家庭背景算得上是班里最差的了。1971年，我们这一届学生已上到初三，北京市决定恢复高中。在这个"喜讯"面前，我却要和贾老师告别，因为我家里供不起我再念高中。我把家里的想法说了，贾老师斩钉截铁地回答："这不可能！你必须上高中。"可十分痛苦的我却答应家里不再上学，因为我的母亲患肺癌刚去世不久，父亲当时瘫痪在床不得已办了病退，而我如果放弃高中，很有可能分配一份工作。贾老师从未这么"没有商量"，他风风火火地来到我家，与代表家里的大哥"谈判"，说服他支持我继续读书，他还向我病中的父亲"立"下"保票"：李培禹的学费、饭费由他来交，不用家里负担。多年后我才知道，当时能上高中的学生比例很小，贾老师为了给我争一个名额，费尽心思，原本清高的他，一次次去找有关领导，最后一刻才把我的名字写进高中班的名录。就这样，我终于上了高中，在北京二中系统地学习高中的课程，为以后恢复高考时得以顺利地考取理想的大学打下了基础。

⑦其实他对我们班的每一个同学都是热爱的。他不允许我看不起任何一个成绩落后的同学，他在他们身上付出的心血一点也不少。

⑧贾老师教了一届又一届学生，直到几年前，这位才华横溢，精力充沛，下了课也愿意和他的学生们在一起的二中公认的优秀语文老师，终于累倒在讲台上，住进了医院，才暂别了他热爱的学生……

⑨贾老师走得很安详。向贾作人老师最后鞠一躬时，我已泪流满面。

⑩丁亥春节，少了一个去处，泪水中写下此篇，给我最亲爱的恩师。

（选自《北京晚报》2007年3月1日）

15. 作者在文章中回忆了自己和贾作人老师之间的哪些往事？（2分）

16. 贾作人老师是怎样的一个人？（2分）

17. 找出第⑥段中描写贾老师的重点词语，说说这些词语是怎样表现贾老师"偏爱""我"的过程的。（不超过200字）（4分）

18. 说说第⑦段对贾老师的介绍，在全文中有什么作用？（2分）

19. 作者在开头和结尾两次写道：春节，我少了一个去处。请分别说说这两句话表达了作者怎样的思想感情？（2分）

答案：

15. 贾作人老师给我讲解《凤凰涅槃》，贾作人老师资助我上高中。（2分）

16. 是一个具有高超的语文教学水平，才华横溢，精力充沛，热爱学生的人。（2分）

17. 当贾老师知道我不想上高中时，他斩钉截铁地说："这不可能！你必须上高中。"说明贾老师对我喜爱文学非常了解，认为我不上高中实在是太可惜。他还"风风火火"地来到我家做工作，这表现了贾老师在听说我不上高中后的急切心情。在学校里，贾老师"费尽心思"地说服学校领导，说明贾老师为了我能够上高中费尽了周折，尽了最大的努力。（4分，找出词语2分，分析过程2分。）

18. 说明贾老师不但对我偏爱，而且热爱每一个学生，包括一些学习不好的学生，说明贾老师具有正确教育思想。（2分）

19. 文章开头写"春节，我少了一个去处"，表达了我对不能再在春节的时候去看望恩师的遗憾和失落；结尾处写"丁亥春节，少了一个去处，泪水中写下此篇，给我最亲爱的恩师"。表达了我对贾老师的思念和感激之情。（2分）

（选自《北京市中考语文试卷汇编》）

回　声

在第二十届北京国际图书博览会开幕式上，听到王蒙先生谈他九岁时开始读课外书，那是从"民众教育馆"借阅到的雨果的《悲惨世界》。那时，他还没有一本花钱买的属于自己拥有的书。而我，九岁那年已经有了我人生中的第一本书。那是家庭生活困苦的1963年，在母亲的操持下，全家人省吃俭用，才能按时给我交上五元钱的学费，哥哥、弟弟的学费却经常拖欠。记得比我大三岁的哥哥和比我小两岁的弟弟曾委屈地问母亲：为什么？母亲说，培禹是班长，他不按时交学费，怎么带领全班同学啊？

其实，疼爱我的不止母亲一个人，已经考上师范学院，有了一定生活补助的姐姐，也一直偏爱着我。九岁生日那天，姐姐竟从王府井新华书店买回一本书送给了我。那本书的定价是0.26元，那是姐姐从自己的伙食费里节省出的钱啊！

现在，我要郑重地介绍我拥有的第一本书了。当然，还有我和这本书的故事。

这是一本诗集：《回声》，作者金波。

当年的我，一个刚满九岁的小学生，哪懂什么是诗啊。然而，当我翻开这本绿色封面的小书时，一下被吸引住了——

这绿色的山谷多么好，
有这么多红的花，绿的草，
还有满山的果树，
结着鸭梨、苹果和蜜桃。

这里还有一位小伙伴，
他整天在山谷里奔跑，
多少次我想见他一面，
只因山深林密找不到。

可是我唱山歌，
他也跟着唱山歌；
我吹口哨，
他也跟着吹口哨。

他每天跟我学：
幸福的歌，爽朗的笑；
我们一唱一和的声音，
整天在山谷里飘。

如果你想知道他的名字，
你就向群山问一句：
叫你"回声"好不好？
他准会答应一句——"好!"

多美的意境，多纯的童心啊！除了这首《回声》，我至今仍
能记得的还有《林中的鸟声》《雨后》《卢沟桥的狮子》《走过高

门楼》等，那首脍炙人口的《怎样做时间的主人》，我还在小学新年晚会上朗诵过。《在老师身边》谱写成歌曲后，当年的小学生们哪个没唱过？"自从踏进学校的门槛/我们就生活在老师的身边/从一个爱哭的孩子/变成了一个有知识的少年……"

这优美的诗句陶冶了我的情操，这难忘的歌声伴着我长大成人。我心中印上了一个神圣的名字——金波。

后来读了一本又一本的文学书籍，《回声》却真的像那山谷间的回声，绵绵不绝地刻录在我知识宝库的"内存"里。我的外甥上小学后，我郑重地把《回声》送给他；他考上大学后，又把这本书包上新书皮，传给了刚刚跨入小学校门的我的小侄儿……就这样，一本小书传了五十年，终于"失传"了——我怎么也找不到它了。晚辈们看我失落的样子，纷纷去书店买、去网上淘，可他们把一大摞金波先生的诗集抱给我时，却仍不见《回声》的踪影。

其实，几年前本有机会去拜见金波先生，那年是他七十岁生日。我负责的日报副刊部通过了金波的人物选题。我思来想去，最终放弃了难得的采访机会，一是怕自己写不好这篇文章，愧对我的偶像也愧对读者；二是我的同事，也是作家、诗人的彭俐，自告奋勇要去采写。原来，彭俐也是他的"粉丝"啊。那篇发了整版的大稿写得好棒啊，标题是《金波：七十岁的童年》。在看彭俐的稿子时，我又一次被这位著名儿童文学大家的情怀深深打动。最后签发清样时，我注视着版面上老诗人慈祥的笑容，默默地向他致敬！

真是有缘。前不久，我得知《勤俭是咱们的传家宝》这首传唱了半个多世纪的歌曲，也是金波老师的原创，就向他约稿。稿子在作品版发出后，我给老诗人寄样报，附信中顺便提及我与《回声》这本诗集的渊源。不成想，几天后我竟收到了金波老师的邮件，急忙拆开一看，啊，一本绿色封面的诗集：《回声》！原来，老诗人把他保存至今唯一的一本样书，寄给了我。他在给我的短信中写道："培禹，希望那本诗的小册子，带给你美好的童年记忆，并对我以后的作品给予指正。金波"。

我抑制着自己的激动给他回信："金波老师您好！寄我的书收到了，望着《回声》，我竟激动了好一会儿。这是我人生文学的底色，一生享用的美的滋养。像我一样的受益者都会感谢您的！望您多多保重身体，晚年无比幸福！培禹"。

算来，金波先生今年已然八十高寿了。刚刚颁发的第九届全国优秀儿童文学奖，德高望重的他当然入围。但他得知后立即给中国作协党组写信，要求退出评奖。他诚恳地认为，"自己的作品没有超过以前获奖作品的水平，还是把机会让给中青年作家们吧。"

他晚年的"回声"，依然很美。

（原载2013年11月14日《北京日报》）

大海和他的理发屋

　　大海的理发屋就在我住的报社宿舍楼的一层，门脸不大，有着一个好听的名字：银露曼。但如果你到方庄芳城园一区打听"银露曼"，大概没人知道；如果你问的时候加上句："就是大海的理发店"，只要是小区的住户，十有八九会热情地指给你。

　　大海的学名叫徐海东，不过他这个和开国大将一样的名字，也没几个人知道，人们早已习惯叫他大海了。年前的工作忙，我咬牙抽时间想整整自己的头发时，已是腊月二十八的傍晚时分了。推开两道玻璃门，一股暖意迎面而来，大海给我一个熟悉的微笑："大哥，坐等片刻行不？"当然，我正好和他聊聊天。

　　大海的店眼下只有他和一个叫小惠的助手，他既是店长也是"大工"。我说跟你聊天不影响你干活吧？他说没事没事，坐在椅子上正理发的顾客也连说聊吧聊吧，一看就是老主顾了。

　　我和他一起先算清楚了，大海算上今年已经有八九年没回家过春节了。这些年他都是在忙碌中辞旧岁迎新年的。他说年前这几天小店就没断过客，今天早上九点，约好的客人就来了，除了中午吃了口饭，一直不得闲。

　　"你这么站着快一整天了啊！"

"可不，七八个钟头了。"

正聊着，进来一老哥，大嗓门："哎哟，我都来了N次了，还这么多人排着啊！"大海算了算，说："你四十五分钟后下来吧，我给你排上。不好意思啊！"大嗓门："亏了我就住楼上，得，待会儿见。"

大海不说"对不起"，说"不好意思"，是这一两年的事。现在不说，你不会知道大海的老家在吉林省的公主岭，他已一口的普通话。他初中毕业后就去了长春，而后秦皇岛，而后青岛，再而后北京。"北京最好，我一干就不想走了，快十年了。"他告诉我，家里还有不算年迈的父母，两个哥哥，一个弟弟。他们都在家过节，我一个不回去，老家也习惯了。现在老婆、孩子都不知道公主岭在哪儿，他们哪儿都不想去了。

为了拉近我们的话题，我说我认识你们公主岭的一位名人。他兴趣来了。我说的是诗人王岱山，他的神话叙事诗《宝镜湖》，是粉碎"四人帮"后少有的几部影响全国的诗集，中央人民广播电台曾配乐广播过。大海马上跟上说，公主岭出名人啊，你知道最出名的是谁吗？我想了想，说李玉刚吧。大海说算一个。那最出名的呐？他坏笑起来：李洪志啊！哈哈，都没人搭理他了……

聊天归聊天，大海的手可没停过，他解下顾客的围裙，又一个活儿完了。他一边记账一边说："你骑车慢点，回去问你爸好。"这是个大学生，家搬到天坛那边后，父子俩一直还回来找大海理发。他能不忙吗？

有人探头，是一大姐。大海伸出四个手指头挥了挥，示意还有四个活儿排着呢。大姐点点头离去。

他开始下一个活儿——烫发，顺手递给我一张报纸，照例是当天的《参考消息》。理发小店的"大工"，不订晚报，也不看杂七杂八的小报，却常年订阅着新华社编辑出版的《参考消息》，几年前他就令我刮目相看。脑袋让他打理着，随便聊聊天，时间很快就过去了。远的如美伊战争、欧债危机、朝鲜核试验，近的如孩子入托、房贷利率、医患纠纷、北京打车难，他都有自己的看法。有人称他有文化，他笑答：都是报上说的。

大海是初中生，却在社会这所人间大学里刻苦努力着。他丰富自己知识的途径，一是从他常年订阅的《参考消息》上读来的，二就是电视机上看来的。小店挂在墙壁上的液晶彩电，平时也放电视剧，但到了《新闻联播》的时间，还有诸如《经济信息联播》《国际时讯》《法治进行时》，包括赵忠祥的《动物世界》等时段，他都把频道调过来，并且能做到边干活儿边吸收着"文化"。我给他"总结"的这两条，他默认了，但他认为更多的是从他的顾客身上学习、感悟到的。你看，这大海就是有水平吧！不用说我们这个小区，仅我住的这座楼里，就有国家体育总局、外交部和一家报社的几十位"人物"。大海常年为他们和他们的父母、家人、孩子服务，关系处得都不错。我记得我就在这儿撞上过一位国际体育组织的副主席，还有外交部的一位老司长。我还知道小区里的一位知名作家把自己新出版的作品集送给他，扉页上工工整整地写着："敬请大海（徐海东）先生阅存　某某某　于某年某月"。

终于轮到我理发了，我后边又排上五位了，而且有三位女士是大活儿，即焗油、烫发、做造型。我说这得干到什么时候啊？大海说晚上十一点前都能做完。我问明天呢？他说明天我早来，九点到十点已约了四个活儿了。明天是除夕啊！大海说哪年三十不是这样啊？

我满意地离开"银露曼"——大海的理发屋时，小区已是万家灯火，耳边已响起噼噼啪啪的鞭炮声了。我在寒风中伫立了好一会儿，望着他忙碌的身影和那招牌式的微笑，忽然想到他最看重的，也是他所做的一切辛勤付出的动力——他说，我有一个贤惠的媳妇儿，有一个四岁半的儿子，上幼儿园呢。徐仲雨这小子聪明、仁义，我和媳妇儿哪儿都不去了，苦点累点，都供着他，就指望他在北京好好读书，上小学、上中学，能上一所重点高中，考上大学！

徐仲雨这小子，你给我好好听着：你一定要给大海，不，是徐海东，也就是你的老爸争口气，把那一个个目标拿下啊！

（原载2013年3月19日《解放日报》）

八雅村情缘

　　这故事太不离奇了，一讲开头，有人就会说：就这，我也经历过。

　　那是去年春天，人大新闻系七八级同学相约去贵州，主要议程有一项，为他们的一位英年早逝的同学——《贵州日报》的优秀记者张善炬扫墓。

　　扫墓之后，故事发生了。

　　简单说，我们在黔东南小七孔景区游览时，与一个小姑娘不期而遇。

　　"买鸡蛋吗？叔叔买鸡蛋吗？"

　　停下脚步的是杨小兵。小兵不小，也已年近花甲，即将从国家某部委的工作岗位上退休了。"你得问：爷爷买鸡蛋吗？"小兵逗趣地说，随手拿出十元钱，问："多少钱一个？"

　　"两块。"

　　"买五个。"随后说："你才多大，就会做生意啦。赶紧回家去吧。"

　　"我六岁了。卖不完鸡蛋不能回家。"

　　"是妈妈不让回家吗？"小姑娘低下头，没有回答。

小兵的心有点沉，他蹲下身和小姑娘一起数起篮子里的鸡蛋来。第一遍二十三个，小姑娘不认可。于是又一个一个地数了一遍：二十六个。小姑娘露出了笑容。

小兵问："一共多少钱？"

"二十六块。"显然，还没上学的孩子算错了。

"两块钱一个，二十六个鸡蛋怎么才卖二十六块呀？"小姑娘有点茫然。小兵说："这样吧，你给我打个折，给你五十块钱，这鸡蛋我全买了。卖完鸡蛋，你就可以回家了。"

"行。"小姑娘自己做主了。

小兵一下喜欢上眼前这个淳朴、漂亮的小姑娘，他掏出一张一百元的钱交给她，说："不用找钱了。答应我，赶紧回家去哦。"

已有其他同学围过来。杨小兵立即当起了"二道贩子"："快来哟，刚煮熟的柴鸡蛋，两块五一个喽！"大家纷纷上前"抢"鸡蛋，哪有人掏钱啊？旁边的小姑娘有点急，她看着杨爷爷。小兵把她抱起来，告诉她说，没事儿，这鸡蛋就是买来让他们吃的。

"咔嚓""咔嚓"，这"爷孙俩"被几位资深摄影记者拍进了镜头。于是，小兵问："你能告诉我叫什么名字吗？我会把照片寄给你的。"小姑娘高兴地在一张导游图的角上写下了：覃龙妮。家呢？她说"八雅村"，却不会写。小兵写出来给她看，她点点头。

回到北京后，杨小兵很快扩印好照片。往哪儿寄呢？一查，贵州小七孔周边地区竟没有这个八雅村。他给贵州的朋友张琴琴打电话求助，琴琴听了个大概，满口答应好好好，等信儿吧。不想，这一等就是几个月过去了。那天，琴琴兴奋地打来电话，说小龙妮的家乡找到了！小姑娘说的八雅村并不在贵州省，她的家在与贵州小七孔相邻的广西壮族自治区南丹县里湖瑶族自治乡八雅村八雅屯。爽快的张琴琴说："妈呀，费老劲啦。你别感谢我了，是我的一位公安大哥帮的忙。"

不容耽搁，小兵买了些衣物、文具，特别挑选了一个粉红色的小书包，连同照片寄往了遥远的八雅村八雅屯。他说，也没抱什么希望，这么偏远的地方，不知道还会有跋山涉水的邮递员吗？

十几天过去了，一个电话打来，是陌生的号码。小兵还是接了，对方说她是覃龙妮的妈妈，手机是龙妮爸爸的，他外出打工了，这手机就留在了家里。她说寄来的东西都收到了，谢谢北京的好心人。小兵说不谢不谢，家里还需要什么，我记下再邮过去。龙妮妈妈的口气很坚决，啥都不缺、不缺啊。她善解人意地说，您想和龙妮说话不？她在哩。当然想。手机那边传来欢快、好听的声音，小龙妮叫着杨爷爷好，说她已经上一年级了，也会算算术了。她每天背着爷爷送的小书包上学。小兵鼓励她好好学习，然后问她还缺什么？龙妮没有回答，小兵问家里需要帮助吗？小姑娘迟疑了一会儿，说："妈妈让谢谢杨爷爷，家里不需要……"小兵说："缺什么，说，没关系的。要不给你买件新衣服吧？"小龙妮没吭声，过了一会儿，她小声地说："爷爷，我想要一双三十六码的鞋……"

什么，三十六码的鞋？小兵忽地明白了，心也不禁一沉。

他很快邮寄出了包括一双三十六码女鞋在内的一个大包裹，同时那颗牵挂的心也飞向了遥远的八雅村八雅屯。

晚上，他在同学微信群里发声，感慨六岁多的偏远山村的小姑娘已很懂事，她知道为妈妈要一双三十六码的鞋。有同学立即建言：咱们为小龙妮一家做点什么吧。大熊干脆说："咱班把这小龙妮收了吧！"收了，就是全包了。"对对，收了收了！""我们起码可以帮助龙妮考上大学。""考进北京的大学，上人大！""住我家！""我家也行！"当然，也有同学提出不要盲目从事，应先摸摸实际情况，现在有不少走了样的扶贫，弄不好会助长家长和孩子"等靠要"的心理，反倒不利于孩子的成长……

推动这故事往下发展的，是杨小兵的朋友，也是我们人大同级不同班的两个女同学贾烨和陆丽。两个已退休的京城教授级"奶奶"，被小龙妮那一句"我想要一双三十六码的鞋"打动了，她俩做足了"功课"：找来地图画出路线，联系沿途可能经过的长途车站，准备了送给小龙妮的文具、衣物、巧克力等（三十六码鞋和小龙妮的鞋到当地再买），踏上了前往八雅村八雅屯的旅程。

从她们动身的那一刻起，我们同学群里的几十颗心也悬了起来……

终于，她们不辞辛苦地到达了那个黔桂交界的南丹县里湖瑶族自治乡。电话也联系上了，小龙妮和她的两个舅舅已骑着摩托车赶来接了。

下面是她俩在微信群里的"现场直播"——

两辆摩托车、两个大人、两个孩子，原来小龙妮的弟弟也闹着来接北京客人。贾烨和陆丽都是头回坐摩托车，她们一手搂着"舅舅"，一手还要揽着一个孩子，"突突突突"，摩托车在盘山小道上跑着，贾烨说有点飞起来的感觉，头晕哪。

原话照录："小龙妮的家八雅村，是个深山里的壮族小村，一共十九户人家，最近又分出来两户，都是亲戚。"

照片：可以想见的古朴的小山村，山清水秀。

原话照录："龙妮在八雅小学读一年级了，很可爱的女孩。父亲去广东打工了，母亲在家照顾老人孩子，种地、养猪、养鸡。龙妮的弟弟五岁了，也挺可爱的。"

照片：小龙妮和她的弟弟。龙妮快乐地笑着。

原话照录："小龙妮向人介绍说，她每天背着上学的这个粉红色的书包，是杨爷爷送给她的。"

原话照录："龙妮姐弟很可爱，听话懂事又不失天真活泼。他们的妈妈话不多，感觉勤劳淳朴热情，孩子教育得不错，猪、鸡都养得有模有样的。她为我们杀了一只鸡，买了鱼，请来她的两位嫂嫂、一个侄女，围桌吃了顿火锅。"

照片：七八个人围桌吃饭，有嫂嫂背上还背着宝宝。

最温馨的是一段视频：两位北京奶奶打开带来的《新课程学习与测评》，教龙妮姐弟读诗："春眠不觉晓，处处闻啼鸟。夜来风雨声，花落知多少。"小龙妮几乎是用标准的普通话、北京音在朗读啊。

原话照录："下午的时光过得好快，龙妮的妈妈已为我们安排了住处——亲戚家的新木楼。我俩考虑还是有点不便，就谢绝了她的好意。没想到，八雅小学的校长，也是小龙妮的老师，一个壮族汉子，开着一辆小面包车来送我们下山，好感动。"

贾烨、陆丽说，我们留下五百元钱，龙妮妈妈说什么也不收，但我们硬塞给她了，必须的！小龙妮和弟弟站在村口，举着小手送别我俩。我们都忍着，没让眼泪掉下来……

写到这儿，我的眼睛湿润了。我想，我、小兵、大熊，还有贾烨、陆丽以及更多的同学，会记住那个偏远的壮族小山村——八雅村八雅屯，因为那里有一个叫覃龙妮的小姑娘。

（原载2016年6月4日《人民日报》）

"清明"情思

　　怀念，是一种情感。怀念故去的亲人，是每个人都无可避免的经历。这经历，大多是痛苦并美好的。每逢清明，我们姐、兄、弟几家都要聚到一起，去祭奠安葬在门头沟天山陵园的父母。然而，这些年来，我们或早或晚，都是错开清明节这天的扫墓高峰，有时甚至一晚就晚过了七八天。站在父母很普通的墓碑前，我们全家十几口人，丝毫没有因迟来祭扫而感到心中不安，更不会因父母的墓地很一般、无法与别人家的豪华相比而内疚。之所以这样，都缘于墓碑下安眠着的我们的父母——他们是再普通不过的劳动人民，他们是生前总会体谅别人、体谅儿女的善良、朴实的双亲。

　　父亲是二十二年前带着欣慰、带着满足离开我们的——因为他的五个儿女都是共产党员，都在各自的岗位上努力工作着；那年，我们刚给他庆祝过八十大寿，三代同堂其乐融融；还因为他最疼爱的小孙子李根已经完全"是他的人了"，谁和老人顶嘴，老李家的"根"会立马站出来，怒斥道："谁敢说我爷爷不好?!"

　　父亲只念过三年私塾，却对文化十分尊崇。1978年我考上理想的大学后，父亲高看我一眼。寒冬，我深夜写作时，他把平时舍不得用的小煤炉搬进我的小屋。一次，为了省煤，火苗还蓝着他就把炉子搬进来了，我一会儿就头晕目眩，出现煤气中毒的征兆。父亲后悔不迭，以后再也没有心疼过家里的蜂窝煤。

我曾认真想过，父亲是怎样教育、教训我们的？好像从来没有。记得他唯一算是"教诲"的一句话是："多记着点别人的好。"有一件事给我留下了深刻的印象：上世纪六七十年代，父亲终于有了一次涨一级工资的机会，单位一位同事劝他，不要涨这一级，现在国家每月给你家的困难补助比这一级工资要多，你涨了工资，补助就可能申请不下来了。父亲很是感激，于是把指标"让"给了这位"好心人"。其实，涨工资是长久的，而"困难补助"是暂时的。多少年后，我们和他"理论"起这事儿，父亲却执拗地认为人家是好心，并教训我们道："多记着点别人的好！"

我以父亲的原型写过一篇短篇小说《咪咪》，主人公"我"的女友叫"咪咪"，却是个怕猫的姑娘。她第一次来"我"家，就被父亲养的猫"大黄"吓了一跳。儿子埋怨他，父亲竟悄悄地把与他相依为命的"大黄"送人了。后来，姑娘发现了老人的孤寂，生生壮着胆子为父亲抱来了一只可爱的小猫咪。这故事的结尾有加工的痕迹，然而小说里描写的，就是我真实的父亲啊。

又一个夜晚，我失眠了，听得见自己咚咚的心跳。于是，我含着泪写下了这首《父亲》——

　　　　父亲是浓重乡音的絮絮叨叨，
　　　　母亲去世后，儿就总能听到。
　　　　于是他成了那间等你的老屋，
　　　　归来时水总开着，炉火正好。

　　　　父亲是你苦闷波段的听众，
　　　　你说完困了，他却再难睡着。

儿女们不曾想老人已来日无多，
病倒的父亲仍是全家的依靠！

终于有一天，父亲的絮叨少了，
那道目光也忽然变得很老。
他多想看一眼最惦念的老三，
可出差的三儿就是没有赶到……

而今，他已走得很远很远，
牵挂，长留给了老屋里的遗照……

怀念父亲的诗在报上发表了，有读者和朋友说被打动了，同时问：你怎么没写母亲？

我一时无语，眼角已难抑泪痕。

母亲患肺癌去世的时候，才四十六岁。我，她的三儿还不到十四岁；而更让她揪心的是，下面还有一个比我小两岁的弟弟。可想，母亲是带着怎样的牵挂撒手而去的。此后的日子里，父亲一个人靠他每月五十多元的工资支撑着一个六口之家。那时我最怕别人问：你的爸妈在哪工作啊？一个刚上中学的小男孩，还不会说"妈不在了"或者"她走了"，可"她死了"又怎么说得出口！

对母亲的记忆，大都遥远、模糊了。有一件事却清晰地记得：上小学时，在母亲的操持下，全家人省吃俭用，才能按时给我交上五元钱的学费，哥哥、弟弟的学费却经常拖欠。记得比我大三岁的哥哥和比我小两岁的弟弟曾委屈地问母亲：为什么？母亲说，培禹是班长，他不按时交学费，怎么带领全班同学啊？

有妈的日子太短了，我怎么能完成中学课堂上老师布置的作文《我的母亲》？我交了白卷。今天想来，我的班主任老师真的了不起，他知道我的母亲患了癌症，不仅多次来家里看望病中的母亲，还对我说，这一段你可以不来上课了，多陪陪她，落下的课，以后再补上。

最后陪伴在母亲身边的日子是1969年的春天和夏天。我真的不去上课了，在协和医院的癌症病房，在家里母亲的床头，我度过了最后有妈的日子。进入7月，母亲已感来日无多，她坚持拿起针线，为我缝补了破了领口、袖口的一件上衣。她说，别的衣服我缝不动了……我走了后，你要像孝敬我一样孝敬你爸。弟弟还小，你要知道让着他、照顾他。几个孩子里，就你聪明，一定要克服骄傲的缺点，要不断地上进，要为老家儿争气啊……

当时我说请您放心了吗？好像没有。因为不用说，母亲放心她的儿子。

1992年，父亲故去。我们为二老双亲选墓地时，有朋友帮忙，本可以选豪华些的，但我们都觉得那不是父亲、母亲的本意，还是让他们二老合葬在普普通通的大众墓群中吧。这样，父母不会寂寞，他们也一定不会埋怨儿女。

又一个清明来临了。照例，我们姐、兄、弟几家又在安排为父母扫墓的时间了。离开他们越久，怎么越发地想念他们呢？

（原载2014年4月5日《人民日报》）

天堂应有爱

又临清明，去陵园给父母扫墓。归途中不经意看到两条"启事"，不禁唏嘘不已。不妨抄来一读。一条是《求姻缘》："男，1973年1月生，因肺炎于2013年1月逝。本人生前五官端正，人品好，有责任心。欲求一位正常故去的女士为伴，望朋友关注。电话：（略）。家属"；另一条《启事》："我儿今年四十岁（属虎），北京人，身高一米七三，未婚，大学文化。外表英俊潇洒，是一名优秀的法律顾问。因劳累过度得了急症，医治无效不幸病逝，全家老少陷入深深的悲痛中。出于对孩子深切的思念，让英年早逝的儿女们九泉下不孤单，现征寻一名生前未婚的女孩与我儿结成合葬伴侣，让儿女们地下有知，祝他们一路走好！如您与我有同样感受，请电话联系（略）。陈先生"。

本来，白发人送黑发人已是人间痛事，何况两个优秀男儿还没有品尝过爱情的滋味，还未经历过小两口过日子的温馨，便英年早逝了，怎不让疼爱他们一辈子都嫌不够的父母撕碎了心啊！

离开陵园时路上下起了小雨，是白发长者的泪吗？我油然而生一点感动，被逝去儿子的父母感动：他们为给逝者一点精神补偿，想到了征求合葬伴侣。我不知这种做法是否可行，是否有现行政策法规的依据，单从人类的情感出发，我觉得老人们的心，似应得到理解与尊重。

记得从以往的文学作品和影视剧中，看到过战火硝烟中年轻的战士负重伤，他在生命的最后一刻，对赶来救治的女卫生员说，一生还没碰过女人，希望她能吻他一下。女兵含泪给了这个战士深情的一吻，就这样，年轻的战士安详地合上了双眼。我们为牺牲了的小战士痛惜，同时为那个女兵献出的吻而感动，因为这一幕闪现出的，无疑是人性的光辉。

我不知上述"启事"中那位英俊潇洒的优秀法律顾问的生前故事，却熟知我的一位表哥，他叫张友金。清明时节这撩拨人心的绵绵细雨，勾起我对他深深的怀念。

表哥和我家同住在北京胡同的一个小院儿里，他住的里院儿只有两户，都是家境比较富裕的，我家住的外院儿有好几户平民，属大杂院。但表哥好像长在我们外院儿，和我家也最亲近。他从不嫌弃外院儿几家的粗茶淡饭，喜欢接过递给他的筷子和大家围桌吃上几口。那时全国都处在所谓"三年自然灾害"的困苦日子，母亲想尽办法把糙粮做得好吃一点，用很少的白面裹上玉米面及榆树钱儿蒸出"金银卷儿"，友金表哥连称好吃。有他在，很不好吃的糠菜也变得有滋有味了。表哥那时已有不错的工作，好像在军工科技单位上班，他每月的工资、粮票一个人用不了，就想接济我家一下。日子过得艰辛的母亲却很要强，坚决不要。友金表哥无奈，就带上我说，走，咱们逛东四牌楼去。在外边吃馆子，我就可以给家里省顿饭了。

表哥在我们那条小胡同里的孩子们眼里，肯定是最有学问的人了，因为他讲的故事是那样让我们着迷：水浒、三国、西游记、福尔摩斯探案集。夏天的傍晚，小伙伴们围他而坐，表哥手执一把硕大的纸扇，开讲了。随着天气转凉，故事会搬进屋里继续。那时没有电视，晚饭后就盼着表哥的出现。后来，我们慢慢长大了。上中学后自己看书多了，我忽然明白，表哥讲的故事为什么那么吸引人，总也听不够，因为他不全是照搬书本，而是在原著的基础上"添油加醋"，让一个个人物更鲜活，使一个个情节更生动。比如，他讲唐僧师徒四人过通天河，那个难劲、那些妖魔的厉害，远远超出了《西游记》的描写，应属于他的创作了。

万没想到，表哥给我们讲故事的日子越来越少了，偶尔讲一次也越来越吃力了。一天，他见我在读《钢铁是怎样炼成的》，就对我说，他患的就是和小说中的人物保尔·柯察金，也是写这本书的苏联作家奥斯特洛夫斯基一样的病，叫肌肉萎缩，是不治之症。我怔住了……

结果，表哥的病情真的像写那本书的奥斯特洛夫斯基一样，一天天在加重。他在我眼里也像保尔·柯察金一样坚强。他坚持去远在门头沟的单位上班，每周回来一次。那时我家已有一辆自行车，我和哥哥就到他下车的班车站去接他。从小听他讲故事长大的我上了高中后，一篇作文被选入了《中学生作文选》，那是我第一次把钢笔字变成铅字。拿到这本小册子的第一件事，就想让表哥看到，我在书的扉页上写道："敬请友金表哥指教，我会不断努力！培禹"。当我不好意思地把薄薄的小书送给他时，表哥欣慰地笑了，说，我会带到单位去，让同事们都看到你的大作。我听到他说"大作"这个词，心里一阵激动。

第二天一早，表哥带着我送他的"书"，步履蹒跚地去等单位的班车了，他坚持去上班。

终于，这一天还是过早地来了，我匆匆赶到表哥单位的医院，站在表哥的遗体旁向他告别。我把他平日戴的眼镜给他轻轻地戴上，一下那面容又像往日那么熟悉，那样安详。我久久端详着他，他是那么英俊。表哥去世时年仅三十六岁，竟与奥斯特洛夫斯基的人生一样短暂。记得表哥和我谈到过人生，探讨过《钢铁是怎样炼成的》，他说保尔·柯察金与冬妮娅的初恋，充满了美感，他说要是他就不会恨冬妮娅，因为他们曾那样地相爱。可我的表哥却没有品尝过这美好的一切，由于身体的原因，他甚至没有交过女朋友。在异性面前，他总是有点矜持，文质彬彬，说话很得体。然而，他的内心怎能不憧憬着美好爱情的来临啊。

像表哥这样带着遗憾告别人生的逝者，当然也有女性。我想起一位女同事的妹妹，一个美丽的女兵。大姐经常把小妹的照片拿给大家看，那时包括我在内的小伙子们都瞪大了眼睛，发出艳羡的叫声。一年春节，小女兵回京探亲了，小伙子们争先恐后要请她吃饭，大姐倒爽快，说干脆都来我家吧。我第一次看到这么漂亮的女孩儿，一身绿军装穿在她高挑儿的身上，诠释着什么叫飒爽英姿。显然，她还没有交过男朋友，给我们倒茶时脸红了，手都有点抖。可恨老天不仁，第二年的春节她没能再回家，因发急症抢救不过来而不幸去世，把美丽的青春永远留在了部队驻守的青山绿水间。疼爱她的姐姐及家人撕心裂肺的哭喊声，同事们无比痛惜的哀叹声，小妹，你听到了吗？

又是一年清明雨，多少怀思涌心头！

天堂应有爱。相信天堂有爱的人，肯定不止我一个，在陵园墓地，时常看到墓碑上的姓名呈阴阳体，即一个已经故去的逝者是实字，另一半则空着，那是给后来的逝者预留的。人生有尽，相爱无疆。冥冥之中，与跟自己共同走过风风雨雨、相知相爱的亲人相依而眠，爱到永远，不是一种人生的境界吗？

今日清明，写下些凌乱的遐想，致我遥在天堂的友金表哥吧。

（原载2015年4月17日《光明日报》）

信的随想

前些日，接到著名作家浩然先生的儿子秋川发来的电子邮件，告知他和姐姐春水正在编一本浩然书信集，知道我手里有不少父亲的书信，希望能找出来复印后提供给他们。

秋川的来信，一下撩拨起我对浩然老师的思念。

浩然的名字，对当今的青年人已属陌生，然而在中国当代文学史无可遮掩的一隅，这个名字仍像他生前一样，质朴无华、扎根似的存在着。

我们这一代人大多是读着《艳阳天》《金光大道》开始步入文学创作之旅的。我与大作家浩然的通信，始于上世纪九十年代初，完全属于报社记者与采访对象之间工作式的书信往来。后来我转岗做副刊编辑，由于浩然老师的不弃，我们成了无话不谈的朋友。那时，在河北三河县扎根生活的他常有信来，主要是谈稿子，推荐农村作者的新作。因他回京城少，一些杂事也委托我代劳。他最高兴的一封来信，是标志着他的"文艺绿化工程"结出硕果的三河县文联正式成立。他先是打来长途电话，兴奋地说："县里原打算让我出任名誉主席，我说你们把名誉俩字去掉，我要当一个实实在在的县文联主席。"随后，他的信到了，拆开一看，他在精致的请柬上写道："……请一定前来。届时，我当净阶迎候！"

我往三河他的"泥土巢"跑得更勤了。见面多，信就少了，但浩然写的信并不少，常常是我返京时，他揣给我一摞信件，嘱我到城里一一寄出。看信封，我知道很多是他披星戴月阅读各地来稿后给作者的复信，有的则是寄给他熟识的报刊编辑的，那是他的荐稿信，不知又是哪位幸运者有可能第一次发表作品了。我想起一件往事：平谷县一个叫陈绍谦的农村青年作者，患先天性心脏病，失去了生活的勇气。他写信给浩然，诉说了心中的苦闷和绝望。信几经辗转，到了浩然手里。第二天，浩然就按照地址找上门去，他抹着额头的汗水，微笑着告诉他："我一溜小跑，找到你家来了。"以后，陈绍谦终于写出了充满生活气息的小说《灾后》。浩然读到稿子，立即推荐给北京的一家刊物。稿子被退回来了。浩然又挂号寄给上海的一家文艺期刊，又被客气地退回了。第三次又寄给一家刊物，两个多月不见回音，稿子也找不回来了。浩然写信给小陈，热情肯定了这篇习作写得好，要他把原稿再寄来。浩然把《灾后》的原稿让女儿春水抄写一份，他留下原稿，将抄写的稿子第四次寄给了辽宁的《庄稼人》杂志。陈绍谦的处女作就这样终于发表了。我曾偶尔翻出一封天津蓟县的来信，这位叫张树山的业余作者写道："最敬爱的浩然老师，我不知该怎样表达我的感激之情。那篇稿子我早已不抱希望，早忘了，没想到您却一直惦记着它，当我吃惊地看到它已经您的修改、推荐发表出来后，我要告诉您，这是我一生中最幸福、最愉快的事情……"

这些信如果还在的话，希望持有者把它们复印后寄给秋川和春水吧。

信，是人生旅程的镜鉴。

但是不能不承认，手书的信件却离我们的生活渐行渐远。现代科技高度发达的互联网时代，街边那熟悉的邮筒已不复存在，一身绿色工装的邮递员的身影和那清脆的自行车铃声也只在记忆中了。人们并不觉得失去什么，当今社会的浮躁、喧嚣，以及应运而生的微博、微信，多少在填补着人们某种精神的空虚。

然而我要说，有信的日子值得怀念，有信的日子真好！

在北京很冷的这个冬夜，我关掉电脑，静音手机，在书桌前翻检着往日书信。不知不觉中，一股暖流在周身涌动。

赵丽蓉老师给我写过一封信。

还得从作家浩然说起。那时我采访浩然，就住在河北三河浩然的"泥土巢"。采访快结束的一天，赵丽蓉从城里来看她的老乡——浩然。那时两位老人身体都挺好，根据浩然的长篇小说改编、赵丽蓉主演的电视剧《苍生》刚刚播放，他们谈得十分投机，两位老人都"话多"。我在旁边听着，分享着他们的快乐。午饭后，赵丽蓉老师让我搭她的车回城里，她说："路上咱们可以聊天，省得闷得慌。"记得那是一辆评剧院的老式伏尔加卧车，虽然开不了太快，座位却宽敞、舒适。赵老师知道我当时正在采写浩然，就主动给我讲了许多浩然的事儿，她还一再说："浩然是个大好人，值得好好写写。"我采写的报告文学《浩然在三河》发表后，我没忘记给赵丽蓉老师寄去一份报纸。让我喜出望外的是，在不少读者来信中，有一封竟是赵丽蓉老师的亲笔信，她说她没有文化，但这么长的文章却看了两遍，"觉得是这么回事儿""你为好人扬名，谢谢你"。

此后，赵老师对我非常信任。和她交往，都是我找她，先打电话再登门。然而有一次，老人家把电话打到了我的办公室："培禹啊，我有事求你……"我当时一愣。原来，是她的一个晚辈朋友也可说是学生，河北省一个县评剧团的团长，不幸出了车祸，年纪不大就走了。老太太非常痛心，她不顾自己当时身体不好，让家人陪着花几百元钱打车前往那个县，她要最后见上朋友一面。在出事地点，她呼唤着死者的名字，老泪纵横。她还按乡村的老礼儿，给死者家人留下了份子钱，然后又坐出租车返回北京。彻夜难眠的老人家，第二天拨通了我的电话。赵老师说："这个评剧团团长是个大好人，好人走了应该留下念想不是？你知道，我没有文化，一肚子的话不知该怎么说。想来想去，我想到了你，就你合适。我想求你帮忙，我说你写，写一篇悼念他的文章，我这心也就不那么堵得慌了……"我在电话里安慰了她几句，立即往她那儿赶。记得那是我在赵老师家待的时间最长的一次，她说我记，老人家时不时地涌出眼泪来。后来，我代她执笔的文章，题目定作《留下念想》……

赵丽蓉老师查出癌症住院期间，和她合作主演过电视剧《爱谁谁》的李雪健也想去医院看看她，得到的答复是："别来了孩子，你们看见我难受，我见了你们也难受。"我们听老太太的话，没有去医院。送别老人家那天，我和雪健是第一批到达八宝山的。今天，我仍保存着赵丽蓉老师留给我的信，以寄托我对她深深的"念想"。

人在遭遇坎坷时，你收到的每一封信是带着温度的。

1989年下半年到年底，我的工作、生活都曾跌到了谷底。我自觉落魄，很久不愿出门见人，更是没有去见老诗人臧克家先生了。正是在这段苦闷的日子里，我意外地收到了一个大信封，打开一看，不禁心头一热：臧老亲笔书写了他的诗送给我。我默默地念着——

万类人间重与轻，
难凭高下作权衡。
凌霄羽毛原无力，
坠地金石自有声。

　　　　　拙作一绝，录赠培禹同志存念　臧克家

我有一种力量油然而生，夜里难眠，我拿起笔开始写起诗来——

　　寂寞是走不出的冬天，
　　北风累了，落雪无言。
　　有人问你或没人问你，
　　都知道此时已是零点。
　　……

这首题为《寂寞》的短诗，是我当时处境、心境的写照。我从臧老的深厚友情中获得了自信与坚强，我在诗的结尾写下这样两句——

　　寂寞是一种情感，
　　寂寞是一种尊严！

臧老看到《北京晚报》登出了我的诗，很是为我走出命运的阴影而高兴。

臧老住院后，我接到过他的夫人郑曼阿姨的信："克家同志久病后，已无力思考、写作……今下午他精神较好。他已九十有四，生活已不能自理，每时每刻都得有人照料，所幸头脑还不糊涂，但常用字好多写不上来了。谨告，勿念……"

这信使我更加想念臧老，1999年新春佳节就要到了，平生多少年来从不大会给朋友寄贺卡的我，出于对臧老的思念，精心挑选了一张贺卡，在图案旁我抄写上了臧老《致友人》诗中的名句："放下又拾起的，是你的信件；拾起放不下的，是我的忆念。"给老人家寄了去。想不到，我竟收到了臧老的亲笔回信。

还是那再熟悉不过的蓝墨水钢笔字体，臧老在信中亲切地说：

> 　　收到寄来的贺年卡，很欣慰，上面几行字，多少往事来到心中，感慨系之！……多年不见，甚为想念。我二三年来，多住院。出院将近一年，借寓"红霞公寓"养病，与郑曼二人住，闭门谢客，体力不足，已九十四岁了。我们初识时，你才十八九岁，光阴过客，去的太多。我亲笔写信时少，因为想念你，成为例外……

　　这是我得到的臧老给我的最后一封信，今天展读，仍禁不住涌出泪来……

　　信，无非一个信封、几页纸笺，但有时你与某人的书信来往，会带给你信件之外的意义。

　　我在下乡插队当知青时就给报社写稿了，那是1975年。给我改稿编稿的《北京日报》编辑叫方孜行。我崇拜老方，他是上世纪五六十年代就已出名的工人诗人，当时也是报社发稿最多、写得最好的记者之一。从1975年到我考上大学，再到1982年毕业分配到报社，这六七年中，我和老方有过大量通信。他给我来信或回信，有时是用报社的印有"北京日报"大红字样的信封，不贴邮票；有时是用自己买来的信封，贴有邮票。久而久之，我发现其中的缘由了：凡是工作内容的，比如谈稿件、寄小样、寄报纸等，都是"公函"，他用报社的信封，走"邮资总付"；而谈业余创作、谈生活等与报社无关的事，他一律用自己买的信封，贴邮票后再寄出。后来和他成为同事后，我去他的办公室，见他的桌子上还有一摞待用的邮票呢。其实，报社从未有过这么细的规定，老方却一直坚持到他六十岁退休！

　　一封封旧日书信使我浮想联翩。最长的一封信，是作家陈祖芬的。她对我初学写作的一篇报告文学，逐段逐句地进行点评，帮我分析文中主人公的"了不起"之处和性格特点，连标题制作也提出建议，谆谆教诲当时还是一个青年记者的我，如何从新闻写作向文学创作转变，这信当十分珍贵。难得的是我还保留着我的大学、高中、初中，甚至小学班主任老师的信件，每每读起，便依然能感到老师们那殷殷的目光……至于家书、情书，相信读者朋友们各有各的故事、各有各的珍藏，都会比我的经历更精彩。

　　信札承载着的人生，哪里是那个须臾不离身的手机所能替代的啊！遥望窗外，也是"月满西楼"。可是，"云中谁寄锦书来"还有吗？

（原载2016年2月24日《人民日报》）

李培禹
散文选

念　想

　　在北京西郊温泉镇温泉村显龙山南麓，有一座青松翠柏掩映的墓地。汉白玉墓碑坐北朝南，庄重素洁。碑正面刻有"慈母赵丽蓉之墓"，无传记式碑文。这里，离老人家晚年居住的韩家川仅数里之遥。安息在这里的老人家，清晨还会听到院子里母鸡下蛋后"咯咯哒，咯咯哒"的叫声，傍晚还能和水缸里游弋的金鱼说说话。但每逢清明前后，平日里的沉寂便被打破，来这里为老太太扫墓的人多起来了。

　　春风又过韩家川。细想，赵丽蓉老师离开我们已经十六个年头了。我想起她临终前留下的话："我就是一个老百姓，要平凡地来，平凡地走。"她查出癌症住院期间，包括我在内的许多晚辈多想去医院看看她啊，然而得到的答复是："别来了，你们看见我难受，我见了你们也难受。"我相信这是老太太的心里话，所以，我一直没有去探望她，只是心里默念着：赵老师，你快点好起来吧，多少人想念你啊！

　　我和赵丽蓉老师相识，是二十多年前在著名作家浩然的家里。那时我带着报社的任务采访浩然，就住在了河北三河浩然的"泥土巢"里。采访快结束的那天，赵丽蓉从城里来看她的老乡

——浩然。那时两位老人身体都挺好，根据浩然的长篇小说改编、赵丽蓉主演的电视连续剧《苍生》刚刚播放，他们谈得十分投机，两位老人都"话多"。我在旁边听着，分享着他们的快乐。

那天，浩然请我们吃了正宗的京东肉饼。饭后，赵丽蓉老师让我搭她的车回城里，她说："路上咱们可以聊天，省得闷得慌。"记得那是一辆评剧院的老式伏尔加卧车，虽然开不了太快，座位却宽敞、舒适。赵老师知道我当时正在采写浩然，就主动给我讲了许多浩然的事儿，她还一再说："浩然是个大好人，值得好好写写。"

不久，我采写的报告文学《浩然在三河》在报上发表了，我没忘记给赵丽蓉老师寄去一份报纸。让我喜出望外的是，在不少读者来信中，有一封竟是赵丽蓉老师的亲笔信，她说她没有文化，但这么长的文章却看了两遍，她觉得"是这么回事儿""你为好人扬名，谢谢你"。

此后，我成了赵老师家可以登门造访的一个小朋友。当时我在日报文艺部当记者，同时负责编辑《新秀·明星征文》栏目的稿件。年底，文艺部要举办一台征文颁奖晚会，需要一位"大腕"艺术家压轴，大家想到了赵丽蓉，因为她在中央电视台春节联欢晚会上的演出太精彩了，当时全国最火的"腕"，非赵老师莫属。我是抱着试试看的心情拨通赵老师家的电话的。"你什么时候来家吃炸酱面？"是赵老师亲切的话音。我赶紧把报社的事儿说了，想等她推说忙就算了。不想，赵老师想了想说："你过来吧，我算算日子。"第二天，当我敲开赵老师的家门时，一屋子人在围着她。一听，有电视台的、有银行的、有部队的，都是邀请她参加演出的。赵老师见到我，悄悄地打手势，示意我千万别开口。等她一拨一拨打发走来人，才松了一口气，对我说："科（可）别当着他们的面儿提你的事，一提准泡汤。"赵老师痛快地答应参加我们的颁奖晚会，而且她还做了精心准备。在北展剧场演出那天，全场掌声雷动，老太太几乎下不了台。谁能想到，这是一场没有报酬的演出啊！当我在后台迎下汗淋淋的赵老师时，她竟问了我一句："还行吗？对得起观众吧？"在场的所有人都情不自禁地冲着她鼓起掌来。

还有一次赵老师"出山"，也是令人难忘的。1994年，中央电视台筹拍喜剧电视连续剧《爱谁谁》，剧中的女主角——一位热心的婚姻介绍所所长，又是非赵丽蓉莫属。能请动老人家吗？从领导、制片人，到导演、摄影，都把希望寄托在早已选定的男主角扮演者李雪健身上。李雪健也十分敬重、喜爱赵丽蓉老师的表演，便亲自登门力邀老太太。那次，也是我提前打了电话，并陪李雪健去见赵老师的。赵老师一见到雪健，特投缘，连夸："这孩子怎么把焦裕禄演成那样儿了，演得真棒，演得真好！"接着两位大演员完全投入到剧本中去了。最后只听赵丽蓉说："雪健啊，冲你，这本子我接了。"《爱谁谁》开拍时，正赶上北京最热的三伏天。有一次我碰见雪健，他撩起裤腿，露出捂出的一溜痱子，对我说："这回我把老太太害苦了，天这么热，她可受大罪了，老太太身上也全是痱子，都是我把她拉下水的……"后来，《爱谁谁》在中央台黄金时间播出，给观众带来了笑声。我和赵老师通电话，她还是那句："还行吗？对得起观众吧？"我把雪健的话复述给她听，赵老师笑了，说："嗨，这孩子……哪天你们来家里，咱们吃炸酱面，雪健好这口儿。"

以后的日子里，赵老师越来越火，越来越忙了。我除了偶尔打个电话问候外，几乎不再打扰她。只有两次，受朋友之托，我邀请她参加大兴县第五届西瓜节开幕式的演出和廊坊市的元宵节庆祝活动，她都毫不犹豫地答应了。她见我有点不相信，就说："你把心放踏实吧，我一准儿去。也不知为什么，我一到农村，一见到老乡，心里就高兴。"一次演出结束后，已是深夜，我送她回到家，老人家就盘腿坐在硬木椅子上歇了好一阵儿。我很觉不安，又不知说什么好，倒是赵老师开口了："你别老觉得过意不去，为农民演出，我乐意。你还得帮我记着一件事儿，拍《苍生》的时候，我吃了四个月三河县的饭。三河人好，厚道。什么时候三河县要搞演出，别忘了叫上我。"

和赵老师交往，都是我找她，先打电话再登门。然而也有一次，是老人家亲自把电话打到了我报社的办公室。

"培禹啊，我有事求你……"我当时听了一愣。原来，是她的一个晚辈朋友也可说是学生，河北省一个县评剧团的团长，不幸出了车祸，年纪不大就走了。赵丽蓉非常痛心，她不顾自己当时身体不好，让家人陪着花几百元钱打出租车前往那个县，她要最后见上朋友一面。在出事地点，她呼唤着死者的名字，老泪纵横。她还按乡村的老礼儿，给死者家人留下了一千元钱，然后又坐出租车返回北京。彻夜难眠的老人家，第二天拨通了我的电话。赵老师说："这个评剧团团长是个大好人，好人走了应该留下念想不是？你知道，我没有文化，一肚子的话不知该怎么说。想来想去，我想到了你，就你合适。我想求你帮忙，我说你写，写一篇悼念他的文章，我这心也就不那么堵得慌了……"我在电话里安慰了她几句，立即往她那儿赶。记得那是我在赵老师家待的时间最长的一次，她说我记，老人家时不时地涌出眼泪来。后来，我代她执笔的文章，题目定作《留下念想》……

今天，当我写这篇文章的时候，我的眼泪直撞眼眶，我多想随手拿起桌上的电话，拨通那个熟悉的号码，然后说："赵老师，是我，培禹啊……"

赵丽蓉老师离开我们已经十六年了，随着岁月的流去，我越来越感到，她留给我们的"念想"，是那样深！

（原载2016年5月26日《解放日报》）

你依然在我心间

阎肃老爷子对我们每一个人来说，都是那样熟悉。我当然也见过他，还有机会单独和他留下过合影。但正月初五那个清晨传来的噩耗，使我的心顿感空落落的——此后我再也没有机会去见老人家了！一阵悲哀袭我胸口……

我本来是有可能多些机会去见阎老的，尽管近年来他越来越忙，想见又不得见的全国他的粉丝是那么多，我还是自信我能比较容易地见到他，甚至还答应过外地的朋友带他们去见阎老。这一切，都缘于我与阎老的儿子阎宇是多年的好友。他执着、热心投入的百集纪录片《诗词中国》等文化公益事业，我始终是铁杆儿支持者。但自从去年9月阎老突发脑梗住进医院后，阎宇兄便没有再约我聚会、聊天、吃饭，我更没有勇气打电话去问老爷子的病情。我知道他身上的重负，我懂得他内心的痛苦，我唯有默默关注着他很少更新的微信，衷心祈祷着奇迹的发生。那条不合时宜的假消息传出后，阎宇发声了："对于不小心传了假消息的那二位，老爷子让我宽厚对待，算了吧，没事，大家都没恶意。"我在跟帖留言，祝愿老爷子早日康复。很快，他回我私信，表达谢意，给我信心。

日子一天天过去，他在朋友圈偶尔发几句"又梦醒了"、"老爸如今和我们一起坚持着，每天很平静"、"雨停，夜静，风平，子夕"、"昨夜，明明把我叫醒，却又一片寂静"、"今的夜色纯，格外黑"……看后真让我揪着心，可又无言去慰藉他。进入12月了，6日清晨，我的手机提示：阎宇发来一条微信！我立即打开，文字好长啊，原来是一篇写给父亲的文章。显然，他又彻夜无眠，对父亲的挚爱凝注笔端。他写道："看着病床上平静的老爸，不时回想起我们父子共同的岁月，可以说，我和父亲的感情是有些特殊的。"他写到的一件件小事，语言生动、质朴无华，却让我看到了大树般可敬的父亲，对小儿潜移默化的影响。我分明感受到了阎老秉承的中华传统文化的优良家风，在这个家庭得以发扬光大。我不禁动容，像以往看他的稿子一样，我在原文上做了一点修改，给他回信说："写得真好！报上登了那么多文章，都比不上这篇打动人。真情最珍贵。有发表的意愿吗？……文中渡过应为度过。另，标题建议改为《老爸，您听我说》。仅供参考。"阎宇的回复是一连四个"谢谢"！

提起家风，我记起一件往事。2010年7月，是空政文工团成立六十周年，恰逢阎肃迎来八十寿辰。团里安排的庆典系列演出中，有一场最受欢迎的阎肃作品音乐会。阎宇给我留了票。当我走进国家大剧院戏剧场时，才发现我的票位置并不好，有些偏后。一会儿，见到阎宇的妻子即阎老的儿媳、武警文工团的青年歌唱家刘莉娜带着几位亲友也来了，她径直走到我这一排，"李老师好！"我以为她是看到我，礼貌性地过来打个招呼，不想，她就在我旁边的座位坐下了。

我问她："今天是老爷子的专场音乐会，没安排你上台唱一首吗？"

"没有。"

"这么好的机会你干吗不争取一下？"

"不敢不敢!"她笑着说。然后像是对我解释,说:"好点的票都留给别人了,好在不是外人,您别在意啊。"

真是老阎家的媳妇儿,一番话让我心里暖暖的。

那场音乐会是阎老亲自主持的,真是精彩!《长城长》《军营男子汉》《谁在长空吹玉笛》《敢问路在何方》《雾里看花》《说唱脸谱》《前门情思大碗茶》《春来沙家浜》《红梅赞》,一曲曲歌罢,掌声如潮。阎老总是连声对艺术家们道着"谢谢,谢谢"!他还把与他常年合作的作曲家姚明、姜春阳等请上台来,把观众的掌声送给他们。演出结束时,他动情地说:"谢谢,谢谢,诸位辛苦啦!"他一一点着演员的名字:"乐队首席汪菲、指挥家许知俊……"然后,他对观众说:"我的老师、我的朋友、我的亲人、我的贵宾们,你们都来了,我好感动啊!"他接着说:"辛苦各位稍微等一等,我还有两句话,必须说。"阎老的两句话,一句给了相濡以沫五十年的老伴儿李文辉;另一句,是他发自肺腑的一首诗《似水流年》。

今天,就让我诵读着这首诗,送敬爱的阎老远行吧——

人生问一问,能有几天

人生想一想,不过三天

跑过去的是昨天

奔过来的是明天

正在走的是今天

请别忘记昨天

认真想想明天

好好把握今天

但愿到了明天

今天已成昨天

你,依然在我身边

啊——

春梦无痕，秋夜缠绵

如歌岁月，似水流年

但愿到了明天

今天已成昨天

我，依然在你心间

（原载2016年2月18日《北京日报》）

赵堂子胡同15号的思念

这是埋藏在我心底多年的一篇文章，几次动笔又都放下了。我曾自卑地认为，怀念老诗人的文章，怎么也轮不到我写，每当眼前浮现出臧老那亲切的面容，尤其是耳边回响起老诗人几次带着浓重乡音的话语"我对你抱有不小的希望"时，我便有种无地自容的愧疚。后来自己安慰自己：得到老诗人教诲、恩泽的文学青年不计其数，我不过是他们中的一个；我至今没能在诗歌创作上取得什么成绩，臧老不会怪我，毕竟不是谁都能成为诗人的。

然而，离开臧老越久，我的思念愈深。2010年中秋前的一天，臧老的女儿臧小平约了几个朋友来她的新家吃饭，有我。就在这次愉快的聚会上，小平姐给了我一个意外的惊喜：她在《臧克家全集》第一卷的扉页上工工整整地题写道："小平代父亲赠培禹存念　臧小平　2010年9月"。

捧着臧老厚厚的"全集"，一种"体温感"传导过来，我的思绪，一下被再次撩拨起来，不能自已……

都说少年记忆最清晰。大约还是"文革"中的岁月吧，我们那条小胡同里也出现了"毛泽东思想文艺宣传队"式的街头演出。其中一个叫苏伊的女孩舞蹈跳得特好看，许多时候，她都是主演。当时我们这一群整天"混"在一块儿的伙伴里，大概只有我是因为另一个原因喜欢盯着她多看几眼——苏伊的爸爸是我国著名诗人臧克家。因为那个时候，诗歌的种子已埋藏在我的心里。1972年，我在北京二中读高中时，诗情正"勃发"，一口气写下了二三百行的长诗《雷锋和我们同在》。写完之后，自己朗诵，激动不已。那天，我糊了一个大大的信封，装进厚厚的一摞诗稿，心跳地交给了苏伊。记得她瞪大了那双美丽的眼睛看我，我赶紧转身逃离……

显然，苏伊十分认真地完成了我的托付，她把我的诗交给了刚从向阳湖干校返京不久的父亲，因为没几天，《北京少年》的编辑钱世明同志就来了，他说："我们刊物光发你这一首诗怕也登不下。但我还是来找你，一是我觉得写得不错，二是大诗人臧克家很欣赏呢。"原来，臧伯伯不仅亲笔给我改诗，还热情地推荐给了当时北京仅有的这家少年文艺刊物。正是这首长诗"处女作"，我得以"登堂入室"，去面见我崇拜的大诗人臧克家先生。记得他给我那首"长诗"打了六十五分，一会儿又主动说："还可以比六十五分高一点儿。"说完，他先笑了。在场的客人也笑了，他们（记忆中好像有著名诗人程光锐和刘征先生）也鼓励我说，从克家这里得一个六十五分，很高了！

从那以后，我成了赵堂子胡同15号——大诗人臧克家先生寓所的常客。

最难忘一个冬天的傍晚，在胡同里散步之后，臧伯伯竟来到了我住的大杂院来看我。我那间小屋只放得下一张椅子，我赶忙让座。他和蔼地说："还是你坐。"他站在书桌前，"哦，有这么多书读。"我告诉他都是我的中学老师偷偷借给我的，"您看，您的诗选。"我把一本《臧克家诗选》递过去。他的目光瞬间有一丝惊喜，继而变得深沉，久久盯着那本书……忽然，他翻开书，很快找到某一页，拿起我的钢笔，在一首诗中改了一个字，对我说："这个字印错了，我给你改过来。"当时，我心里很难过，因为那个时期，包括《臧克家诗选》在内的许多文学书籍都还是"禁书"。"您的诗集会再版的。"我说这话，是为了安慰他。不想，老诗人却坚定地说："会的，一定会的！到时我要送你一本。"

转眼1974年的春天到了，我高中毕业后到农村插队去了。在京郊顺义县谢辛庄村，劳动之余，我常把"新作"寄给老诗人，每次都能接到臧老的回信。我记得，他曾在我诸如"我开着隆隆的拖拉机耕地，多像迈着正步从天安门前走过"等句子下面，用笔画出一串圆圈儿，表示较好；有的句子旁边则批语："不好，缺乏生活依据。"等等。

当知青的日子毕竟艰苦，而且那时也没什么指望，不知何日才能回城。我在信中说，"很想您，能给我寄张近照吗？我还想要您的字，能给我也写一幅吗？"几天后，绿色的乡邮员的自行车铃声格外清脆，我盼到了臧老的回信，而且那信封比往日的要大一些！我急切地拆开大信封，信纸中夹着一张照片和一幅墨宝，真是臧老的！老诗人在黑白照片背面写道："七三年　小周明同志摄于北京　培禹同志　克家"。在一张彩笺上，是再熟悉不过的臧老那隽秀的墨迹——

秧田草岸竹屏风，
叠翠遥笼晚照红。
相邀明朝齐早起，
人同落日共收工。

《晚收工》一绝，"邀"应作"约"

培禹同志存念　臧克家　乙卯

"相约明朝齐早起，人同落日共收工。"我把它看作是臧老用他在干校时作的这首诗《晚收工》，在与下乡插队当知青的我共勉。

还有一件让我没想到的事：也许是我在信中流露出我插队的村子比较偏僻，知青生活也属艰苦吧，我在京东盘山脚下的那个小村，收到了郑曼阿姨寄来的包裹——大白兔奶糖。这是我在农村插队时，唯一的一次收到包裹，我家都没有给我寄过。

终于，冬去春来。1978年，《臧克家诗选》由人民文学出版社再版。臧老没有忘记我这个小朋友，他在扉页上题写了"培禹同志存正　克家"送给我。这时的我，已考入了中国人民大学新闻系。我把好消息第一时间报告臧老，他高兴地微笑着，还掐着指头数着，谁考上了，谁谁也考上了。就是这天，臧老又重复了那句话："我对你抱有不小的希望。"在场的郑曼阿姨和苏伊都笑了。

大学这段日子是我见老诗人最勤的时候。1979年，我们新闻系创办了自己的学生刊物《大学生》杂志，由成仿吾校长题写了刊名。我拿着第一期送给臧老看，并不知深浅地向他"约稿"，不想，臧老竟答应了。他起身进了卧室，一会儿，把一首诗稿交给我，说："这是昨天刚完成的，就交给你们吧。"于是，这首题为《临清，你这运河岸上的古城》的诗歌，首发在我们的《大学生》上。这在当时的人大校园引起不小反响，中文系林志浩教授找到我，希望我能把他的新著《鲁迅传》送给臧老指教。我乐不得呢！臧老则把回赠的书托我带给林志浩先生。后来，我还专门陪同林先生登门拜访了老诗人。其实，那时臧老已经诸多事情缠身，时间非常宝贵，而我每次登门都没有预约，有时他刚刚躺下休息，听到我来，便又起身。郑曼阿姨每次都要沏上一杯清茶端给我。有时我来去匆匆，说："您别客气，我说几句话就走。"可郑曼阿姨照例沏好茶，一定让我喝一口再走。在臧老身边，我不仅读自己的习作，还经常把同学、朋友写的诗歌读给臧老听，记得有杨大明、韩智勇、韩晓征等人的。臧老都给过一定的鼓励。我和同学卢盘卿利用假期采写了一篇报告文学《沙砾，在闪光》，也拿给臧老看，臧老不仅看了，还回信说，不错，已推荐给一家刊物了。不久，东北的一家大型文学季刊《绿野》就寄来了样刊，我们的习作发表了。热情的李主编（一时想不起名字了）还亲笔写信，给了我们两位大学生作者很大的鼓励。回想起来，那个时候登门求教、打扰臧老的绝非我一个，类似的事数不胜数，这要占去老诗人多少时间和精力啊！

1982年，我大学毕业后分配到北京日报社。臧老知道我主动要求下农村采访，很高兴，他对我说："对，这样才能多接触实际，打下厚实的底子。"由于工作紧张，我几乎不怎么写诗了，没有作品，倒觉得不好意思去见臧老了。没想到，老诗人却依旧关心着我这个"小朋友"——我写的一些通讯报道，他也看到了。1984年8月，我和王永华主任一起去郊区采访，写了一篇平谷农民买飞机的报道，《北京日报》在头版突出位置发表。见报的当天，臧老兴奋地写了一首《有感于京郊农民乘自购飞机青云直上》的诗。我登门去取时，知道他刚刚午休，就不让阿姨打扰他，拿到诗稿就轻轻地离开了。两天后，我收到了臧老的信。他语重心长地写道：

> ……你的文字颇干净。这些年，你到处跑，特别下乡时多，积蓄了不少材料，定有不少感受，可以在心中不时酝酿，将来定会写出好的报告文学或特写、散文来。我对你抱有不小的希望。
>
> 今下午你来，未进屋，我心不安。
>
> ……

其实，我心里更不安，因为忙工作，我好久写不出来诗了。但我仍旧热爱文学的心，臧老是十分理解的。1986年，当《臧克家诗选》又一次再版时，老诗人又送我一本，扉页上仍写着："培禹同志正之　克家"。以后，几乎是臧老每有新著出版，我都能得到有他签名的赠书。特别不能不提的是，1989年下半年到年底，我的工作、生活都曾跌到了谷底。我自觉落魄，很久没有去见臧老了。正是在这段苦闷的日子里，我意外地收到了一个大信封，打开一看，不禁心头一热：臧老亲笔书写了他的诗送给我。我默默地念着——

> 万类人间重与轻，
> 难凭高下作权衡。
> 凌霄羽毛原无力，
> 坠地金石自有声。

拙作一绝，录赠培禹同志存念　臧克家

我有一种力量油然而生，夜里难眠，我拿起笔开始写起诗来。"寂寞是走不出的冬天，北风累了，落雪无言。有人问你或没人问你，都知道此时已是零点。"这首题为《寂寞》的短诗，是我当时处境、心境的写照。我从臧伯伯不弃的深厚友情中获得了自信与坚强，我在诗的结尾写下这样两句："寂寞是一种情感，寂寞是一种尊严！"臧老看到《北京晚报》登出了我的诗，很是为我走出命运的阴影而高兴。也怪了，这以后，我创作激情不减，一些作品陆续得以发表，甚至其中的组诗《失去》还得了一个奖。我把这段经历写成一篇散文，题目就是《坠地金石自有声》。发表后呈给臧老看，臧老又一次鼓励我说："我对你抱有不小的希望。"

记忆中还有一个日子是我永远不会忘的，那是1995年7月1日，我陪从新疆来的"西部歌王"王洛宾老人去拜望他神交久矣的臧老。

我知道，年已九十一岁高龄的臧老，近年身体一直不太好，极少会客，我很久不忍上门打扰了。可这天，为了实现也已八十二岁的老音乐家王洛宾的心愿，我还是按响了那扇朱红色大门上的电铃。照例，没有预约。来开门的是郑曼阿姨，她热情地把我让进院里。我犹豫了一下，说："今天，我陪王洛宾先生逛逛北京的胡同，路过这儿，想见见臧老，不知……"

"王先生在哪儿？快请进。"郑曼热情地搀扶着洛宾老人，一边带我们走进客厅。

我们在我再熟悉不过的宽敞的客厅落座后，郑曼阿姨去臧老的书房兼卧室通报。这时，苏伊一家三口，过来向王先生问好，苏伊可爱的小女儿文雯连声叫："西部歌王爷爷好！"一会儿，臧老从书房走出来，向王洛宾伸出了双手，王洛宾迎上前去，两位饱经沧桑的老人，两位二十世纪杰出的诗人与歌者的双手，紧紧地握在了一起。

那天，他们所谈甚欢，话题涉及中国诗歌的民族继承、传统民歌尤其是少数民族民歌的传播等等。郑曼阿姨时时要来提醒："你心脏不好，不要太激动啊。"臧老总是挥挥手，说："不碍事。"有趣的是，臧老的小孙女文雯，这时缠着"西部歌王爷爷"，要求爷爷唱一首歌。王洛宾风趣地说："请客人表演，你得先表演，怎么样？"不想，还在上幼儿园的小姑娘一点也不发怵，她带有舞蹈动作地唱起来："掀起你的盖头来，让我来看看你的眉。你的眉毛细又长啊，好像那树梢的弯月亮……"

童声童趣，给两位老人带来很大的快乐。

臧老一边鼓掌一边对王洛宾说："你的歌有翅膀，很多人都会唱……"

洛宾老人拿出一本中国文联出版公司出版的《纯情的梦——王洛宾自选作品集》，翻开扉页，在上面写了"臧克家艺兄指正 洛宾 1995年7月1日"，然后送给老诗人。臧老让夫人取来新近再版的《臧克家诗选》，也在扉页上写下"洛宾艺兄存正 克家 1995年7月1日"，回赠给老音乐家。

王洛宾翻开厚厚的诗集，对臧老说："小朋友刚才唱完了，该我了。我即兴为您的一首诗谱曲，然后唱给您听听，看您满意吗？"

　　王洛宾选的是一首臧克家写于1956年的题为《送宝》的短诗。他略作构思，便放开喉咙——

　　　　大海天天送宝，

　　　　沙滩上踏满了脚印，

　　　　手里玩弄着贝壳，

　　　　脸上带着笑容，

　　　　在这里不分大人孩子，

　　　　个个都是大自然的儿童。

　　歌声婉转抒情，十分动听，臧老听罢高兴地站起来，连声称赞，并意味深长地说："好听的歌子在生活中，你的旋律是从那儿来的。"

　　王洛宾郑重地对老诗人说："我要再为您的诗谱写一首曲子，会更好的。"

　　美好的时光总是过得太快，眼看一个多小时过去了。我和王先生只好向老诗人告辞。臧老说："今天很难得，来，我们多照几张相吧。"他还把一直在旁边为我们拍照的摄影记者王瑶叫到身边，让女儿苏伊为我们照了一张合影。

　　当我就要迈出客厅的门时，臧老忽然叫住我，拉着我的手说："我们两个再留个影吧。以后机会怕不多了。"当时，我对臧老的身体非常乐观，发自内心地对他说："您别这样说，瞧，您的身体多健康啊。"

　　就在客厅的门口，臧老紧握着我的手。王瑶早已端起相机，为我和敬爱的臧老拍下了珍贵的最后一张合影。

　　此后不久，我收到了王洛宾先生从厦门寄来的信，信中另附一页，是他为他的"艺兄"臧克家的名篇《反抗的手》创作的歌曲。他嘱我转交臧老。曲子用了 d 调，4/4 拍，旋律高亢而有力。这，也许是这位著名作曲家最后的创作了。

我拿着王洛宾的歌篇和我新写的两篇文章，又一次来到赵堂子胡同15号。可臧老因身体不适已住进医院。我不死心，从盛夏到深秋一段时间，我几次叩开那扇朱红色的大门，还是那熟悉的院落，还是那熟悉的客厅，还是那门前的丁香树，却仍不见臧老的身影，我心里异常失落，一阵阵伤感袭来，更十分惦念他……

终于，臧老的信到了：

培禹：

久不见，心中不时念及你，怀念你父亲。（我的父亲李裕义，一位普通的退休工人，却与臧老交谊不浅。父亲病重中想念臧先生了，就给臧老拨了电话。臧老放下电话就来看望他。父亲1992年去世时，郑曼阿姨曾来家里表示哀悼——笔者注。）

我患了一场重病，住院已九个月了，现在，病情好转，在慢慢恢复中，不久将出院回家休养。

得到你的文章，我与郑曼都读了，写得很好……

谢谢你送我们这么多宝贵的照片。

握手！

克家

96，3，31日灯下、床上

郑曼苏伊小平问好！

作为臧老这位诗界泰斗的一个忘年交小友，三十多年了，我曾多次得到过他的教诲和关爱。但在老诗人生命的最后几年，耄耋之年的他久病住院。我一直想去看望，又都忍住了。

转眼，1999年来临了。我所在的报社进行了力度较大的改革、改版，由我牵头筹备创办北京日报的《生活周刊》。出于办报的需要，也是出于对臧老的想念，我抱着试试看的心情，写信请臧老给我们的《生活周刊》题写刊名。很快，一封印有"中国作家协会"字样的信件寄到了我手里。急忙拆开一看，是臧老那熟悉、隽秀的墨迹："生活周刊　臧克家题"。郑曼阿姨特别附了一封信，她在信中写道："克家同志久病后，已无力思考、写作，题栏名还可以。今下午他精神较好，题就《生活周刊》，现寄上，请检收。他年已九十有四，生活已不能自理，每时每刻都得有人照料，所幸头脑还不糊涂，但常用字好多写不上来了。谨告，勿念……"

这信使我更加想念臧老，郑曼阿姨十分理解我和许多臧老的好友、学生们的心情，她曾在电话里对我说："等克家的病情稳定住了，医生允许的话，我打电话给你……"

从此，我一直在盼一个给我带来欣喜的电话；从此，我也更加想念臧老。1999年新春佳节就要到了，平生多少年来从不大会给朋友寄贺卡的我，出于对臧老的思念，精心挑选了一张贺卡，在精美的图案旁我抄写上了臧老《致友人》诗中的名句："放下又拾起的，是你的信件；拾起放不下的，是我的忆念。"给老人家寄了去。

想不到，我竟收到了臧老的亲笔回信。还是那再熟悉不过的蓝墨水钢笔字体，臧老在信中亲切地说：

　　　　收到寄来的贺年卡，很欣慰，上面几行字，多少往事来到心中，感慨系之！……多年不见，甚为想念。我二三年来，多住院。出院将近一年，借寓"红霞公寓"养病，与郑曼二人住，闭门谢客，体力不足，已九十四岁了。我们初识时，你才十八九岁，光阴过客，去的太多。

我亲笔写信时少，因为想念你，成为例外。

......

读着臧老的信，我的鼻子酸酸的……

2004年正月十五，元宵节之夜，臧老走了。

新华社记者在第一时间发出的通稿这样写道："我国文坛再失巨擘，九十九岁的著名诗人、作家臧克家2月5日晚8时35分与世长辞，一轮明月、万家灯火伴他西行。"消息通篇饱含着对臧老的崇敬，字里行间流淌着诗的意境。

我相信人与人之间的心灵感应。就在这年春节期间，我给自己每天安排了一段读书时间，捡出的书目中，就有臧老于1980年和2000年分别送我的《怀人集》和《臧克家旧体诗稿》两本书。灯下静静地重读臧老的散文和诗歌，其实很大程度上是为了释怀自己对臧老的思念之情。但从那一年的元宵节起，我对臧老浓浓的思念，却无奈地变成了深深的怀念。

辛卯清明，我再一次来到位于南小街上的赵堂子胡同。在远不是旧址的地方，写着"赵堂子胡同"的蓝底白字的牌子还保留着，但那载满我温暖记忆的15号院落早已不复存在，我到哪里去推开那扇朱红色的大门，兴冲冲地喊一声："臧伯伯，是我！"

清明思故人，怀念逐日深。今天，就让我把这篇心中的文字，敬献给我的臧伯伯——臧老，还有两年前竟同在2月5日逝去的永远是那么和蔼可亲的郑曼阿姨吧。

这怀念，将伴随着我的生命了。

（原载2012年第1期《中国作家》）

胡同没了人还在

如果有一趟列车，声言将穿过时光的隧道，载你回到童年，而且车厢里已然坐满了曾和你一起玩耍、长大的伙伴，现在还给你留了个座位，你来不来？

来！我就是怀着一种莫名的兴奋，匆匆往这趟列车上赶呢。

其实，"车厢"是刚刚建立不久的一个微信群——赵堂子小大院一家亲。赵堂子是北京的一条小胡同，它在北京城三千六百多条有名字的胡同里，实在排不上号，因为它确是小胡同，从东到西也就一二百米长。然而，这条小胡同却有着与众不同之处——它的西口向南有一个方方正正的小大院。为什么叫小大院？因为它不大也不小，正好装下了胡同里十几个、二十几个，最旺时达到三十几个孩子的童年。

我们这趟列车的列车长——群主，是刘校长。尽管他早退休了，但在赵堂子胡同老街坊们的心目中，他永远是校长。丁酉鸡年春节刚过，校长在群里一呼：咱们聚聚吧。立时像炸了锅，活跃者不说了，平时以"潜伏"为主的人也积极发言：支持！拥护！校长万岁！可我们的赵堂子胡同十五年前就因道路扩建拆迁，消失殆尽了，到哪儿去找我们的小大院啊？有高人响亮地提出："胡同没了人还在，邻里重逢格外亲！"是啊，人还在，没有什么能阻挡住思念、怀旧、亲情的列车开出站台，驶向我们共同要抵达的终点。

终点站到了，它就设在与原来赵堂子胡同相连的东总布胡同里的一家餐馆。女老板也是胡同里长大的，敞开大门欢迎老邻居们来聚。

我爬上二楼或说我登上"列车"时，车厢里已经有点"人声鼎沸"的劲了。映入眼帘的横幅上写的是"胡同没了人还在，邻里重逢格外亲——赵堂子胡同老街坊自发叙旧聚会"，好让人感动！

"哟，三哥来啦！""作家来了！"认识的和已然认不出的童年的你我他抱在一起。我说，今天都用小时候的称呼好不？好好！一致赞成。可紧接着问题来了：狗三儿、狗四儿，还叫得出口吗？当年我看着长大的小哥儿俩，如今一个是警官学院的领导、一个是农业银行的处长。还有，当着孙辈儿的面儿、二秃儿、三秃儿、四秃儿叫着，也不妥吧？于是，临时约定，凡无伤大雅的仍叫原名儿，如我，便称"小三儿"，那几位则由各自根据自己的辈分"酌处"，可称哥或叔了。

大顺子、仇虎哥（小时伙伴们故意叫他几虎）肯定是第一拨到的，加上如明三哥（原三秃儿），正忙着在刘校长的指挥下搬电视、接 DVD 机、贴对联。看着几位忙乎的身影，小英子说，瞧瞧，干活的还是他们几个啊！大顺子壮年时是开出租车的，早出晚归，辛苦挣钱，但小大院的街坊只要有事，就 BB 机呼他，顺子立马赶到，从未收过邻居们一分钱。这"宋大成"式的顺子有好报，胡同里最漂亮的姑娘小青嫁给了他当媳妇儿。只见他们几个登高挂横幅时，扶梯子、抱腿的，是胡同里当年的美女爱华、宝荣、小点儿，还有何家小妹、刘家小妹，我们小胡同里邻里情深的一幕，温情再现。

"车干来了！"车干本名叫周轩，小时候不认得"轩"字，我们都叫他周车干。现在廊坊一所高校任教的他，是一早赶过来的。虽然他已戴上高度近视镜，头发大都泛白，我还是一眼就认出他来了。而且，小胡同的街坊们都认出来了。车干比我大两岁，可算命最苦的孩子，今天才确切地知道，四十多年前他每天清晨挥着比他还高的扫帚扫大街时，只有十三岁，一扫就是三年。为了多挣点钱，他除了清扫赵堂子胡同外，还包下了相邻的阳照胡同。那时，寒冬的清晨，天还漆黑，我曾被他"哗哗"、"哗哗"的扫街声吵醒过。早起背着书包上学，在昏暗的路灯下，还看到过临近收工的他，头上冒着热气憨笑的样子。他失学苦干，是为了供家里一个妹妹、两个弟弟上学。后来，去云南插队的他，曾挑着一担沉沉的青芭蕉回到赵堂子胡同，他要答谢老街坊们对他离京后继续给予他弟妹的关照。那年我早已搬家离开了小胡同，弟弟打电话告我，周轩，就是车干，回来了，给大家送芭蕉，有你一份啊！我的眼泪差点掉下来……

此次重逢，最让车干想不到、最让他激动的是，第一个迎上前和他紧紧握手的童年伙伴，是郑苏伊。

苏伊是著名诗人臧克家的小女儿。臧老在赵堂子胡同居住生活了四十年，是这条小胡同老街坊们共同的骄傲。胡同里平民多不懂诗歌，他们却众口一词："中国伟大的诗人臧克家！"因为他们中的许多人都能讲出与臧老亲近交往的故事，许多家庭的实际困难、孩子考学等，都得到过老诗人的关注甚至直接帮助。2004年元宵节臧老溘然长逝，那年赵堂子胡同已经拆没了，但老街坊们还在，他们组成吊唁团，抬着花篮到八宝山送臧老最后一程。这情景打动了作协的工作人员，他们把写着"老街坊"的花篮摆放在离臧老遗体很近的位置。今天，与我一样，在恢复高考后考入大学，从而改变了自己命运的周车干，披露了臧老的另一件善事。他说："那时早上扫大街，都是空着肚子。臧老知道后，每天去早点铺买烧饼时，就是六分钱一个的芝麻火烧，都多买一个。他把热火烧塞到我手里，有时还要看着我咬一口，嘱咐我不要对外人说。"他激动地问苏伊："我一直没说，你和家里人知道吗？"苏伊含泪摇头。这番话，点燃了大家对臧老深深的怀念。苏伊说，那时院儿里的海棠熟了，我和你们一起爬上树，真够淘气的。我爸在下面喊着："注意安全，别摔着哟！"哈哈，太难忘了。

海棠树、臧老的故居，和赵堂子胡同的小大院，荡然无存了。然而人还在，情依依。聚餐喝的什么酒、吃的什么菜，没人管了，大家完全陷入到难忘往事的叙述之中去了。我不禁想起十五年前，东城区南小街赵堂子胡同拆迁在即，老街坊们都为一户特殊的人家犯起愁来。这就是靠街道"低保"维持生计的特困户"二嫂子"。这位善良、勤劳的农村妇女，含辛茹苦地把一个抱来的哑巴孩子拉扯大，同时喂养带大了胡同里的好几个孩子。我的小侄儿李根，就是她带大的。一次向我汇报他会背儿歌了，一张口竟是浓重山东口音的"笑（小）老鼠，上等（灯）台，偷右（油）吃"……我赶紧叫停，还埋怨了"二嫂子"几句。那年她已过七十岁了，邻居们仍习惯地称她"二嫂子"。丈夫因病去世，哑巴儿子又下岗，住了几十年的那间不大的小屋又不是她的房产，这一拆迁老太太住哪儿去啊？起初，热心的街坊们决定集资，替"二嫂子"凑足回迁款。可街道和拆迁办说不行，只要房款按她的户头交，"低保"就保不住了，就得取消，"二嫂子"今后吃什么去呀？那些天，大家轮流上拆迁办，说的都是"二嫂子"的事。拆迁办的同志难免不烦，怎么一会儿来个刘校长，一会儿来个孙老师，一会儿又换成私营企业的韩厂长了？得，下来看看吧。两位同志来了，看了一眼，眼圈儿就红了。最后在拆迁办领导和邻居们的奔波下，"二嫂子"的难题解决了，由政府出面，给她和哑巴儿子在东四五条找了一处面积相当的新平房，并办妥了过户手续。这真是一件让人高兴的事儿，若在今天怕是根本办不成。记得头搬家那天，七十岁的老太太剁了一上午的大白菜，包了一盖帘儿一盖帘儿的饺子，请家家户户来吃。

"二嫂子"去世多年了。席间，刘校长提议，向所有已故去的生养、哺育了我们的先辈们致敬。三十多人齐齐端起酒杯，场面甚是庄严。这边的举动早吸引了其他房间吃饭的客人，他们纷纷围过来，看明白了怎么回事儿后，称赞不已，有人还主动为我们拍照"全家福"。他们说，咱们胡同的街坊们也该聚聚啦！

是啊，该聚聚了。胡同没了人还在，人在情义就在，街坊邻居们身上的真善美就在，相信这种传承会绵延不绝，一代代传下去。

你看，刘宇洋小朋友让爷爷帮着握笔，在纪念横幅上一笔一画地签上了自己的名字。

（原载2017年3月18日《人民日报》）

不沉的湖

冬日去广东清远躲霾，粤北山区仍是一片葱茏的景色。我和几个也已退休的朋友惬意地泡温泉，发现形态各异的一个个温泉池，是连通着旁边的一座大湖的。温泉湖水的浮力，使人很轻松地可以在水面漂浮。我不由得想起了年轻时读过的苏联女作家尼古拉耶娃的那部长篇小说《收获》，主人公赞颂他们欣欣向荣的集体农庄时说，我们的集体是一座"不沉的湖"，关键时刻托住你，不让你沉沦；一旦时机成熟，就毫不犹豫地信任你、给你施展才华的平台。

不沉的湖，是对一个集体的赞美。

退休了，离开了集体，对这个"湖"倒有了一些感悟。

按说退休后可以尽享天伦之乐了，而于我，最大的知足是卸下了担子，也就远离了责任，可以不再"担惊受怕"了。何以叫"担惊受怕"？是与我供职的单位性质有关——我所在的是一家党报。我经常在回家的路上被报社办公室一个电话追回；而主管我的一位总编辑来电话，第一句常是严肃地问："你在哪里？"

朋友不解地问，你就这么受"折磨"，干吗不出走啊？

我说，容我给你们讲几件小事儿，也谈谈我三十多年来感悟到的这座"不沉的湖"的一些细枝微节吧。

1982年大学毕业，我很不情愿地被分配到北京这家报社。报到时，很诧异这根本不像我想象中的一张北京地方报纸，因为我最先接触到的两位编辑，都是地道的上海人。那时，大学毕业生分配到报社，一般要先到总编室上一年夜班。带我的要闻版编辑庄兴昌、徐炳炎两位老师，都不是北京人，他们的兢兢业业给我留下了深刻的印象，尤其是每当长夜即逝的黎明时分，夜班编辑要完成最后一道程序——下清样前"唱稿"（读出声音地把一版从报头的天气预报一直念到最后一个字）时，两位编辑不知不觉地就"侬侬"地上海话出来了。再加上值夜班的副总编辑唐纪宇同志操着浓重的山西口音，真让我这个北京小伙儿不知身在何处。一年的夜班工作结束后，我去见一位白班副主任朱大姐，她一开口也"阿拉阿拉"的。我想，包容，就是报社的一种文化。我们虽是地方报纸，却海样胸怀，广纳贤士。至今，我们报社年轻的总编辑是南方人，有位副总编辑是安徽人，说不好普通话。

其实，我在1975年就给报社写稿了，那时我在京郊农村插队当知青，给我改稿编稿的报社编辑叫方孖行。我崇拜老方，他是上世纪五六十年代就已出名的工人诗人，当时也是报社发稿最多、写得最好的记者之一。从1975年到我考上大学，再到1982年毕业来到报社，这六七年中，我和老方有过大量通信。他给我来信或回信，有时是用报社的印有"北京日报"大红字的信封，不贴邮票；有时是用自己买来的信封，贴有邮票。久而久之，我发现其中的缘由了：凡是工作内容的，比如谈稿件、寄小样、寄报纸等，都是"公函"，他用报社的信封，走"邮资总付"；而谈业余创作、谈生活等与报社无关的事，他一律用自己买的信封，贴邮票后再寄出。后来和他成为同事后，我去他的办公室，见他桌子上还有一摞待用的信封、邮票呢。其实，报社从未有过这么细的规定，老方却一直坚持到他六十岁退休！

有时友人聊天，常听到一些乌烟瘴气的事，我发自内心地说，这事在我们报社行不通。我真的信任我的报社、我的上级。是不是我在报社一直很顺呢？恰恰不是。某一年的下半年，我的事业跌到了谷底，从一名一线记者、亚运会报道组组长的位子上，一下调到夜班做检查员（比校对高一点，算编辑部编制）。我万念俱灰地来到夜班报到，让我没想到的是安排给我的办公室仍是两人一间的。我听到有人去责问总编室主任，主任一点不客气，说：你们能和李培禹比吗？这已经够委屈他了。就在上夜班期间，我编著了《走进焦裕禄世界》一书。出版社要搞个首发式，提出报社能不能来一位领导出席？我十分犹豫地找到社长满运来，他说，我去。满社长不但参加了首发式，还细心地通知总编室，新华社关于首发式的消息可用。满社长后调任市政协副主席，现已退休多年，我始终没有对他说过一个谢字，一当面就说不出口了。

我们报社的职工一直令我敬重，其实他们是记者的第一读者。我有时写了比较好的稿件，他们会不吝溢美之词，给你很大鼓励。我心灰意冷的时候，他们的大白话充满了温暖。有一个时期我不写稿了，心情灰溜溜的。一次，复印室一位大姐见到我，问：你怎么不来我这复印资料啊？别人都复印呢，申报高级职称啊！我说不费那劲了，我没戏。她大声对我说：你没戏谁有戏？你在报社那么多年，我们都看着呢。你把东西拿来吧，我给你复印。

这话，大姐可能早忘了，但我却一直记着。说到申报高级职称，还有个小插曲：我填表时有一项是报社领导意见，我的心有点凉，因为就在前两天，我和主管我的总编辑严力强因为工作刚吵了一架，双方都红了脸。几天后当我从职称办取回申报表，打开一看，领导意见一栏写得满满的，是他"力挺"我的一段高度评价，全然没有一点个人恩怨。后来，力强调任市委宣传部副部长、市委副秘书长，我们很少见面了。那年我的一篇报告文学得了中国新闻奖，我接到他的短信："培禹：祝贺你，谢谢你！""祝贺"是给我的，"谢谢"是他站在领导的高度对我为报社、为北京市赢得荣誉的肯定，他是我的知音。

后来，我来到"秋天的团泊洼"，领取全国首届"孙犁报纸副刊编辑奖"。说实话，在此之前，报社领导通知我参评这个奖时，我没有推辞，因为我真的愿意得到这个以孙犁名字命名的奖。而且我认为，这样一个奖不是奖给个人的，是奖给获奖者所在的副刊部的，再往大点说，这个奖是对整个一家报社重视副刊、办好副刊的一个褒奖。我为我供职的报社拿回了这个奖，心里很欣慰。

该说说大集体中的小集体了——我所在的报社副刊部。有一年春节，报社举办团拜会，编辑部各部门都有一段自拍视频播放给社领导看。有些部门做足了功课，总之要把成绩说够。我问几位编辑怎么拍？大家纷纷说当然是办好副刊啦！于是，我们副刊部九个人排成一排，分别举着中国报纸副刊研究会颁发的"优秀会员单位"金牌和各种获奖证书，齐声高喊的是："稿费太低，太低！太低！实在是低！"

人总要老的。终于退休了，一阵轻松，也有点难舍，但我还是当晚悄悄退出了我们部门的"微信群"。不想，我又被拉了进去。再退，又被拉回。副主任戎戎留言："老培大哥不能走哇！"美女编辑赵耕说："别走，每次给大家带我爸腌的咸菜，都有您一份儿啊！"

哦，我们的集体是一座"不沉的湖"。我庆幸在这样的"湖"里劳作过、失误过、贡献过。至今，我还感受着她的温度。

2017年春节改定

第二辑　惹我情思

惹我情思赴滇黔

春节前通常都比较忙碌，加班加点地赶稿子，为的是把节日期间及节后备用的版面提前安排妥，好踏踏实实地过一个无工作的小长假。今年春节也不例外，节前赶写编发的最后一篇稿子是报告文学《龙舞云贵》。这是一篇写国家重要的能源战略工程——中缅油气管道（国内段）建设的文章。以往，一个采访任务完成，我会一阵轻松，连用过的资料、笔记也一概不留。

不知怎的，今年春节我还是没有完全放松下来，隐隐约约多了一丝牵挂。

除夕守岁，春节来临，手机短信开始响个不停。大多是转来转去的拜年话，在为数不多的"原创"中，竟有好几条来自中缅油气管道工程建设的第一线，中石油管道局的朋友们分别在滇黔大地、云贵高原，向我祝贺新春佳节！他们中有总指挥部的领导、宣传部长，也有节日仍坚守在施工现场的技术工程师和普通工人。

终于，我清楚了——我的那一丝牵挂，在远方！

"一声问候自高原，惹我情思赴滇黔。"我一一给他们回着短信，心，已不由得"飞"向了远方的崇山峻岭，回到了我随作家采访团在云贵高原采访的难以忘怀的日子。

我和管道职工的情缘，还要追溯到2010年岁末，那个多雪严寒的冬天——

北京时间2010年12月31日19时，中央电视台播出当日也是全年最后一期《新闻联播》。其中一条消息简短有如简讯：由陕西靖边到北京的陕京三线天然气管道今日全线贯通，北京市日天然气供应量将增加一千万立方米，北京及环渤海经济圈其他城市用气紧张的状况将得到有效缓解。

由于过于简短，这条新闻的播音用时，约等于牙买加选手博尔特跑完一百米。今天看来，陕京三线全线贯通的消息有如其他许多新闻一样，已被大量观众忘得差不多了。即便是北京观众，打火取暖做饭的时候，也不一定想得到陕京三线。然而，作为走过"陕三"线的采访者，陕京三线数千建设者们的英雄气概，已是那么异常生动地铭刻在我的记忆里。

我再次踏上采访征程，也得从一条新闻说起——

新华社北京1月20日电　我国第四条能源进口战略通道中缅油气管道建设正进入全面攻坚阶段，预计将于2013年5月30日全线贯通。届时，海上进口原油和缅甸天然气资源将绕过马六甲海峡通过管道输送到我国西南地区。中缅油气管道途经高山峻岭、地震活跃带、岩溶地貌、喀斯特地貌，跨越多条国际河流，建设难度堪称世界之最。两次赴现场踏勘的外国专家巴斯特感慨："这是我所看到的最难建设的管道工程，我无法在世界范围内组织一个团队在三十个月内完成管道建设任务。"而中缅管道国内段工期仅为十四个月。

龙年岁尾，正是工期已进入倒计时，工程展开全面攻坚的时刻，我随作家采访团一行来到云贵高原，探访、见证这一创造着中国管道建设史奇迹的非凡工程。

刚刚从贵州工地驱车赶到昆明的中石油管道局副局长、中缅油气管道工程总指挥高建国介绍说：这条管道的国内段途经横断山脉、云贵高原，山区、丘陵地段共848.18公里，海拔最高点2624米，最低点601米。沟谷多为断岩绝壁，施工受泥石流及山体滑坡影响严重，而且很多沟谷段已被高压电线、通信光缆等设施占据，施工作业面非常狭窄。特别是还要连续穿越五十六公里九度以上地震区、五十四处地质灾害高危点。

其实，在建设难度"世界之最"以外，还有许多想得到和想不到的困难在等着他们呢。

几乎是追着高总指挥的行踪，一小时前，来自一个工地的"加急请示"件，已经在二公司派去接他的越野车里等他批示了。有作家问他怎么批的"急件"，问题能解决吗？高副局长笑笑说，这是一起因补偿金没有及时发放到村民手里产生的严重"阻工"现象，简单说就是得不到满意的补偿，你就甭想从我这儿过去。他说："这是想得到的困难，已经在解决中了。"

我的采访本里就记下了一个又一个"解决"的事例：

在整个中缅管道施工过程中，有一个默默无闻的岗位叫做项目征地协调员。在少数民族众多、人文风俗迥异的云贵地区，很多时候，与当地群众沟通、协调是一件比施工更加困难的工作。在管道二公司施工的云南依节资，甚至发生了少数村民围攻工地不许工人及设备下山的事；还有的时候故意在路边放上一台机动车，让施工的大车无法通过，后面的一长串车都跟着堵到很晚，车上的人则要求管道公司给予补偿……协调员们就是在这样的逆境中，忍辱负重艰难而努力地工作着。管道二公司的施工，途经一个白族的村庄，村中有座庙宇正处在施工线上，无论如何不同意拆除，说是不能亵渎神灵。后经二公司协调员刘建军无数次耐心地沟通，终于同意将庙宇搬迁，但有一个条件，就是协调员必须给那里的神仙磕三十个响头以示敬重。刘建军有个外号叫做"大墩"，身材很胖，平时蹲下都费劲，可让村民们想不到的是，这位大墩当即接受了他们的条件，来到庙里恭恭敬敬跪下去，十分虔诚地给神像磕了三十个头！老百姓非常感动，很快就同意了"拆迁"……

管道三公司施工的贵州，从盘县至都匀途经十三个县市区，共有四十九个少数民族，在管线经过的黔南州贵定县铁厂乡，有一棵大罗汉树，被当地布依族百姓奉为神树，不允许挪动，为尊重他们的习俗与信仰，公司硬是将原来设计好的管线改了道……

有人问："那么，以现在的进度，能按时交工吗？"

高总指挥回答："中缅管道国内段的施工已进入倒计时，力争2013年3月30日天然气主体完工，5月30日全线具备投产条件。军令如山，必须做到！到这个工程结束的时候，如果还是'零事故零污染零伤害零缺陷'，就会创造管道建设史上的一个奇迹！"

第二天一早，我们分乘几辆越野车，直奔位于楚雄南华县沙桥镇下王村，管道二公司正在施工的三管并行工地。抬眼望去，前面的"路"是一个高大的黄土坡，坡度足有三四十度！一辆越野车爬过去，卷起的黄沙遮蔽了视线，我们的车必须等到尘烟散去，前面的车翻过山岭后，才开始爬坡。

"翻过去就到了吧？"在异常颠簸的爬坡途中我还镇定，故意与司机搭话是为了安慰坐在后排的两位女作家。

"嗯，翻过这坡，再翻一道坡就到了。"

"天啊！"后面一阵尖叫声，越野车开始下坡——那感觉真有些恐怖！

我们到达的这个施工现场算是平缓的，三管并行（石油、成品油共用一个沟，天然气单独一个）三十二米的作业带，中间隔六米。十七公里范围内竟有七条隧道和一条星宿江需要连续穿越，且隧道两端地势陡峭，空间狭窄……

由于施工现场不太安全，我们没有久留，继续奔波。车行间，苍岭大坡已在眼前，果有摄人心魄之壮观——连续两公里的陡坡，六个缸的新款霸道越野车攀爬起来仍是十分吃力！在这样的地方敷设管道那就只有两个字：险、难！在苍岭大坡上施工的是二公司的204机组，由于地势偏远，路途难行，机组的"家"只好安在大坡顶上，营地尽管建在荒山野岭上，却整洁、漂亮，充满浪漫，院子里有单双杠、健身器材，还有一棵"留言树"，树上挂满小伙子们最想对亲人说的心里话。机组负责人冯远征告诉我们："8月的一天，工人们正在沟里施工，忽然天降大雨，动作快的人爬上来了，有两位来不及了就躲进管子里避雨，不想几分钟时间，雨水就把管沟淹没了！幸亏俩人都会水，游出来了！"我们看到"留言树"上还挂着其中一个小伙子的红布条儿，上面写道："爹、娘，儿一切安好！"

冯远征自己的大红绸条上写着："亲爱的房子，老公想你爱你！牛牛"。牛牛是他的小名，房子是妻子的昵称。对于这些正当青春的小伙子，宿居在如此荒山野岭，一住就是好几个月，每天面对的除了管道、设备，就是无语的大山，不要说施工的艰难，单是那寂寞二字也是普通人难以承受的！而在整个中缅管道第一线，这样的参建者有两千三百人。

结束了云南的采访，我们作家团与记者团兵分两路，再一次取道昆明，乘飞机前往贵州，探访被称作"管道铁军"的三公司。在中缅油气管道（国内段）工程中，三公司累计承担管道施工436.33公里的任务，是全线施工量最多的单位。且管道途经闻名世界的黄果树大瀑布、青岩古镇等国家级风景名胜区以及诸多饮用水源保护区，环保责任更加重大。

都知道贵州"天无三日晴，地无三尺平"，我们前往北盘江的路途格外崎岖。从坪坝县城出发，一路峰高坡陡，一山环抱着一山，不时有架设于两山之间的公路桥"凌空出世"，其高其美其惊险无不夺人眼球。

突然之间，车队停在崎岖的山路上，大家下车朝三公司经理尹辉庆手指的方向观看，呵，那就是传说中贵阳市花溪区和龙里县交界处的云顶大坡了——放眼看去，比我们曾经身临其境的苍岭大坡还要险峻！尹经理介绍说：云顶大坡全长1.1公里，海拔一千六百多米，今天比较特殊，平时从半山腰到山顶几乎常年云雾缭绕，随便站在哪一个高点，都能欣赏到壮美绝伦的千亩梯田。但是，在这样一个地方进行管道施工，对于施工者却无疑是一场艰巨的挑战：云顶大坡的垂直高差382.28米，由四个不同度数的坡地组成，最陡一段达到四十五度！为了尽量减小对环境的破坏，他们对坡度大于二十度的地段采用了轨道施工法，即在坡顶设置卷扬机牵引运管车进行组对焊接，而不再用传统的降坡修"之"字路的做法，因为那样会损伤大片坡地！轨道施工法虽大大增加了施工难度，但仍然在安全系数允许的范围之内，并且能够最大限度减少对环境的破坏，确保这个景区的可持续发展。

"黄果树那边也是这种情况吗？"有人问。

"黄果树瀑布是另一种情况。我们有一段天然气管道从它的上游通过，那里是典型的喀斯特地貌。这种地貌最大特点就是生态环境十分脆弱，现在我们天然气的管道直径为1016毫米，按照常规作业带应该是35米，但在黄果树这个数字一压再压，站场能合建的也就合建了。青山绿水能不能恢复，是千秋大计！这么秀丽的山川，决不让它伤在我们手里！"尹辉庆充满激情地回答。

北盘江管道跨越现场，是整条中缅管线中唯一一座斜拉索跨越工程，总跨长度230米，工程完成后将通过天然气、原油和成品油三条管道。现在看上去，其桥墩部分已经完成，工人们正忙着进行拉索钢架的焊接。

让我惊喜的是，在这里偶遇两年前在采访"陕京三线"时相识的"铁军干将"张云彩。记住他，是因为有这样一件事——那时，"陕京三线"攻坚战已全面展开，它倒计时的工程进度，使这个一线指挥者迟迟不能请假去探望重病的父亲。终于，他第三次接到了哥哥的电话："云彩，这次父亲真的不行了……"他听见了母亲在电话那边的哭声。张云彩迅速交代工作返回淮安。他心存侥幸，以为还能见上父亲一面，途中睡不着觉，他在手机上写了一首诗存入草稿箱，他要亲口读给父亲。可当天下午4时他赶到家时父亲已经去世，老人再也听不到儿子写的诗了。写给父亲的那首诗他决定永远保存在手机里，一生不删掉。今天，我还大致记得他那首概括了父亲一生的四句诗："走南闯北几十年，一生甘苦可对天。忠孝仁爱留万世，朴素家风楷模传。"

"李老师！"如今已是三公司常务副总经理的张云彩，见到我紧紧握住了我的手，格外亲切。我们约好晚上再叙，大家等着他介绍呢。他不无兴奋地说："看，这就是贵州特色——'九山半水半分田''土如珍珠，水贵如油'，风景虽美，但可供耕作的土地少之又少。我也是到了这里才知道，贵州是全国唯一没有平原的省，但这里的老百姓非常勤劳、可敬，他们背土上山营造成层层梯田，就这么祖祖辈辈地赖以生存！所以，我们在施工过程中，必须统筹考虑挖土方、填方的问题，一般是将生、熟土剥离、装袋，根据现场情况采取相应措施保存；埋完管道，再将原来的土填回去，而有些地方原来的土层实在太薄，难以保存，我们就把岩石压成碎面再回填。经过这样的处理，所有埋下管道的地方，地面植物全都可以恢复，虽说不适宜种植高大的乔木，但灌木、浅根植物、农作物等都没有问题。"

"那是什么？管沟旁边那条白色的东西？"我指着对岸的山坡问。

"挡土墙。一般陡坡在开挖前，都要提前修筑挡土墙，将开挖的土石方抛掷在墙内，既可以少占地，少破坏植被，又能预防滑坡。"

此时，我们所有人都来到江边，凝望着脚下江水、对岸青

第二辑 惹我情思　总有一条小河在心中流淌

山，以及更遥远处黔贵大地的无限风光，油然生出对于自然母亲、美丽山川的热爱以及对于管道人、对于这支铁军队伍的敬重。"拍合影拍合影！"不知是谁的倡议，大家瞬间聚合起来，咔嚓、咔嚓，快门响处，我们没喊"茄子"，大家众口一声，喊的是："铁军必胜！"

几天的采访若白驹过隙，从北盘江赶往贵阳机场的一路，感觉心装得满满的，有些像外出采购归来的行囊。但也就是在此时，才有机会安静下来，盘点那些采访现场之外，留不下痕迹的东西：埋入地下即将不再为人所见的管道；沉淀于岁月难以被历史写下的名字；还有那些感动至深的管道人博大的情怀……

今年5月30日，中缅管道（国内段）将全线建成。届时，这条被称作"云贵黑龙"的长达千余公里的油气管道将每天向我国输送四十万桶来自中东和非洲地区的原油，以及大量产自缅甸近海的天然气。施工所经地表将恢复它们青山绿水的旧时模样，而在这片土地上鏖战一年有余的数千名管道员工将默默地撤离，奔赴祖国需要他们的下一个施工现场……

此时，我站在北京家中的窗前，遥望大西南。春节的鞭炮声不绝于耳，夜空中闪烁着绚烂的礼花。我的思绪在飞，我想，它一定载着我的祝福短信，正穿山越岭，飞进石油管道战线我亲爱的朋友们的手机里吧——

一声问候自高原，
惹我情思赴滇黔。
待到五月黑龙舞，
再随铁军写新篇！

完稿于2013年新春正月初五

（原载2013年4月13日《人民日报》）

几回回梦里回延安

"几回回梦里回延安，双手搂定宝塔山。"——我真的要回延安了，接到市记协通知那天起，我的心就有点激动，说不出为什么。6月28日晚上，处理完手头的稿件，我就往北京西站赶，到了集合地点，一看好多人比我来得还早，一问十有八九是第一次去延安。我们这茬"五〇"后中有好几位熟朋友，北京市记协的常务副主席宗春起、北京电台的邵平东、北京晚报社的苏文洋、诗人高立林等，大家紧紧握手，兴奋的神情竟使得周围新闻界的后生们频频侧目。

很久没坐火车了，十几个小时的旅程没觉着累就过去了。走出车站，一脚踏上延安的土地，我心里不由得流出那首歌："离别三十年，今日回延安……"

我不是第一次到延安吗？何来"回"呢？可我就觉得是回。我喜欢一首歌，叫《战士歌唱毛主席》，那融入了陕北民歌旋律的曲调叫人过耳不忘："延河流水光闪闪，战士饮马走河边……"我曾问过这首歌的作曲家徐锡宜先生，您创作这首歌时一定在延安吧？他的回答是："我根本没到过延安。"没到过延安，却是那么熟悉延安、热爱延安，我，也是这辈人、这些人中的一个啊！

我把我的感受说给也是第一次来延安的苏文洋，他亦有同感。苏老深沉地说，简直有点匪夷所思，我们这次来延安，该找找为什么。

由于时间紧，我们带着随身的行李就开始了"朝拜"之旅，像是当年八路军的急行军。在清凉山脚下的延安新闻纪念馆，在有着宽阔广场的延安革命纪念馆，许许多多既熟悉又陌生的革命往事扑面而来。延安城不大，毛主席在延安十年三个月零五天住过的四个地方，除凤凰山没到外，杨家岭、王家坪、枣园三处革命圣地我们都到了。尤其是当我们一百余位新闻工作者登上宝塔山，面对镰刀斧头的旗帜举手重温入党誓词时，我的心很是不平静……

傍晚，我们没能看到"夕阳辉映着山头的塔影"，因为绵绵的细雨此时一阵阵急了起来。雨中入住杨家岭有着八层窑洞的石窑宾馆，十分惬意。晚饭后，几乎没有人休息，雨刚一歇，大家就纷纷走出住地，漫无目的地向四周散去。归来时收获自是五花八门，我们北京日报社的小分队，除了装了一袋袋延安的狗头枣外，更是抱回来一个硕大的陕北大西瓜。"这是毛主席当年吃过的瓜！"卖西瓜的老农说，我们都信。大家围坐在院中的石桌旁，想象着延安时期我们的领袖和人民一起吃西瓜的情景。其实，延安时期无疑是我们党最困难的时期，如果从中央红军长征到达吴起镇算起，延安时期长达十三年。人生能有几个十三年啊！回顾中国革命的历史，延安这十三年，是辉煌的、欣欣向荣的十三年，同时也是革命队伍乐观、向上的发展、巩固时期。人心向延安！如果当年我们的根据地只是一片苦海，没有希望，没有欢乐，怎么可能吸引着无数进步青年和志士仁人奔向这里呢？

延安的大西瓜呱呱地甜！我不由得想到，延安精神中的苦中有乐，就包括当年战士们开荒归来吃上一口甜甜的西瓜吧。关键是领袖和人民一起吃的那个西瓜最甜！物质条件多艰苦，压不垮创建新中国的革命理想。因此，延安留下了《黄河大合唱》，留下了"山丹丹开花红艳艳"……更留下了一代伟人毛泽东说不完、道不尽的故事。

在枣园毛主席的故居前，一个小故事打动了我，其实那不过是恢宏延安史的一个小插曲而已：战争稍有停歇，党中央对《解放日报》进行改版，其中很重要的一项，就是把第四版辟为文艺副刊。为此，毛主席亲自摆了两桌饭（称不上酒席），邀请了延安十六位名人：陈荒煤、江丰、张庚、柯仲平、范文澜、邓发、彭真、王震之、冯文彬、艾思奇、陈伯达、周扬、吕骥、蔡畅、董纯才、吴玉章，名字个个如雷贯耳。毛泽东拱手抱拳，拜托各位给《解放日报》副刊写稿、赐稿，场面热烈。难怪那个时期的延安产生了诸多优秀的文艺作品！

延安之行不能不引发这样一个思考：毛主席为什么不回延安呢？

毛泽东同志1947年3月18日撤离延安，别下了他十年的故事，永恒的辉煌，走了。毛泽东走时，已经能听到延安城外手榴弹炸响的声音了。傍晚时分，在二纵司令王震和周恩来的一再催促下，毛泽东步出窑洞，有些恋恋不舍地向暮色苍茫中的延安古城望了一眼，走了。从此再没有回来。

一首陕甘宁边区的民歌唱道："莲花生在水里头，毛主席在咱心里头；百灵子过河沉不了底，忘了娘老子也忘不了你……"

在毛泽东离开延安一直到1976年逝世的二十九年时间里，即使在文化桎梏的"文革"中，《黄河大合唱》的激情旋律、《翻身道情》的深情呼唤，毛泽东主席一定能听到，听到过延安人对他的思念，听到过延安人民对他的呼唤，然而，毛泽东却一直没有再回过延安。前些日读到政论散文家梁衡的一篇佳作《假如毛泽东骑马走江河》，使我掩卷沉思良久，我不禁想：假如我们的领袖隔一段时间就能回延安一趟，望望宝塔山，饮饮延河水，念念战友情，拉拉老乡手，听听信天游……那么，中国革命的历史进程又会是怎样呢？

"千声万声呼唤你——母亲延安就在这里！"延安是革命战士的母亲，延安是新中国的母亲，无论何时，我们怀着一颗赤子之心来到延安，不都是回到了母亲的怀抱吗？

回延安，大有益。我的前辈，我的领导，我的同龄人，我的八〇后、九〇后的同志们，如果我们道同，那么，抽时间回趟延安吧！

（原载2010年7月18日《北京日报》）

豪情过汉江

　　"儿时梦绕古战场，今伴豪情过汉江。"当我随作家采风团从襄阳机场出来，乘坐大客车在雄伟的汉江大桥上穿过时，胸中不禁涌起一股豪情。这豪情里裹挟着我童年的梦：三国古战场，草庐隆中对，我是平生第一次来到儿时就向往的襄阳古城。豪情当然还有另一层含义：万众瞩目的南水北调中线工程即将竣工，清甜的汉江水就要源源不断地流向北京，在这个注定不凡的时光节点，我们沿汉水溯源而上，踏寻、见证一个即将实现的中国梦的美丽，怎不叫人心潮激荡！

　　被这激情点燃的，还有已经年过八旬的老作家从维熙。从先生和我们一起拾阶而上，登上了襄阳古城"临汉门"。抚摸着保存完好，全长达七千多米的古城墙的一隅，从老的目光投向了环绕城区的护城河水。那河水清亮亮的，不急不缓地流动着，衬托着一座已然现代化了的都市难得的恬淡。"一江碧水穿城过，十里青山半入城。"穿城而过的护城河，水面宽处达二百五十米，是当今有史料记载的最宽的城市护城河，享有"华夏第一城池"的美誉。从老说，刚住进宾馆，一拧龙头，流出来的水是这么清亮，甜甜的。当我们一行走到汉江边，从老竟不让旁人搀扶，他蹲下身，用手掬起一捧江水，舒心地品了一口。

毕竟是伏天，天暗得晚。当汉江两岸纷纷亮起灯火时，我们已站在游轮的甲板上举目四望，尽情观赏着那岸边的流光溢彩了。古人总凭大江大河起豪兴。江风迎面袭来，我想起当年写下"老骥伏枥，志在千里"的曹操，还有一首写在江面战船上的《短歌行》呢。其中他把盏吟诵的"对酒当歌，人生几何？"一直被研究者认为有消极颓废之意。今天，身临浩浩的汉江之上，幽古思今，忽然对曹孟德有了新的理解：这哪里是消极颓废啊，分明是踌躇满志的一代霸主急于一统天下，发出的时光如梭、时不我待的感叹啊！

夜游汉江，十分惬意。

襄阳，是历史上三国形成鼎立之势的发端地，也是三国归晋大一统的策源地。据说，《三国演义》中有三分之二的故事就发生在襄阳。今天，我们车过的地方，还不时见到以"檀溪""荆州""的卢冢"为名的道路、街衢和纪念地，使人难免不产生一种穿越感，豪情中多了一份历史的厚重。

到襄阳，不能不去古隆中。我是轻吟着"大梦谁先觉，平生我自知"的诗句去拜谒诸葛草庐的。下车来，迎面已见"古隆中"的牌坊，两边石柱上镌刻着"镇雄后学"陈维周书写的大诗人杜甫的名句："三顾频烦天下计，两朝开济老臣心。"沿着坡度不大的小径，走进诸葛草庐，遥想刘备偕关、张"三顾茅庐"，在此地静等主人午睡醒来的情景，思绪一下回到了一千八百年前。轻轻走过"卧龙深处""隆中书院""武侯祠"几处景点，如果说它们都曾经历过不同朝代的后人重新修建的话，那么一口保留至今的六角井就弥足珍贵了。这水井的井口并非常见的圆形，而是由六个角形成。探头望去，井深处仍有清水荡漾。诸葛亮青少年时期在这里读书、躬耕、炊事、品茗，汲取的就是这六角井的水。当二十七岁的他献出《隆中对》，决意出山辅佐刘备成就

李培禹
散文选

大业时，便毅然离开了与他朝夕相伴十年的故乡井，踏上了烽火连天的漫漫征程。此后，竟再也没有回来。到他五十四岁病逝于五丈原，一别，又是整整二十七年啊。他不思念六角井的清泉吗？他不惦念留在隆中的贤妻吗？他为蜀汉大业鞠躬尽瘁，死而后已，弥留之际在军帐中留下遗嘱，葬于"汉中定军山下"，尸骨竟终未还乡，令人唏嘘！

古隆中，令人难忘。前往下一站的途中，我心绪未平，便打开手机微信，把一首不揣浅陋，即兴写就的诗发到朋友圈里："儿时梦绕古战场，今伴豪情过汉江。马跃檀溪寻旧迹，卧龙草堂话沧桑。隆中古对思诸葛，身先征战未还乡。最是丞相湿襟泪，绵绵思绪动肝肠！"

襄阳，是一个坐上轮船、骑上战马就可抵达的古战场；乘着高铁、驾着汽车就一步跨入现代化的城市。思绪还没有完全从历史深处走出来，我们的车已经驶入国家级高新技术开发区内的东风汽车试车场了。这个规模巨大的"场"，显然也是国家级的，它虽然以"东风"系命名，却承担着我国汽车产业百分之八十的新车型的试车任务。尤其是几乎与国际同步发展的新能源汽车，绝大部分是从这里经过各项严格测验、试车，完全合格后驶向全国各地的。我们望着一圈圈跑道上一辆接一辆不同品牌的试验车风驰电掣，真有点目不暇接。试车员在连续的弯道加上坡度、斜度的跑道上飞奔，更是让同行的作家们连呼：精彩！

高新区和试车场，只是现代化迅速发展的一个缩影。今天的襄阳，处处充满生机与活力！

然而，国家的战略性基础工程——南水北调，使襄阳这座地处汉江中游的历史名城、也是生态园林之城，再一次担负起历史的重任，作为南水北调中线工程最大的水源地之城，它将托起流经自己城市中心的一渠清水，掉头北上，源源不断地注入河南、河北、天津，最终流入北京的团城湖，为首都人民送上甘泉。从

1952年毛泽东主席提出北方向南方"借水"的设想算起，六十余年过去了。近十年来，襄阳人民和汉江上游的安康、汉中人民团结奋战，为养护涵养水源地，确保一泓清水进北京，做出了巨大的牺牲和奉献。从丹江口水库，自南向北，修建明渠绵延一千二百七十七公里，每年将向北方送水九十五亿立方米，其中北京受水十多亿立方米。

饮水思源。当我们经过几天长途跋涉，出陕西白河、过安康，到汉中，再从汉水源头顺江而下，返回襄阳市区时，这座安详的城市已笼罩在浓浓的夜色之中，美丽的汉江在月光下泛着粼粼波光，静静地流淌……

就要告别襄阳，告别汉江，大家依依难舍。我和河北作家李春雷一早踱步江边，见到庆邦老师、赵丽宏、李辉等人已忍不住"亲水"畅游其中，来自草原的散文家鲍尔吉·原野，连连赞叹着：这一江清水！

豪情掠过汉江。我耳边响起湖北省委常委、襄阳市委书记王君正和我们座谈时说的："今年10月，南水北调中线工程将全部竣工，开始正式向北方送水。流经襄阳的汉江，流速有可能减缓，我们已有清醒的认识，也做好了充分准备，靠全市人民更加努力地建设，力争生态不流失，群众的幸福指数不下降。那时，欢迎你们再来看襄阳，她一定会更美丽的。"

是啊，今年10月，新中国将迎来六十五周年华诞，北京将装扮得无比绚丽。10月，也是北京最美的季节。清醇甘甜的汉江水啊，你来吧，来吧，我在北京等你！

（原载2014年9月12日《光明日报》）

彩云之南（四章）

大约是去年春天，云南省文联的同志进京，为新近落成的云南文学艺术博物馆征集作家、艺术家的珍品作为馆藏，我忝列邀请者名单。邀请函明确写着"您在我省工作、生活过……"我赶紧向云南的朋友申明，我籍贯山东，在北京出生、读书、工作，没有在贵省工作过。朋友问："你写了那么多篇云南的稿子，没有生活，全是瞎编啊？"

我一时语塞。细想，作为北京的记者，本职工作外也写了不少外省市的文章，但写云南的确属数量最多，甚至有一次在我供职的报纸上"之一、之二"地连发四篇。不敢说那些文字都能得到读者尤其是云南朋友的认可，我要说的是，那篇篇文章皆是情缘，发自心底，寄托着我对彩云之南那片神奇的土地的无限深情。让我把几段难忘的"生活"重新拾起吧。忽然觉得，那明丽的色彩、那涌动的气息，新鲜如昨。

撒尼姑娘

"马铃儿响来玉鸟唱，我陪阿诗玛回家乡……"伴着这熟悉而动听的歌声，我真的一脚踏进阿诗玛的故乡——云南省路南彝族自治县的土地了。

如诗如画。自己这支笨拙的笔怎能写得尽这里的旖旎风光？陪我一起来的云南好友罗杰、殷红，似乎猜出了我的心思，便说："算了，你还是写写今天的阿诗玛吧。"

今天的阿诗玛们，已远远不仅是"离开热布巴拉家""不忧伤"了，在祖国这个大家庭里，彝族的兄弟姐妹们在随着时代的脉搏往前走，改革开放的大潮，也推动着古老的山寨发生着从未有过的变化。

你瞧，彝族妹子们已挣脱了旧观念的束缚，大胆地走出了山寨，当起"阿诗玛导游员"来了，星星点点散布在青山之间的色彩鲜艳的民族盛装，无疑给素有"云南明珠"之称的路南石林风景区平添了几分神秘。

我们的"阿诗玛"是一个年方十七的撒尼姑娘，她爽快地撑开一把花伞，说："阿黑哥，我们上路吧。"

我们三个"阿黑"尾随一个引人注目的"阿诗玛"，真有点不好意思。小姑娘笑着告诉我们，称客人阿黑哥，是管理处的规定，从叫第一声起，就标志着导游服务开始了。另外，导游员还享有"双向选择"的权利，即姑娘们看不上的游客，可以做出拒绝。管理处则十分尊重少数民族姑娘的这种"个性"，只好婉言谢客。

入乡随俗，我们也干脆叫她"阿诗玛"。"阿诗玛"听说我们都是写稿子的，高兴地说："我给你们讲细点啊。"

她的家在路南彝族自治县北大村乡螺丝塘，离这儿还有好远的山路，阿爸、阿妈在家种烤烟、栽水稻，一年收入也不算少。姊妹七个中，她是最后一朵"花"。初中毕业后，她考上了昆明市旅游局办的培训班，经过了半年多系统的培训，终于当上了导游员。她是家乡第一个出来见大世面的撒尼姑娘。

石林的景致真是鬼斧神工，加上"阿诗玛"娓娓动听的解说，我们不禁陶醉其中了。

"阿诗玛是哪个少数民族的？"我问了一句。

"阿诗玛是我们撒尼人！"姑娘颇有几分自豪地答道。

"哦，撒尼族人。"我应了一声。

"不对，不对，不是撒尼族，是撒尼人！"我们的"阿诗玛"急忙纠正了我语言上的错误。亏她"讲细点"，使我又多了一些对我国少数民族的了解。她说，我国五十五个少数民族中，云南就有二十五个。"撒尼人只是彝族的一个分支，像摩梭人只是纳西族的一个分支一样，撒尼、摩梭都不能称为族。我们彝族的分支比较多，比如还有阿细人，也是属于彝族的。'阿细跳月'你听说过吧？"说着，她哼起阿细人那动人的"大三弦"来，好听极了。

游览过石林湖，在朱德同志题字的"群峰壁立，千嶂叠翠"处拍照后，我们随"阿诗玛"在孔雀梳翅、小象蹒跚、双鸟渡食、极狭通人等石林景点间寻幽探胜，不知不觉中，额头已渗出了汗珠。看看"阿诗玛"，仍悠然自得地轻快而行。她调皮地回头看看我们，顺手采下几片绿树叶子，放在唇边，吹起"树叶笛"来。"滴哩——滴哩——"先是学了几声鸟叫，然后吹起歌来，那曲子竟是在电视上常听到的《月亮之上》。

撒尼人个个是歌手，绝非虚话。我们来到一个幽谷小憩时，"阿诗玛"情不自禁地唱起歌来。

太阳躲进云层了，吹来的风清爽了许多。我们跟着"阿诗玛"下山，她轻快的身影，在山间飞来跳去，像一只美丽的小鸟。她那清亮的歌声格外动听。

啊，撒尼人！我猛然记起著名诗人徐迟曾写下的那首由衷礼赞云南撒尼人的脍炙人口的诗篇——《撒尼人》。今天，我算真正领悟到了这首小诗是何等的精美！我愿把它送给今天的"阿诗

第二辑　惹我情思　总有一条小河在心中流淌

玛"，送给所有幸福生活的撒尼兄弟姐妹们——

　　　　　云南的撒尼人人口不多，

　　　　　他们可有两万多音乐家，

　　　　　还有两万多舞蹈家，

　　　　　还有两万多诗人。

　　　　　他们有两万多农民，

　　　　　还有两万多牧羊人，

　　　　　可不要以为他们有十万人，

　　　　　他们的人口只是两万多。

我在大理

　　在秋意浓浓的 11 月，因中国报纸副刊研究会年会的召开，我有了一次难忘的采风之旅。在现代通讯高度发达的今天，一个人无论走到哪里，他身上不得不接听的手机，他随时"飞"出的微博、微信，都好像给自己装了 GPS，无意间在告诉别人：我在哪里。

　　——我在宾川，我在鸡足山上。

　　天不亮我们即起，从住地向位于宾川县的佛教圣地鸡足山进发。车到山下停车场，换乘电瓶车到玉皇阁，然后再乘缆车，直向海拔三千二百四十八米的最高峰——天柱峰攀去。走下缆车，要到达金顶寺，还要徒步爬几百米的山路。我望着已被踩在脚下的层层云雾，有了成就感，顾不得气喘吁吁，兴致勃勃地随大家拾阶而上。有人说，一百个人登鸡足山，就会有一百次顿悟。我的感觉是，当你置身于这座名山时，你就开始一种神圣的阅读了。法师说："佛是觉悟的人，人是没有觉悟的佛。"一个个源于

李培禹
散文选

佛经的故事，为鸡足山披上了庄严、神秘的色彩。

而我，此时被徐霞客与一个和尚的友谊深深地打动。地理文学家徐霞客的最后一次旅行，鸡足山即是终点。因何有了这次旅行？据传，一个叫静安的僧人与徐霞客同乘渡船时遇到抢劫，静安和尚用身体护住了徐霞客随身携带的包裹，因为他知道那小小的包裹里，装的正是徐霞客日行百里，露宿残垣，耗尽大半生心血写就的《徐霞客游记》啊！半年后，静安和尚因刀伤不治在广西去世，临终，他托付徐霞客将自己葬在鸡足山上。于是，已感身体不适的徐霞客带着静安的经书和遗骸，朝着鸡足山踽踽而行。在众僧人的帮助下，徐霞客为朋友静安在鸡足山上树碑立传。事后，他并没有马上离去，而是住了下来，走遍了这座山的山山水水、座座古刹，写下了两万余字的笔记。他给鸡足山留下了这样的文字："东日、西海、南云、北雪，四之中，海内得其一，已为奇绝，而天柱峰一顶一萃天下之四观，此不特首鸡山，实首海内矣！"

鸡足山上纵观美景，遥想先贤，我忽地有了一种踏实、盈满的内心感悟。

——我在祥云，我在茶马古道的驿站。

见过"祥云"的人不少，到过祥云县的人才叫有幸。祥云是一个小县，却有着"云南之源，彩云之乡"的美誉，因为早在两千多年前的汉代，这里就建制起"云南驿"。今天云南省的名字，就来源于它。"云南驿"是茶马古道上最古老的驿站之一，走在它的遗址上，仿佛依然能听到穿越千年的马帮铃声。

陪同我们的姑娘唐佳问："有谁会唱《小河淌水》？"我们1号车的老中青大都举了手。她又问："有谁知道这首民歌的来历吗？"没人应声了。于是，我们听唐佳讲了这样一个凄美、动人的故事：美丽的姑娘阿月爱上了路过村寨的马帮队的年轻英俊的"锅头"（马帮的首领），于是把自己一对玉手镯中的一只戴在马锅头的手腕上，俩人情定终身。不想，马帮队在茶马古道上遭到土匪劫袭，年轻的马锅头挺身保护大家被杀害，临终他把手镯交给副手，托付他交还给他心爱的阿月，让她死心并开始新的生活。副手见到阿月，怎忍心告诉她啊！一年过去了，两年过去了，痴情的阿月一直在等，以为那玉镯还在她的阿哥手腕上。第三年，再也无法隐瞒了，副手如实把玉镯交出。悲痛中的阿月剪掉秀发，女扮男装，随马帮队上路，历尽千辛万苦，终于为她心爱的阿哥报仇雪恨。此后，她成为远近闻名的一代女锅头。夜深之时，阿月深情地唱道："月亮出来亮汪汪，亮汪汪，我想我的阿哥在深山。哥像月亮天上走，天上走，哥啊，哥啊，哥啊！山下小河淌水清悠悠……"

听着阿月姑娘（其实是唐佳在唱）的《小河淌水》，沿着千年的茶马古道，我们来到了水目山。攀上山峰，进入水目寺，早已等候多时的寺庙住持给了大家一个惊喜：这位姓释，也叫静安的慈眉善目的佛家，把一串串开过光的佛珠送给我们，男的是绿金砂石的，女的是黑金砂石的。有人给自己的另一半再要一条，静安大师一一满足，并诵经送上祝福。

有人说那天的斋饭最好吃，我赞同。

——我在巍山，我在听洞经音乐。

巍山是彝族故里，道教圣地。我们朝圣般地走近它时，已是晚上9点多了。

登上建于明洪武二十三年（1390），已有六百多年历史的古城楼，集吹拉弹唱诵为一体的南诏古乐——洞经音乐的演出开始了。演奏者中年长的已有七十六岁，最小的也都年过半百。现今世界上唯一能发出声音的一架古瑟，由一位六十七岁的老奶奶操琴，时而悠远空灵，遁入虚无；时而高山流水，激情四溢，一百多位见多识广的老编老记们统统折服了！音乐会结束后，大家把演奏家们团团围住，采访、拍照个不停。我在深夜与家人通话时，竟说了句"官话"——南诏古乐古朴典雅，凝聚了苍茫岁月的文明，是历史的积淀，也是文明的见证。——嗨！

——我在洱源，我在湖上。

洱源县是洱海的源头。这里也有一池碧水，名字也叫西湖。不过，洱源的西湖是高原湖泊，水更清，景更美，有着"六村七岛俏西湖"的美誉。我用一句话形容它的美——把杭州西湖和华北明珠白洋淀的美加起来，再减去乌泱乌泱的游人——就是她了。

爬了一道山，又登一座山，加上舟车劳顿，难免疲惫。忽然泛舟于美丽的湖上，好不惬意！木桨划破静静的水面，小船穿过茂密的芦苇，惊起水鸟扑棱棱群起而飞，引来笑声串串。过桥洞和狭窄的航道时，船老大提醒道：快把船桨收进船里来！他独自一人撑篙而过。转眼间，湖面又豁然开朗，放眼望去，渔村炊烟袅袅，湖边已有妇人在淘米洗菜，准备晚饭了……

是夜，大家在"洱源热国"泡完温泉，才纷纷沉入梦乡。

——我在剑川，我在鹤庆。

白天，我们在剑川(就是故事影片《五朵金花》里那个"阿鹏哥"的故乡)沙溪古镇的寺登街上徜徉，流连忘返；晚上，几个同伴忍不住敲开了"何家大院"的大门，好客的白族主人一点不嗔怪，热情招待，领着我们楼上楼下把家里的木雕看个够。平生第一次到鹤庆，才知道这里的新华村是全国最大的银饰市场。鹤庆，是我们采风的最后一站，有限的时间，我们一行人把它全放在宏记银店的一位老银匠身上了。他手工打出的银手镯令人啧啧赞叹，完成一个，还要一个，再打一个吧！最后，老银匠手腕上自戴的一个宽宽的银镯子，也被我们中的一女士磨下买走了。老银匠无奈中带着满足，说，拿去吧，反正是去了北京嘛！

——我在宾川，我在祥云，我在巍山，我在洱源，我在剑川，我在鹤庆。

其实，亲爱的朋友，我只在一个美丽的地方——大理。

今天的我，有资格告诉你，只去过苍山游过洱海，只去过蝴蝶泉见过崇圣寺三塔的人，千万别说你去过大理。

心之交响

从美丽的西双版纳，我带回一份珍贵的礼物，那是一部用交响乐这种古典的西洋音乐演绎版纳风土人情的民族交响乐作品的录音。送我礼物的，就是作品的主人——西双版纳州人民广播电台的音乐编辑、作曲家宋役。

离开昆明到西双版纳采访之前，细心的《春城晚报》记者马波对我说："给你找了一位'翻译'，他对那里的一切都太熟悉了。"

"翻译"就是宋役。由于有他陪同，我在少数民族村寨的采访进行得很顺利。同时，对这位深深地扎根在西双版纳沃土上的青年作曲家，产生了浓厚兴趣。

宋役是北方人，却从小跟随南下的父母，在西双版纳这块美丽神奇的土地上长大。十五岁时，他迷上了音乐，凭着自己拉得一手漂亮的小提琴，他顺利地考进了州民族歌舞团。进而他又开始学习作曲，有幸被团里推荐到北京进修。刻苦的宋役奔波在中国音乐学院和中央音乐学院之间两边听课，整整两年时间，竟连一次长城也没去过。瘦了一圈儿的宋役从北京返回版纳，带回的音乐知识和创作激情却从未有过的充实。当时有人劝他留在昆明，他连连摇头，执拗地说："我的根在版纳，我的事儿还没干。"

他的"事儿"，就是要创作一部民族交响乐《美丽的西双版纳》。他说，只有用气势磅礴同时又细腻委婉的交响乐形式，才能真正表现出我对养育了自己三十多年的西双版纳的挚爱。天遂人愿，此时他已被调到西双版纳广播电台担任音乐编辑。他自豪地告诉我："版纳广播电台发射功率好大，几乎可以覆盖东南亚大半个地区。将来有一天，版纳的老百姓和海外侨胞打开收音机，突然听到属于自己的'洋'音乐，他们会听出，哦，那是我们的西双版纳！"

为了创作出属于那块美丽沃土的"洋"音乐，一年多的时间，他骑上一辆旧自行车，不知跑了多少个竹楼村寨，不知熬破了多少个黎明，一遍遍写下了几百万个"豆芽儿"。凝重、开阔又充满生机的《布朗山秋色》写出来了，宋役把它作为整部作品的前奏曲。接着，他在傣家的竹楼里完善了"兰嘎西贺"的美丽古老的传说，用他最熟悉的、最热爱的小提琴创作出了协奏曲，充满激情地歌颂了像仙女一样美丽的公主南西腊和正直的王子如拉玛之间纯洁的爱情。管弦乐"八洁禅唱"、钢琴与弦乐曲"特懋克"篝火素描、"依拉贺"主题变奏曲和交响音诗"采茶女"等心之交响，先后从他手下奔涌而出……

他成功了。在那年泼水节期间，他的整部交响乐作品被昆明交响乐团搬上了舞台，一时轰动了春城！

西双版纳的那个夜晚格外静谧，我和他的妻子黄丹妮——和杨丽萍同时考入州歌舞团，也是杨丽萍最要好的伙伴，一起分享着宋役创作之后的幸福。

《布朗山秋色》的旋律响起来了……

于今，我更相信这样一句话了：音乐记忆就是人生记忆。瞧，美丽的西双版纳，总是伴着一段流淌的乐声，留在我的记忆里。

阿细跳月

直到今天，我才知道我梦中向往的那个迷人的山寨，在云南红河哈尼族彝族自治州的弥勒县，她的名字叫可邑。

可邑，阿细跳月的故乡！

我第一次知道"阿细跳月"，正值青春，顷刻被那欢快、动听的旋律感染了，被那优美、激越的舞姿陶醉了。那是无数快乐的青年们在天安门广场拉起手，围成圈，尽情欢庆共和国生日的一个不眠之夜。集体舞是交错行进式的，一段乐曲结束，你的眼前就会出现新的舞伴的面孔。当时的我觉得对面的女生一个个都像阿细姑娘般美丽。从那时起，阿细跳月伴着我的青春，那么美好地留在我的记忆中。

偶有事由，这记忆便被撩拨起来。若干年后，听著名萨克斯演奏家范圣琦的音乐会，他的压轴曲目竟是《阿细跳月》。他把这支少数民族乐曲改编成萨克斯风，先后用高音、中音两支萨克斯演奏，十几个少年组成的萨克斯乐队重奏，高潮处台上台下一片欢腾，这其中自然包括我。当晚忍不住打电话给刚刚到家的范先生，要他演奏的《阿细跳月》CD盘，范老欣然应允。我知道，有一个美丽的梦已然在我心中生成。

若干年后的若干年后，终于，我的寻梦之旅就在这个秋天成行了。展开红河哈尼族彝族自治州的小册子，"红河——七彩云南的缩影，梯田文化的殿堂，阿细跳月的故乡"赫然入目。不用说，我是带着怎样的兴奋踏上红河之旅的。

偏偏我们的行程把弥勒安排在了最后一站，就是说，我的梦要在整个采风活动的最后一天才能圆啊。有点郁闷。晚饭后，《云南日报》的高级记者杜京找到我说，州委常委、宣传部长李涛要请几个朋友中的朋友去湖边喝茶，她笑着说："你被选中了！"

在宁静而美丽的南湖岸边一个叫墨脱酒馆的地方，"涛哥"——正像杜京说的一位年轻帅气的彝族宣传部长已在等候大家。喝茶间，我把对阿细跳月故乡的向往和刚才的"郁闷"说了，"涛哥"笑了，他善解人意地拿起手机打电话，叫来了红河日报社的总编辑何劲松，介绍给我说，老何就是弥勒县的阿细人，也是研究阿细文化的专家了，你的圆梦之旅现在就算开始吧！

老何果然了得，他几乎是唱着阿细彝族的民歌，给我介绍他的家乡的——"阿细跳月"的来源众说纷纭。有一说，古时其祖先以狩猎和刀耕火种为生。当先辈们砍倒树林放火烧荒后，为了抢时间，往往不等炭灰完全冷却就进行耕种，因而经常有人脚底被烫，便急忙抬起脚来，一边跳一边抖动，把粘在脚上的炭灰抖下来，嘴里还发出"阿啧啧"的声音，后来就逐渐演变为"阿细跳月"的舞蹈动作，直到现在跳舞时嘴里仍喊着"阿啧啧"。也有人说，"阿细跳月"是彝族为祭祀祖先"阿娥"和"阿者"，表达敬仰及怀念之情而自发创造出来的。值得一提的是，在"阿细跳月"发展过程中的1946年夏天，西南联大的部分师生来到石林，组织"奎山彝族舞蹈队"到昆明演出。"阿细跳月"首次进入城市就轰动了春城，闻一多、费孝通、楚图南等文艺界著名人士予以高度赞扬。据说，诗人闻一多把"阿细跳乐"顺手改成了"阿细跳月"，使这首古老的民歌更具诗意了……

到红河的第一个夜晚，我睡得很香，仿佛看见了阿细山寨的月亮……

红河好美！几天来，我们在蒙自品尝正宗的"过桥米线"；在与越南接壤的河口观看入关大潮；攀上举世闻名的元阳梯田感叹如诗如画，泛舟在石屏异龙湖上与"花腰新娘"对酒，歌声、笑声惊起鱼儿串串……

这天，我们的车队终于沿着蜿蜒的盘山公路，向着我的梦——弥勒进发。随着美丽的秋色在车窗外闪过，我的心早已飞向了那神秘的阿细山寨。

"到了，到了！"看得出，大家都和我一样兴奋。远远地就看见村口的三座烽火台上插着红旗，强壮的阿细男人袒胸露背，披着坎肩，手持古老的兵器，列队迎接远方来客。阿细姑娘师苗用她那甜美的声音说："可邑山寨欢迎您，欢迎您到阿细跳月的故乡来做客！"

欢迎仪式有点特别，每一位客人先要跳过脚下的火盆，然后饮尽阿细姑娘敬上的米酒。漂亮的师苗说，这样，进村后我们就是一家人了。这"一家人"中的师苗，年龄只有二十出头，其实还是个孩子，她却已在镇里工作了，许多重要的接待任务，都由她来完成。在可邑村的民俗博物馆里，她用近乎标准的普通话介绍道，可邑村有七千多阿细人，村里保留着最原始的先基祭奠传统，是彝族创世史诗《阿细先基》流传最广泛的地方，现在已被列为省级彝族文化生态旅游村了。我问她会彝族语言吗？她点点头，骄傲地说，当然，我能写不少文字呢！参观间隙，她还告诉我一些解说词里没有的内容，比如阿细人崇虎为图腾，彝语中"啮蜜蜜"就是"亲蜜蜜"，"阿里多"就是"欢迎你"。她还偏过头来，在我的笔记本上扫了一眼，看我记下没有。"对了，"师苗说，"在我们阿细山寨，订婚最省钱了，男人一挑水上门拜岳父岳母，女人一担柴就能认公婆……"

本想和她多聊会儿，"师苗！师苗！"镇上的领导喊她，她一转身，很快消失在人群里，许久我都没有再看到她的影子。

古老的村寨，本来是恬静的，我们一行人东看看、西望望打破了这恬静。十岁的小姑娘陈湘，是可邑小学四年级的学生，她带着弟弟在树下玩耍。我走近她，小姑娘懂事地让弟弟别闹了，等着我问她。

"你学习成绩好吗？"我问。

"有比我好的。"

"能排在前几名吗？"

她笑了："差不多吧。"

"你妈妈在干什么呢？"

"在给你们做饭。"

"没有客人来的时候呢？"

"给我和弟弟做饭啊。"

"怎么老做饭啊？"我故意逗她。

小姑娘也笑了："谁说的？妈妈还会种烤烟，要干好多活儿呢！"

我们谈话间，已有好几位摄影记者把镜头对准她了。我说："陈湘，你这么漂亮，能给大家跳个舞吗?"

"晚上点火才跳呢!"

晚饭快结束时，出现了精彩的一幕：一位阿细长者，真的在一段树木上钻出火来!他把点燃的一支支火把分别交到客人手中，人们高举着火把来到宽阔的场院，欢腾的篝火晚会开始了!熟悉的大三弦和竹笛奏响了《阿细跳月》的旋律，无论男女老少都逐渐加入到跳舞的圈子中来，一圈变成两圈，两圈扩大成三圈，人们在尽情地跳跃着、欢笑着。

我却在欢乐的人群中寻觅着，我想找到阿细姑娘师苗和小陈湘，可就是不见她俩的身影。忍不住我问身旁一位阿细妇女，认识陈湘吗?

"认啊认啊，她和我女儿龙敏一个班啊。"

"她们不来跳舞吗?"

"她们学习啊。我家龙敏考试班里第一呢!"

哦，我想起来了，陈湘说的那个学习成绩比她好的同学，大概就是龙敏呗。我从心里祝愿阿细人的后代幸福快乐地成长!

不知是谁把我也拉进"阿细跳月"的队列中，天安门前的青春记忆又萦绕在脑海。在今天这个难忘的山村之夜，我的梦落在了红河，落在了弥勒，落在了可邑，落在了阿细跳月的故乡!

夜深了，淳朴的阿细乡亲一直举着火把，把我们送到村口的停车场。忽然，我的眼前一亮，我见到了那个苗条的身影，她正是在安排大家上车的师苗。我找不到她，原来她在一直忙碌着。我有点感动。灯火映照着师苗美丽的脸庞，她微笑着挥手向大家告别。

我隔着车窗也向她挥手。只是不知道，她看到了吗?

（原载2016年第6期《生态文化》）

赣乡二题

净居寺一日

学生时代读王安石，记住了瑰丽的景色常在于险远。而今外出的机会多了，也游历过些许"险远"的名山大川，我觉得最令人兴奋的，莫过于"险远"的旅程同时给你带来"意外的惊喜"了。前不久随首都作家、记者采风团赴江西，行程的第一天，主人便把这种"惊喜"不经意地抛给了我们——车从南昌向着井冈山方向奔波了两百多公里，就在井冈山所在的吉安市大门前，汽车却向东南方向拐了个弯儿。这样，我们没有"重上井冈山"，而登临的是史上"庐陵文化"的发源地，被北宋诗人杨万里称为"山川第一江西景"的青原山。

青原山好美啊，它有着我儿时向往的一片片"井冈翠竹"，放眼山峦，尽是"翠、幽、秀、奇"的诱人景色，而且这座海拔并不高却绵延百里的山峰，还有着深厚的历史文化底蕴。下车来到山口，只见古旧的牌坊上有"青原山"三个颜体大字，"颜体字"是我随口说的，小时候临过颜真卿的字，看着像。这回错了，细看，书写者是文天祥，就是写下"人生自古谁无死，留取丹心照汗青"的南宋杰出的民族英雄和爱国诗人文天祥。

这里是文天祥的故乡。大概只有登上青原山,才能读到这位英雄诗人的《游青原二首》。其一是:"钟鱼闲日月,竹树老风烟。一径溪声满,四山天影圆。无言都是趣,有想便成缘。梦破啼猿雨,开元六百年。"

主人也许是有意为我打个圆场,他对大家说:"颜真卿确在青原山留有墨宝。"原来,唐永泰元年(公元765年),颜真卿出任吉州司马,此后的第三年的冬天曾专程登临青原山,大书法家景仰被后学誉为禅宗七祖的行思和尚,挥笔写下了"祖关"两个大字。据说,颜真卿写这么大的字极为少见,清代学者翁方纲赞曰:"鲁公八分惟见《东方赞》题额,未有如此之大者,诚可宝也。"我们见到这真正的"颜体"大字,如今仍清晰地留存在一座石雕牌坊额首呢。又何止文天祥、颜真卿,唐宋以来,杜审言、苏轼、黄庭坚、李纲、解缙、王阳明、徐霞客等文人学士,都在青原山留下了珍贵的墨迹和流传至今的诗文。

我不能不说热情迎接我们一行的"主人"了,此人乃青原山净居寺住持妙安方丈。游青原山主要是为了访净居寺。初见眉清目秀、身材高挑,双手合十立在寺前迎候客人的妙安时,我们不约而同地想到了演员濮存昕,想到了小濮在电影《清凉寺的钟声》里饰演的主人公。妙安谈吐文雅,学识甚高,他陪我们蹀上石拱桥,一边参观一边回答着我们的问题。天王殿、金刚殿、大雄宝殿、七祖塔、藏经楼以及正在修葺的毗庐阁等,他执意始终陪同,亲自讲解。遇有坡坎处,他都会搀扶年长者一一通过。与他交流很轻松,对他的禅学精悟,我们一行中的几位文学名家、资深编辑也赞叹不已。我问:"你去过北京的云居寺吗?"他说:"去过。我1993年考入中国佛学院,在北京读了八年书。我与北京的客人有缘啊!"我们这才知道,眼前这位年轻的方丈,还拥有硕士研究生学历呢。

"有缘"的妙安，又一次把"惊喜"抛给了我们——他征得陪同而来的当地领导的同意后，邀请我们在净居寺吃午饭，也就是说，我们可以与僧人们一起吃斋饭。听到这个消息，几位女士竟高兴地喊起来："好哇，好哇!"一问，我们这些老中青三代十几口子，竟都是第一次吃斋饭。

斋饭主要是新鲜蔬菜和蘑菇，清淡而可口，我已有点吃撑了放下木筷时，只见青年女作家杨菊芳、佟彤，还闷头往下送呢。

吃过饭，妙安邀请我们所有人来到他住的方丈楼休息。他为大家斟上一杯杯清茶，并按男女有别，把净居寺的佛珠一一送给大家。由于我坐在他身边，他便把我的那串拿在手里摩挲着。等我戴在手腕上的时候，佛珠泛出的光泽立即引来一道道羡慕的目光。

午后的净居寺，恬淡而静谧，我们的谈笑声时而很近，时而又很远……

当我们被催促着不得不登上汽车离开时，妙安方丈和数位僧人一直伫立在寺门前向我们挥手、挥手……

细想，做客净居寺，该只能算作半日。然而一日也好半日也好，竟是这样让我难忘!

醉在瑶里

瑶里在哪儿？在浮梁县境内。浮梁在哪儿？在景德镇市境内。其实，瑶里和景德镇，是浮梁县的一双儿女。浮梁县建衙距今已有一千七百多年的历史了，唐代大诗人白居易在《琵琶行》中有句："商人重利轻别离，前月浮梁买茶去。"可见，那时浮梁便以茶乡而声名远播了。今天，产自浮梁的"瑶里崖玉""浮瑶仙芝"，依然是名扬海内外的茶中极品。同时，人杰地灵的浮梁又是瓷都之源，孕育了千年窑火不熄的景德镇。历史上景德镇是浮梁县的一个小镇——昌南镇，他该是浮梁母亲的儿子。只是这出色的男儿发展壮大得太快了，他以惊羡世界的瓷器为母亲赢得了太多的荣誉，以至母亲的名字渐渐隐退于后，却无人不知儿子名了。

我这里特别要说的是浮梁母亲同样出色的女儿——瑶里，一个"养在闺中人未识"的淳朴、美丽的少女。此次赴赣乡采风，我们一路被绿色包围着，领略着江西这张"绿色名片"（省政协领导语）的无尽魅力。我们一行兴致勃勃地登上上饶龟峰，观它的奇秀；乘云驾雾般爬上三清山，览它的神容；蒙蒙细雨中小憩于婺源，品它的茶香……然而，我们最终还是陶醉在了瑶里！

这从行程的临时改变就可得出结论了。省里陪同的同志为了让作家、记者们多看几处，我们始终处于闻鸡即起，一路奔波的状态，"打一枪换一个地方"，一晚住一个宾馆。当我们进入浮梁的怀抱，在瑶里住下后，诗人彭俐先嚷嚷起来："这不是仙境吗？"众人应道："是一幅山水画！""太美了，不会也住一晚吧？"晚饭桌上，一个"动议"旋即产生，迅速提交并一致通过：在瑶里多住一天！

夜色降临了，可我实在不愿掩上窗帘，因为从窗口向外望去，是多美的一幅山水啊，就让它伴着我渐渐地、渐渐地进入梦乡吧……

翌日，清晨5点多我就醒了，于是迎着第一缕早霞，我循着水声走进瑶河边的小村庄——程家村。这古老的村落因程家宗祠而得名。祠堂虽已开辟成可供游人参观的景点，但它仍保留着原貌，不作改扩建，于是周围的老住户还像几百年前一样安静地生活着。

瑶里最美是瑶河。淙淙的水声似琴韵，把我吸引到河岸边，哦，勤快的媳妇们已经在洗衣服了。她们蹲在青石上，一只手翻动着衣物，一只手用木棒有节奏地敲打着。我和一位浣纱女聊起来，她告诉我她叫王文兰。我问："一早就洗衣服吗？"她爽快地回答："是啊，都是早上洗。一会儿要上山照看茶园呢。"就在我们附近，一条条鱼儿欢快地游动着，大的足有一斤多重呢。我问："这么多鱼，村里人不捕吗？"她笑着指给我看一块石牌，只见上面刻写着："为了保护环境和水的清洁，根据民意，决定禁渔。禁渔协会立"。怪不得这里的鱼儿如此自在，"瑶河观鱼"便也成为了当地旅游的一个项目呢。我想知道村里人每年能得到多少旅游收入，她不好意思了，告诉我她是租住在这里的，每月要交一定的房钱，为的是照顾十岁的儿子在瑶里小学读书。她说，小学、中学都在附近，像她这样随孩子"陪读"的母亲不止她一个。"小儿懂事，学习不错。"说这话与我告别时，她的脸上分明挂着幸福的笑容。

下午，我随团游览汪湖原始森林和南山瀑布后，虽然感到有些疲乏，但忍不住仍又来到了瑶河岸边。此时，清澈的河水泛着金波，刚下课的孩子们在河里扎猛子、游泳，银铃般的笑声传得远远的。被我拉来看瑶河的彭俐说着诗的语言："瑶里的孩子，能忘记他们的童年吗？"

我想，这水中嬉戏的小童们，不正是瑶里、浮梁的希望吗？他们中，就有那个"懂事，学习不错"的小男孩吧？

瑶里，古朴、安详的水边小村，我这个外乡人又怎能不醉在你的美景里！

（原载2006年7月4日《北京日报》）

西出阳关

平生第一次去西部，就在这个秋天。在北京飞往兰州——嘉峪关的飞机上，我脑海里描摹着古丝绸之路的边墙塞障、古道驼铃、大漠孤烟……

在嘉峪关这座静静的西域古城，来自全国部分省市区党报专副刊的新闻同行交流研讨了新世纪报纸专副刊的办报经验及发展趋势后，大家登上了东道主《甘肃日报》的"新闻采访车"。我这才意识到，真正的西部之行才刚刚开始。

主人的热情是通过"漫漫西行"中每一处周到的安排体现出来的。我们下到神秘的魏晋墓穴中探古，互相鼓励着攀上唯西部才有的悬壁长城，然后驱车赶往安西县桥湾城参观安西博物馆，还意外地观看了尚未对外开放的榆林窟。

几天的行程，几乎都在"赶"。说是"赶路"，对我们而言不过是坐在车上观赏窗外风光或闭目养神，却辛苦了为我们打前站的《甘肃日报》的同行和司机师傅。在往阳关赶的途中，我望着车窗外茫茫无际的戈壁滩，不禁默诵起唐代边塞诗人王维的诗来："渭城朝雨浥轻尘，客舍青青柳色新。劝君更尽一杯酒，西出阳关无故人。"然而此时，我们这些大多是第一次"西出阳关"的远方来客，全然没有了诗人描绘的那种凄凉，因为我们时时被主人的热情和真诚感动着。《甘肃日报》的高级记者、专刊部主任许维，对西域文化有着多年的研究，已有七八本有关敦煌的书出版。为了让我们更多地看一看莫高窟壁画，他身上揣着他的好友——我国著名的敦煌研究院名誉院长段文杰老先生亲笔写的条子。正是由于有了许主任的"铁"关系，我们的参观采访一路绿灯。

难忘的旅行总有难忘的故事。我的"故事"在"春风不度"的玉门关发生了。经过几个小时戈壁荒漠中的穿行，我们终于来到了我儿时就向往的古老关塞——玉门关。大家纷纷下车，只听先下去的人惊呼："天呀，好大的风啊！"用朔风怒吼、黄沙漫天来形容眼前的玉门关，一点也不为过。尽管这样，大家还是围着雄浑、厚重、用黄胶土筑成的古城遗迹细细地看着，每个人都任凭卷挟着黄沙的西北风吹着、打着。风沙中，《新华日报》的女记者薛旦旦不知从哪儿牵来一头毛驴，她骑在上面兴奋不已。忽然，她喊我，让我帮她牵住驴，她好从驴背上下来。经不住她怂恿，我翻身骑上驴背，不想这驴发了脾气，竟驮着我奔跑起来。我连喊"吁——"并紧拽缰绳，但这犟驴全然不听，径直向着大漠深处狂奔而去。耳边风沙呼呼作响，我的喊声淹没在狂风中没人听得见。完了，这驴不知要跑到何方才能停歇下来啊！惊恐之中，一个熟悉的身影在风沙中越来越清晰了，原来是侠哥飞跑着追上来救我了。侠歌叫李成侠，是《甘肃日报》专刊部的主任记者，年龄还小我几岁，不过大家都叫他侠哥。只见他嘴里喘着粗气，上前一把勒住缰绳，通红的脸上已急出了汗珠……我们返回"大部队"时，大家都说，第一个飞身救人的，肯定是侠哥。

真没想到，我在玉门关还留下这样一段经历。

在从玉门关到阳关八十余公里的途中，我们顺道做客潘家葡萄园，亲手采摘甜甜的葡萄，品尝农家野味，好不惬意……

哦，西出阳关，令人难忘。

周庄的早晨

周庄的早晨是静谧的。晨曦微露中，我已早早地起床了。承蒙主人——江苏水乡周庄旅游股份有限公司的厚意，我们昨晚有幸留宿"庄"里，而且住在了有着几百年历史的陆家衡的大宅子——双蕊堂。黎明时分，双蕊堂的两扇黑漆大门还紧闭着。轻轻推开它时，陈旧、厚重的门板发出"咯吱吱"的声响，怕是扰了还在熟睡的邻居吧。

我漫步在古镇街头。深秋时节，天有点阴，风却不冷。昨夜宿在江南水乡的兴奋还没有完全退去，今晨伴着深呼吸，我不禁又为周庄早晨的美景微醉了。

周庄的静寂最先是被一条清洁作业船的摇橹声打破的。静静的水面上，一条小船由远及近，两个"小妹"(当地人对船工的称呼)，一个摇橹，一个清理着水边的落叶和垃圾。天开始放亮，像是小妹"哗啦、哗啦"的橹声，把天色摇亮了。有人蹲在水边开始洗漱。偶尔有炊烟升起来了。有菜农挑着鲜灵灵的青菜急匆匆地与你擦肩而过。最抢眼的，莫过早起的娃娃们了。他们背着的书包，一点也不比城里孩子的轻，三三两两唧唧喳喳地奔学堂了。我似乎悟出来了，词作家乔羽在《周庄好》这首歌中，为什么能写出"声相闻，手相招，小儿小女过小桥"这般美的句子了。

周庄不大，不知不觉中我已踏上折返的路了。然而，同是那景，画面又不同了：摄影师已在桥头架好相机，只等小船入画幅了；两三位美院的大学生在水边描绘着梦幻般的水乡晨景；我呢，赶紧端起相机"咔嚓、咔嚓"拍起照来。真可谓：周庄成了画家的风景，而画家则装饰了我的镜头。

不到7点，临街的店铺已开始卸下门板了，茶楼、酒坊、万三蹄的幌子在袅袅炊烟中纷纷扬起来，甚是惹眼。

我回到双蕊堂时，门房的大爷正打扫着院子。几位脖子上挂着相机的游人，兴冲冲地正要出门。他们纷纷问我："周庄的早晨，怎么样？"

我的回答挺俗："美极了！"

话俗，却是真的。

匆匆掠过遂宁

遂宁之行，给我一个特别的感受：去一个让心灵度假的地方，心里不能有太多事。而我有机会去遂宁参加中国报纸副刊研究会年会，偏偏是2010年的岁尾，报社酝酿改扩版，日报副刊的几个新的版面远还没有"落听"，我是硬着头皮赶赴遂宁的。其间，身在遂宁心却还在自家的报纸上。待就要结束此行返京时，我忽地有一种难舍难分的心绪涌上心头。当时也顾不得细想，回来后自是忙工作，还冒着严寒去了"陕京三线"。但稍有闲暇，我的心却又回到了遂宁，和同事、朋友聊天时不觉地就提起遂宁来。真是"旁观者清"，他们告诉我：你喜欢上那座城市了！

爱上遂宁是一件容易的事，一进入这座地处四川盆地中部的古城，两条醒目的标语或说两个突出的概念，强烈地撞击着远方来客的心灵。

请看：遂宁，一座让心灵度假的城市；为了您，这座城市已等待了一千六百六十年！——这当然是指它从东晋开始的悠久历史文明。五年前，遂宁市委、市政府在成渝高速的遂宁出口处，矗立起这块硕大的标志牌，让所有人一进入遂宁，便有了一种历史厚重感。我想，五年前那口号该是全市人民的动员令，因为五年后的今天，我们无论是徜徉在中国观音故里，还是置身于中华侏罗纪遗存；无论是观宋朝青瓷，还是赏宝梵壁画，都能看到、感受到这座古城焕发出的勃勃生机。

这天，我们来到射洪县，登临陈子昂读书台。大家不约而同地屏住呼吸，仿佛在聆听那初唐大诗人"前不见古人，后不见来者，念天地之悠悠，独怆然而涕下"的千古绝唱。在陈子昂学成出仕的古读书台，不禁怀古之情悠悠：这位被李白、杜甫、王适称誉为"麟凤"、"雄才"、"海内文宗"的大家，十八岁时始发奋读书，闭门苦读三年，在这清癯的金华山中该是何等的寂寥！他终因一篇《谏灵驾入京书》为武则天赏识，官拜右拾遗，曾两次随军出征。三十八岁时心情复杂的政治家、文学家陈子昂辞官返回故里，不想四年后他没能躲过被罗织的罪名，遭迫害致死。这也正是子昂诗作留下的并不多的缘故吧。然而，在他一生创作的百余首诗歌中，却独领风骚，开创了雄健、质朴的一代诗风，白居易赞道："杜甫陈子昂，才名括天下。"

今天，陈子昂读书台遗迹犹存，金华山已成为国家4A级旅游景区了。

从山上下来，主人巧妙地安排我们来到"悠悠岁月"的沱牌集团品味刚刚酿得的"舍得"酒。稍许，一些不胜酒力的作家、诗人、文学编辑们便有些微醺。肩扛大校军衔的《解放军报》文艺部主任乔林生，在主人的留言簿上写下的是："你们舍得，我们舍不得！"他用川音一念，立时笑声四起。我却觉得这话说得到位，便也不揣浅陋，跟在后面题了一句："此生有幸到射洪，子昂舍得驻心中。"

路上有人打趣说，算了一下，我们一行来遂宁，这座城市等了一千六百六十五年了。

那么，第二个让我心动的标语或概念呢？

请看：遂宁，北纬30度的神奇与文明！——这大概是与历史厚重感相对应的现代时空感吧。一般人们想过你生活、居住在北纬多少度吗？我知道北京位于北纬39.1度，可这与我的生活有什么必然的联系吗？然而，如果是北纬30度的话，那就不一样了，而我们的遂宁，就位于北纬30度这条神秘的曲线上！

据说，最早对经纬度产生认识的，是公元前的古希腊人。这是一条看不见的曲线，却充满了神奇的魔力。譬如百慕大三角海域，它气候温和、异样美丽，但经过这里的飞机和船只却常常莫名其妙地失踪；譬如埃及金字塔，它由二百三十万块石块组成，每块重约二点五吨，石块之间没有任何黏合剂，但人们很难把一把锋利的尖刀插进石缝中；还有不沉的中东死海、消失的大西洲、神秘的玛雅人、匪夷所思的斯芬克斯神像……这些无一不是与北纬30度这条神秘的曲线有关。而遂宁，就在北纬30度的曲线上！人们对这一点的关注，开始于我国对人造卫星的回收。新华社的报道记录下这样的事实：许多颗卫星圆满完成预定任务后，都成功地降落在四川遂宁的大英县。专家尚未做出确切的解释，但称大量卫星降落这里，与大英县所处的纬度有关。

睿智的遂宁决策者抓住了这条神秘的曲线。与世界闻名的中东死海同在北纬30度的遂宁大英，挖掘出与中东死海惊人一致的盐湖，从地底三千多米抽出的盐卤水，温度高达87度，通过自然冷却和脱硫处理后，形成恒温40度左右的死海温泉。在这个"海"里，不会游泳的人也能轻松地漂浮在水面上。而且，它富含的矿物质和藻泥对人体有很好的保健疗效。我们来到占地两千亩，可供万人同时水中嬉戏的中国死海，感受它的博大、壮观，还有汩汩流淌的温泉的暖意。陪同我们的大英县委书记骄傲地说："项目自2004年5月1日建成开放后，每年的客流都超过一百五十万。因为大英的中国死海是全世界独一无二的，而且不可复制！"

应主人的盛情，我们留在大英用晚餐。按照名单顺序，京津沪报纸的同行常被安排在一桌。我端起酒杯，向《解放日报》高级编辑朱蕊敬酒时说："咱们在北纬30度的曲线上共饮一杯。"她抿了一口，笑道："这里真是个神奇的地方。"在谈到遂宁之旅要搞个散文、随笔征文时，几位报社的老总、部主任都跃跃欲试，《天津日报》的文艺部主任、诗人宋曙光举手，大家静待他发言，他问道："组诗行吗?""哈哈……"大家都乐了，这欢快的笑声弥漫在北纬30度的地方……

是啊，遂宁是一个值得用诗的语言赞颂的川中明珠，比如还有灯火阑珊的观音湖、四季皆绿的高峰山，还有安居区诱人的"524红苕"、蓬溪县盛产的青花椒……

难以忘怀！我就这样地，匆匆掠过遂宁。

（原载2011年2月24日《北京日报》）

日照文脉

在去山东日照的火车上，我对文学评论家黑丰说："到了日照，你千万别说你是文化人。"黑丰用他那湖北口音"哟"了一声，这音调是上拐的，表示有点疑问。我告诉他，这话不是我说的，是多少年前在日照的一次笔会上，作家刘恒说的。记得在场的陈祖芬、米博华等一干"文化人"也连连点头称是呢。

7月初，有机会来日照采风，我又一次被浓浓的文化氛围浸染着，乐在其中，收获颇丰。

追溯日照文脉，人们自会提起南北朝时期的大文学家刘勰。日照的莒县是刘勰的故里，在浮来山定林寺，我胸中不禁涌动着他在《文心雕龙·神思》中的名句："登山则情满于山，观海则意溢于海，我才之多少，将与风云而并驱矣。"

此次日照行，"情满于山"的不止浮来山，驻龙山的万亩茶园，也给我们留下了美好的印象。听听这茶场的名字吧——春浓。我们冒着蒙蒙细雨，和茶农们一起采茶。日照的绿茶全国闻名，属茶品中的上上品。春浓茶场的老场长介绍说，它却是南茶北植的成果。把南方的茶种移植到更适宜茶树生长的日照，辅以北方的炒法，这炒法竟有七道工序！那天，众多编辑记者、作家们饶有兴趣地跟着走了七道工序，体味着日照茶文化的芬芳。

日照文脉的另一个分支，是黑陶文化。"到日照，看黑陶。"在兆启黑陶博物馆里，一些年轻人迫不及待地过起自制黑陶的瘾，我则认真听当今日照黑陶的掌门人、黑陶艺术大师苏兆启先生的讲解。始知黑陶是继仰韶文化彩陶之后出现的，被誉为"土与火的艺术，力与美的结晶"。黑陶的烧成温度达一千度左右，黑陶有细泥、泥质和夹砂三种，其中以细泥薄壁黑陶制作水平最高，有"黑如漆、薄如纸"的美称。这种黑陶的陶土经过淘洗、轮制，胎壁厚仅0.5毫米，再经打磨，烧成漆黑光亮，有"蛋壳陶"之称，饮誉中外。苏老破例领我们看采自他家乡的胶泥土，他说，其实烧制前的坯具是黄的，人们见到的黑陶表面所呈现的墨黑色，是以独特的无釉无彩炭化窑变的古老工艺烧制而成的。出窑后就是浑然天成，不再做任何处理，其外观黑亮如镜。他传承的这一工艺，是继彩陶之后，中国新石器时代制陶业出现的又一个高峰。真是开眼，我们不仅看到了目前世界上最大的黑陶作品——奥运宝鼎，还仔细观赏了苏老历经五年，经过几百次实验才烧制成功的"镇馆之宝"——高柄镂空蛋壳陶杯，它的举世无双在于杯体的最薄处仅有0.1毫米，令人叹为观止。

有趣的是，离开黑陶博物馆，一个多小时的车程后，我们竟一下穿越了四千年！——因为我们一行实实在在地站在尧王城的遗址上了。尧王文化是华夏文明的源头，也是日照文化的重要组成部分。尧王文化博物馆建成还不到一年，已成为全国各地及海外游子的朝圣之地。走进博物馆，只见门口的谤木、华表，院中的漏缸、谏鼓都依原样而设，大堂内3.9米高的尧王全身塑像巍然而立，那是用一棵千年树龄的国槐整体雕刻而成的。孔夫子对历代帝王评头论足，多诋其缺陷以教导弟子，对尧王却唯有称赞，子曰："大哉，尧之为君也！巍巍乎！唯天为大，唯尧则之。"司马迁在《史记》中也有溢美之词："其仁如天，其智如神。"

前不久，日照市成功举办了中国首届国际尧文化论坛。我看到日照籍的著名科学家丁肇中先生返乡出席并留下亲笔题字。博大精深，以"仁德"为核心的尧王文化，正跨越出国界，影响着这个纷繁的世界。

可以说，尧王文化是日照文脉的源头。这文脉绵延不绝，氤氲着一代又一代子民。

短短几日的行程，我们还赶到桃花岛观看独具特色的日照农民画，到日照博物馆与正在举办画展的沂蒙画派的画家们交流、畅谈……

匆匆地，怎么就和美丽的日照告别了呢？我有点失落。在返回北京的列车上，依然是同车厢的黑丰先生，用他那浓重的湖北口音对我说："到了日照，千万别说你是文化人哟！"我们都笑了。安顿下来后，我躺在卧铺上翻看自己的手机，哦，一张照片映入眼帘：两个可爱的小姑娘在举着刚完成的剪纸给我看。我没记下她俩的名字，可我知道她们是莒县剪纸传人的后代。

我按了"保存"，就让这两个日照小姑娘的笑容，留在我的记忆中吧。

（原载2013年7月25日《北京日报》）

金砂红谣

北方已是寒冬，闽西大地却仍是绿意盈盈，一派葱茏。褪去冗装，一身轻松地在青山绿水间行走，我不由得吟诵出毛泽东同志的诗句："红旗跃过汀江，直下龙岩上杭。"读党史，知道大革命失败后的这段时期，在闽西的毛泽东处在艰难困厄中，然而他的诗篇却充满革命豪情，回顾创建中央苏区，打土豪、分田地，他写道："收拾金瓯一片，分田分地真忙。"古田会议召开后，毛泽东率领工农红军走出困境，从龙岩过汀江，渡赣水奔井冈，直到踏上漫漫长征路。旅程虽艰难，红旗猎猎舞。你看"山下山下，风展红旗如画"；你听"头上高山，风卷红旗过大关"！即使大地沉沉，他遥望红军红三军团"赣水那边红一角"；即便反敌人大围剿异常惨烈，毛泽东咏出的是："同心干，不周山下红旗乱。"

斗转星移，八十多年过去了。今天，我追随着先辈的足迹，来到闽西，来到永定。当我走遍永定金砂红色旧址群，一个突出的印象是，每一处遗迹、每一段斗争，都有当时流传的红色歌谣相伴；或者说这些原本没有作者姓名，完全产生于工农大众的革命诗篇，真实记录下了老区红色根据地的那段光荣。

党决定发动永定暴动时，毛泽东还没有到闽西，但担任暴动领导人的张鼎丞、阮山、卢肇西等大都参加过广州农民运动讲习所的培训，而毛泽东正是那所"革命摇篮"的创办者兼教员。走进位于金砂金谷寺的当年农民暴动总指挥部旧址，我看到这样一首民歌《想起苦情割心肠》："日头下山西边黄，想起苦情割心肠，无田无地租田作，朝晨无米夜无粮。朝晨野菜昼边糠，暗晡（晚上）转来食粥汤，一家老小肠打结，穷人终年无春光。"纪念馆里保留的民谣还有："头一痛苦是工农，着件衫裤补千重，三餐食的番薯饭，住的房子尽窟窿。石榴花开满树红，当今世界太不公！"——这，不正是永定农民暴动的起因吗？

永定暴动总指挥、闽西红色根据地的创始人张鼎丞，原本是个书读得很好的学生，校长出于对他的喜爱，为他取了"鼎丞"的名字。投身革命后，为了发动民众，他把学到的诗文与革命斗争结合起来，搜集、整理、创作了大量上口、易记、群众喜欢的歌谣，甚至他执笔给红军第四军第四纵队写的布告，也是以诗歌的形式发布的，比如："照得红军宗旨，实行民权革命。打倒帝国主义，没收洋人资本。工人增加工钱，农民分配土地。士兵生活改良，欢迎白军投顺。打破包办婚姻，男女一律平等……"永定暴动一年后即1929年的新春，张鼎丞率红四军四纵转战至上杭，回顾惨烈的暴动情景，想起英勇牺牲的战友，他挥笔写下了这首《七绝》："四面云山皆在眼，万家烟火最关心；漫将十万工农血，洗净腥膻祖国尘。"新中国成立后，这位老一辈革命家虽身担最高人民检察院检察长的重任，公务繁忙，但对诗词的喜爱有增无减。大诗人郭沫若曾把自己那首得到毛主席喜爱并奉和的《满江红》抄录下来，赠予了他。可以想见，晚年的张老，与后代们一起朗诵毛泽东战争时期写下的恢宏诗篇，尤其是那首《清平乐·蒋桂战争》中的诗句"红旗跃过汀江，直下龙岩上杭"时，该是怎样的豪迈啊！

在金砂红色旧址，我第一次知道了女烈士张锦辉的名字。1927年，十三岁的小锦辉在堂兄张鼎丞的影响和帮助下，成为金砂平民夜校首批女学员之一。1929年红四军打到永定，她加入少年先锋队，站岗放哨、贴标语送信。一年后加入共青团，任红军游击队的宣传员。她自编自唱，歌声唱出了穷人的苦难和仇恨。部队走到哪里，哪里就响起她的歌声。1930年5月的一天，她和战友突遇敌对民团的包围被捕。张锦辉面对酷刑坚贞不屈。几天后，敌人把她押到天后宫前枪杀。那天，她一边走向刑场，一边唱起金砂红谣："唔怕死来唔怕生，天大事情妹敢担；一生革命为穷人，阿妹敢去上刀山。打起红旗呼呼响，工农红军有力量；共产万年坐天下，反动终归没久长。穷苦工农并士兵，希望大家爱齐心；打倒军阀国民党，何愁天下唔太平！"张锦辉被敌人杀害时，年仅十五岁。

讲解员也是个小姑娘，她动情地说："我们的锦辉牺牲时比刘胡兰还小一岁啊！只是她没有像刘胡兰那样得到毛主席的题词，很多人都不知道她，但我们永定人不会忘记她。金砂歌谣主要是唱的，可会唱的老辈人没几个了，到了我这儿，真的不会唱了……"见气氛有点沉闷，她补了一句："等我学会了，下次一定给北京来的客人唱着讲解好不好？"

好！我从心里这样说。

（原载2014年12月13日《解放军报》）

青钱柳

在隆冬飘雪的北京家中，我剪开一个来自江西修水的信封，一张绿色的卡片映入眼帘，几片柳叶衬托着盈盈的茶杯，一缕馨香似飘了出来。哦，这是朋友寄赠的"青钱柳"优惠购茶卡。小小的"绿卡"，把我的思绪一下拉到了江南的暖暖秋色中。

平生爱树，树中喜柳。民谚云"五九六九，沿河看柳"，柳是报春树。幼时读贺知章的"不知细叶谁裁出，二月春风似剪刀"，我就想那一定是写柳树的，因为家中小院里的柳树就长着细长细长的叶子嘛。上了中学北京二中，偶然得知我的语文老师赵庆培，就是那首儿歌"柳条儿青，柳条儿弯，柳条儿垂在小河边。折支柳条儿做柳哨儿，吹支小曲唱春天"的作者，更添了对赵老师的崇拜。可见，我之喜柳是有因由的。

仲秋时节，我随《北京日报》副刊部组织的作家笔会来到江西修水，意外地结识了另一种柳——青钱柳。本来是跋涉在青山绿水间的一次小憩，口渴的我们喝到了一种味道甘醇、略带涩感的树茶，敏感的人马上说出这真像柳叶淡淡清香的味道。这才知道，主人招待我们的可不是一般的茶，而是当地的一种"神茶"——取自一种叫青钱柳的树叶。作家、诗人们的兴致来了，提出要去看看这种叫"青钱柳"的树。陪同我们的黄副县长恰是北宋大诗人、书法家黄庭坚的第三十四代后人，他说当年黄庭坚还留有品茶诗，更吊足了众人的胃口。然而，尽管修水是国内青钱柳最大的原产地，但要见到这种生存了千百年的神树的真容，并非易事。老黄说青钱柳在植物学中不是杨柳科属，而是胡桃科属的落叶乔木，是中国特有的单一属种，它的生存条件主要适宜在江西幕阜山脉与九岭山脉之间。所以，大片的种植园都在山上，而且没有车行道可达。开发青钱柳的江西修水神茶实业有限公司是一家很有实力的大公司，但公司的董事长文燕女士坚持不修路，她说不能让汽车尾气污染了这片净土。每次去看茶园神树，都是叫司机远远地就停车，她和同事们徒步山路，一走就是一个多小时，这样已坚持了十几年。见我们有些失望，老黄笑了，说："明天我带你们去看青钱柳。不过，不在山上。"

不在山上在哪儿？就在县城附近的神茶文化园大院里。显然，青钱柳茶的科研开发，已经成为修水县的支柱产业。翌日来到茶文化园，我们顾不上坐下来品茶，都跑到后院来看神树——青钱柳。真的，一排四棵枝繁叶茂的树在秋风中摇曳着碧绿的枝条。它们是公司动用了铲车、吊车、大型运输车从深山原产地移栽到这里的，为的是让远道而来的客人一睹芳容。这四棵树看上去不像我们见过的柳树，既不是高大的杨柳，也不是依依的垂柳，树叶同核桃树倒像是有些亲缘关系。但它就是柳。

"它就是柳，"是公司一位主管科研的年轻副总说的，"不信，你摘一片树叶尝尝。"真有人摘了一叶放嘴里了，引得大家笑起来。至于青钱柳的名字也有了答案，原来这种树还能结果，结出的果实很像穿起来的铜钱儿，故名青钱柳，也叫摇钱树。"摇钱"不仅是指叶子的形状似铜钱儿，还有一层意思是它可作茶入口，有经济价值。修水人祖祖辈辈把柳叶加工成茶来饮用，也包括先贤黄庭坚。黄诗云："筠焙熟香茶，能医病眼花。因甘野夫食，聊寄法王家。石钵收云液，铜瓶煮露华。一瓯资舌本，吾欲问三车。"诗中的"三车"就是"三乘"，即菩萨乘、声闻乘、缘觉乘。这首《寄新茶与南禅师》中能医病的"香茶",我臆想会不会与青钱柳有关呢?我想起前一天拜谒黄庭坚故居纪念馆时,还读到黄庭坚与苏轼的互和诗。看来,黄庭坚每到新茶采摘的时节,就会想起好友,以茶相赠。看这首给苏轼寄茶时的附诗:"人间风日不到处,天上玉堂森宝书。想见东坡旧居士,挥毫百斛泻明珠。我家江南摘云腴,落磑霏霏雪不如。为君唤起黄州梦,独载扁舟向五湖。"呵呵,"我家江南摘云腴,落磑霏霏雪不如",这是何等的意境啊!大文豪苏东坡当仁不让,步黄诗韵和道:"江夏无双种奇茗,汝阴六一夸新书。磨成不敢付僮仆,自看汤雪生玑珠。列仙之儒瘠不腴,只有病渴同相如。明年我欲东南去,画舫何妨宿太湖。"黄苏因茶赋诗,真是一段宋诗佳话。

往事越千年。现代社会要把柳叶做成茶叶,哪有那么简单!据介绍,这个过程历经十二年之久,科研团队终于拿出了鉴定成果:江西修水独有的青钱柳,含有多种药理活性成分,长期饮用具有强身健体、增强免疫功能,而且降血脂、降血压、降血糖,还可减肥。难怪医学界称它是"人类健康之树"。在青钱柳神茶的"大本营",我们看到各种茶产品琳琅满目,美不胜收。几位老作家纷纷品尝的是降压、降糖、降血脂的茶水,爱扎堆儿的美女们则在减肥茶系列里挑三拣四。我自觉身体尚可似乎需求不大,就和种柳树、做柳茶的员工们聊天。这一聊才知道,青钱柳茶的制作工艺,比传统的炒茶复杂多了。比如,降压茶主料是青钱柳叶,还要辅以药食两用的槐花、菊花和绿茶;降糖茶主料是青钱柳外,要加入黄芪、山药和绿茶。我粗算了一下,近百种产品就要有近百种配方啊。有人给我端上一杯热茶,绿绿的青钱柳叶浮动在杯中煞是好看……

平生爱树,树中喜柳。而今要加一句了:柳中有柳。

友人信中说,修水的冬天不冷,青钱柳的枝叶仍是绿的。

（原载2016年2月3日《羊城晚报》）

黄河湾·槐花情

天下黄河九十九道湾，最美是咱乾坤湾。细雨霏霏中，来到山西永和县。顾不上放下行李，我们便沿山路蜿蜒而上，当站在半山腰的观光平台上俯瞰乾坤湾第一眼时，一下被她的神奇、美丽、壮观震撼了。黄河自巴颜喀拉山出发，一路奔腾不息，穿越晋陕大峡谷时，流经永和县六十八公里，留下了最美的七道湾。或者说，弯度最大达三百二十度的仙人湾，以及最舒缓平静、最汹涌澎湃、最有传奇故事的七道湾，竟全在永和县境内。

"九曲黄河万里沙，浪淘风簸自天涯。"我默诵着唐刘禹锡的诗句，细数着永和境内自北而南形成的黄河七道湾——英雄湾、永和关湾、郭家湾、河浍里湾、白家山湾、仙人湾、于家咀湾。

七道湾，湾湾美景看不够，最有故事的是永和关湾。

"朋友，你到过黄河吗？你渡过黄河吗？你还记得河上的船夫，拼着性命和惊涛骇浪搏战的情景吗？"七十八年前，二十五岁的青年诗人光未然写下这诗篇时，就是在山西的永和关黄河渡口。那时，这组诗的题目还叫《黄河吟》。当他在延安的窑洞里朗诵给冼星海听后，才华横溢的作曲家激动不已，于是闷头创作五个日夜，诞生了一部伟大的音乐经典《黄河大合唱》。在延安

李培禹
散文选

窑洞前的广场上，首次听到这歌声的毛泽东，不禁起立鼓掌，连连称赞："好，好，好！"

黄河的涛声、船夫的号子、民族的怒吼，一定在已是人民领袖的毛泽东的心中掀起了波澜，他怎能忘记，两年前曾在永和关率领红军东征，两渡黄河，与永和民众度过的十三个日日夜夜啊。那是1936年2月，为了壮大革命武装，推动抗日救亡运动，毛泽东和彭德怀率领中国工农红军抗日先锋军进行了著名的东征。在东渡黄河和回师陕北的征程中，毛泽东的足迹走过永和四十多个村子，在与国民党阎锡山部的周旋、激战中，在艰苦卓绝的环境下，创建了永和革命根据地。

让我们掬一捧永和关的黄河水，沿着红军走过的长征路，重温八十年前毛泽东同志在永和留下的故事吧。据红军东征纪念馆的讲解员介绍，1936年春天，已经甩去冬装的红军队伍进入永和县的桑壁村。傍晚时分，准备宿营了。毛泽东问："这是什么村？"部队参谋回答："桑壁村。桑树的桑，墙壁的壁。"毛主席说："壁者，墙也，挡道之物。我们回师，它要挡道，这个地方不能住。"部队又行进到前龙石腰村，参谋来报，主席说："前龙石腰，龙到此地都要折腰行礼，此乃风水宝地，可以居住。"第二天，部队到了索珠村，当地村民把索念杀音，"索珠"成了"杀猪"。毛泽东听后风趣地说："国民党要杀猪拔毛，这地方叫杀猪，猪杀了，毛焉存？不能住。"队伍继续前进，又经过阁底村，来到了上退干村。主席问清了村子名称后，高兴地说："我们做战略撤退，这地方叫退干。退干，退干，退回去继续干革命。好，今晚就住这儿。"于是，毛泽东就住在了上退干村前的关帝庙里。党史记载，在前龙石腰村和上退干村破旧的关帝庙里，毛泽东和红军都躲过了敌兵的围追堵截，毛主席还安然地召开干部会议，研究部署次日的行军任务。

今天，上退干村的关帝庙还在，旁边已于十年前建成了红军长征暨毛泽东主席东征路居纪念馆。讲完毛主席择地而居的故事，年轻的讲解员加了一句："其实，这故事是从一个侧面表现了革命处于危难的关头，毛主席不畏艰险，仍然保持着革命乐观主义的精神。"她举例说，比如，红军还曾想在一个叫阁底的村子住下，毛主席看天色未晚，就说："阁底，阁底，革命到底。"仍让部队急行军，并没有宿营。我同意她的观点，不禁对这个讲解员小姑娘刮目相看。

在永和，不能不提的是槐花儿。当你与漫山遍野的槐花儿邂逅，置身白紫相间的花海，闻着它淡淡的花香，再咬上一口刚刚出炉的槐花儿饼，能不陶醉在其中吗？

当年，红军路过永和，部队曾为村民从山上引下山泉水来，那眼泉水被称作"红军泉"。至今八十年过去了，那泉眼仍旧汩汩涌流出清甜的泉水，润泽着十里八乡的百姓。当年乡亲们纷纷拿出槐花儿饼往战士们手里塞，那时的槐花儿虽然也是鲜鲜的，却没有白面细粮相裹，根本谈不上美食，只是充饥之物。所以，虽然我们的毛委员也吃过槐花儿饼，但永和的槐花儿，却远没有能像井冈山的"红米饭，南瓜汤"那么出名。

五月槐花儿香。我们来到永和时，恰是槐花儿开得正旺的暮春时节。此行，除了投入壮美的黄河湾的怀抱，还有一项，就是冲着永和"名品"——槐花儿饼而来的。

名品？槐花儿饼啥时成了名品？就在永和县副县长程万军，敲着一面铜锣"哐哐哐！""吭吭吭！"高喊着"来买呀，好吃的槐花儿饼！"那一刻。

永和槐花儿饼"一敲"成名，"哐哐哐！"因为那是在春节期间的全省名优农产品展销会上；"吭吭吭！"因为那是在省会城市太原的大街上啊！

副县长程万军也"一敲"成名，"哐哐哐！""吭吭吭！"人称"程敲锣"。

"程敲锣"是县政府班子里最年轻的副县长，他说，这活儿还是我去合适。铜锣敲响之前，他已经做了一年多的"功课"：跑遍了永和的槐花儿山谷，白色的啥时开？紫色的啥时开？什么时辰采摘最保鲜？甜味的好卖还是咸味的受欢迎？他还和永和县百年老饼店的继承人小樊老板成了朋友，在县委书记、县长的支持下，樊老板的槐花儿饼店就开在了县委、县政府的大门旁边。

说到县委、县政府，还有县人大、县政协哪，四套班子都一直在一座旧楼里办公。门口不要说武警，连个门卫都不设，群众可随时进入。那天，我们淋着细雨跑了一天路，傍晚跟着"程敲锣"回到"县衙门"，只见他从门框上边摸出一把钥匙，打开门把我们让进他的办公室兼宿舍。哈哈，那面亮晃晃的铜锣一眼可见。

终于可以坐下来品尝刚刚出炉的槐花儿饼了，哦，那叫一个香！

山西永和是全国贫困县之一，全县城只有一处红绿灯，当然全县也只有这一个红绿灯，山里农民进县城办事，大都要来这个路口看看"景儿"。然而她却像黄河母亲一样，在中国革命的历程中，用槐花儿养育了红军，支撑起晋陕边区一块重要的红色根据地。今天，我们迟迟而来，八十年后重走长征路。黄河湾，槐花情，就这样重重地装进了我们每一个人的心里！

离开永和的那天，雨住天晴，空气中弥漫着一种清新的槐花儿香。"程敲锣"副县长送我们去霍城高铁站的路上，顺带着拐了个弯儿，来到一家物流网站。整洁的店铺里，一溜电脑闪烁着。货架上摆满了永和自产的蜂蜜、红枣、核桃、小米等土特产品，光槐花儿饼就有几十个品种。年轻的副县长说，这是我们县财政扶持的第一家互联网电商，刚刚起步，线上线下一起发展。再过一个多月吧，永和的鲜槐花儿、槐花儿饼，只要你喜欢，鼠标一点，这儿就能向全国的客户发货……

我默默地盼着。算算日子，当这篇拙作发表时，"程敲锣"的永和槐花儿网店，也该调试成功，顺利上线了吧？

（原载2016年7月18日《解放军报》）

西河渡

来到芜湖才知道，芜湖无湖。它的水泽氤氲全凭大片的湿地和那条日夜流淌，继而涌入长江主干流的青弋江。美丽的江流在一个叫西河的地方拐了一个弯儿，于是，六百多年前这里有了渡口，有了小船，有了艄公。不知哪个文人墨客哪年题写的"西河渡"三个大字，于今还留在岸边的石壁上。小河流淌，人类繁衍，一个小镇诞生了。难得而神奇的是，六百多年来，西河古镇的古朴民俗、风情生态得以保留延续，被今人们写进了中国第三批传统村落保护名录。

我是追随画家好友朱明德的足迹来到西河古镇的。"明德鱼"在京城画界已有不小的声誉，那么，他因何一头扎进这芦苇荡，乐不思京呢？

先看看西河古镇有多美吧。

蜿蜒长长的古街上，老照相馆、老篾匠铺、老理发馆、老药铺，甚至老铁匠作坊仍保留着。年已六十五岁的铁匠李老七，把炉火弄得通红，每天都要抢锤打几件农具。

梁思成先生住过这里吗？先生的楹联"尝得天恩味，却忘城市喧"清晰可见。

当然，从红杨镇到西河老街，唯有坐轮渡。"流经这里的青弋江并不宽阔，为什么不架一座桥呢？"此话刚出口，我忽地意识到这提问有多蠢——建起现代化的大桥还能保留古渡口吗！陪同而来的红杨镇汪晓娟书记并未在意，仍是微笑着待我。这里依旧的渡口码头，肯定不是最古老的；然而六百多年来沿用无恙，至今恩泽两岸百姓的"西河渡"，大概是中国并不多见的吧。我们登船后，一位八十六岁的老婆婆告诉我，她小时候就从这个码头上船，到对岸去买东西。摇啊摇，摇到自己快走不动了。船老大是位壮实的中年汉子，可以想见，渡船在没安装机械发动机前，他也能凭着一膀子力气撑得动这一船人。他没有话语，上船的人每人交给他两块钱，没有船票。这么多年来没有涨价，仍是两块钱。然后，中年汉子发动了老式柴油发动机，渡轮"突突突"的声响有点震耳，然而船身并没有动，船夫要用撑杆把渡船顶离水很浅的码头才行。见他吃力的样子，船上有男人站出来帮助撑船。

我问每次都这样吗？

每次都这样。

那如果船上没有男人，怎么办？

船老大笑了，说，那就等，等到有男人上船了再开船。

船终于离岸了。我和一个五岁的小姑娘聊天儿，她告诉我，她是让姐姐带着，到河对岸的书店买书的。姐姐叫欣怡，她叫凤怡。她把手里的《格林童话》《小猫钓鱼》给我看。我问她为什么买这两本书，喜欢吗？不想，姐姐欣怡替她回答，书店里就这几本儿童书呀，带拼音的。

我的心不禁一紧。

行船间，我把小凤怡揽在怀里，给她讲了《格林童话》里的小红帽的故事。小姑娘听得可认真了。不知不觉中，船已靠岸，人们匆匆离船而去。渡船停留片刻，等待着回程的乘客……

画家朱明德就是从北京乘高铁、乘长途客车，到芜湖、到红杨，然后从"西河渡"乘渡船登上西河古镇的。两年前一次偶然的机会，朱明德来到芜湖，一下喜欢上了西河古镇。这位以画鱼闻名的画家在这里落户了，如鱼得水。他把自己的画室搬到了西河，自己写了一块匾额：朱明德画画的地方。

推窗就是美丽的西河，迈脚就是六百年的古街，"明德鱼"越画越接"水气"，越画越出神采，西河的鱼儿不仅在北京、深圳等城市办了画展，今年8月，应莫斯科中国中心的邀请，朱明德更是携他的"月上西河""忽闻岸上踏歌声""情依依"等三十五幅代表作，把《鱼水情深》画展办到了俄罗斯，反响热烈。

我在"朱明德画画的地方"和他聊天，时常被涌进门来的参观者打扰。每当有中小学生结队而来，他便格外兴奋。不仅亲自讲解，还准备了几个本子让孩子们在上面涂鸦、留言。从学校老师的口中我才知道，他还曾到红杨镇的小学，给孩子们开设了美术课。他对我直言：你是作家，能不能为西河做点贡献？那口气，俨然他已是这里的一个主人。

刚刚过去的9月，美丽的芜湖天朗气爽。我在西河古镇见证了两件喜事：一是北京市杂文学会在这里创建了"深扎"基地，二十多位作家、杂文家捐赠的图书，摆满了书架；二是九十一岁高龄的漫画大师李滨声先生来了，滨老兴致勃勃地从"西河渡"登船，然后漫步西河古街。老人家欣然挥毫，题写了"美丽乡村，西河古镇"八个大字。晓娟书记说，滨老的墨宝将镌刻在西河渡口，"西河渡"，就是渡向美丽乡村西河的啊！

（原载2016年10月20日《人民日报海外版》）

宜兴悟大师

江南宜兴，早前去过，大都走马观花，不忘捎上几把紫砂壶便满意而归了。今年4月，春色正浓，我有幸参加"原色回归·宜兴乡村行"作家采风活动，得以领略了这座位于苏浙皖交界，且滨于太湖的"小城之春"的无尽魅力。

漫步在宜兴这座文脉厚重的历史文化名城，我被一种隐隐的文化氛围感染着。无论是初游龙背山森林公园，还是登上龙池山"慢走"十八景；无论置身层层新绿的茶园采茶，还是坐在有着"中国第一竹海"称誉的竹林小亭间品茗，这种感觉始终没有离开过。直到我们走进中国紫砂博物馆，又到丁蜀镇拜谒了顾景舟先生故居后，我似乎悟出了这种文化在宜兴的独有存在。我想，我有收获了。然而还没容我把自己的心得表达出来，一位女作家竟脱口而出：大师文化！

宜兴悟大师，不虚此行。

宜兴人杰地灵。且不说历史上出过四位状元、十位宰相、三百八十位进士，也不细数当代的二十六位"两院院士"，仅以顾景舟为代表的中国陶瓷、紫砂艺术大师，宜兴就有"七老"之说。这令人敬仰的"七老"是：任淦庭、吴云根、裴石民、王寅春、朱可心、顾景舟、蒋蓉。大概只有在宜兴，这七位艺术大师的名字，家喻户晓，为人乐道，一点也不逊于同一故乡走出的徐悲鸿、吴冠中。如今，"七老"虽均已作古，但留下的传世精品、人格风范，在第二代第三代传人身上绵延不断地薪火相传，蔚为壮观。陶都宜兴庞大的陶艺队伍中，目前拥有十九位国家级大师，其中有七位既是中国工艺美术大师，也是中国陶瓷艺术大师，他们是：徐汉棠、李昌鸿、徐秀棠、谭泉海、汪寅仙、周桂珍、鲍志强；还有吕尧臣、顾绍培、曹亚麟三人享有中国工艺美术大师称号；何道洪、曹婉芬、毛国强、徐达明、邱玉林、徐安碧、李守才、吴鸣、季益顺等九位享有中国陶瓷艺术大师称号。除了国家级大师，宜兴还拥有江苏省级陶瓷艺术大师三十人。

领悟大师风范，是从徐秀棠先生开始的。走进宜兴长乐陶庄，年近八旬的徐老已在门口迎候。他谦和微笑着请大家落座喝茶，尽管他已是宜兴紫砂艺术德高望重的领军人物，仍连连拒绝对他"大师"的称呼，我们只好称他徐老。有人提到挂在门口的一幅书法，徐老写的是"做数件可流传趣事消磨岁月，会几个有见识高人论说古今"，不禁称赞道："文、书俱佳。"徐老笑了，他随口说了一件"趣事"：曾有人托朋友拿着一幅书法作品找到他，请他鉴别一下真假。他看到后很吃惊，自己从不出售字画呀！就赶紧走到门口往墙上看，那幅书法还在啊！显然，来者花高价买了赝品。徐老见来人很郁闷，就劝慰道，别难过了，我现在就给你写一幅真的，送你啦！这"趣事"引来一片笑声和掌声。大师就是大师！

徐老聊起紫砂艺术的一代宗师顾景舟，充满感情地说，如果先生在，今年该是一百零一岁了。他告诉我们，顾先生垂暮之年，将一生几十年的创作实践经验总结归纳，亲自编著了《宜兴紫砂珍赏》巨作，由香港三联书店出版，在紫砂陶史上写下了光辉的一页。顾景舟穷毕生精力于紫砂陶艺，不断进取，勇于创新，带领一代代人为紫砂事业增光添彩，是一座永远的里程碑。徐老还提到，当年曾和他一起在顾景舟先生身边学艺的著名画家韩美林，去年来宜兴参加了顾景舟百年诞辰纪念活动，还留下了"百年景舟"的题字。

韩美林不仅拜顾景舟为师，还与顾景舟大师合作过两把经典名壶——"此乐提梁壶"、"雨露天心提梁盘壶"。在一次拍卖会上，"雨露天心提梁盘壶"拍出了一千一百五十万元的天价。这把壶直线与弧线交错运用，转折处明快流畅，提梁及壶盖的设计新颖、大方。壶身刻有篆书"两三点露不成雨，七八个星犹在天"之铭文。韩美林设计的紫砂壶，打破了传统紫砂壶以"耳朵型"为主的单一形制，具有极高美学价值，享有"美林壶"之誉。

说来有缘，我至今保留着韩老师送我的一把紫砂壶。这把"美林壶"，是他与宜兴第二代紫砂大师合作的见证。顾景舟的女弟子张红华，出生于宜兴丁蜀陶业世家，五十多年执着钻研精进，是业界公认的手工传统制壶圣手，现为江苏省级的工艺美术、陶瓷艺术"双料"大师。她和韩美林合作于1998年，那时韩老师常年率领"艺术大篷车"下乡，到过宜兴陶都多次。这把壶应是"提梁璧壶"，泥料上好，造型古朴，制作精细。壶膛一边刻有"美林体"篆书："天地有大美而不言"；另一边刻着："1998.11.13，戊寅年九月齐鲁海右人韩美林"。壶底并列着两枚名章：左边是"张红华"，右边是"韩美林制"。这把珍贵的紫砂壶承载着美林大师对朋友的厚谊，也佐证着第二代宜兴紫砂陶艺大师的高超技艺。不巧的是，这次没能与张红华大师联系上。宜兴的朋友说，留点小遗憾，再来！

像是为我的小遗憾补缺，我们竟邂逅了顾景舟大师的第三代传人——青年陶艺紫砂艺术家姜敏。真是凑巧，那天晚饭后，我们北京来的几个人都想再深入采访一下，于是就直奔丁蜀镇，走进一家叫作"五行陶坊"的紫砂陶艺工作室。一进门，见到北京著名漫画家李滨声先生的题匾："留住手艺"，顿生亲切感。主人姜敏属于江南才子型的帅哥，刚四十岁就已成为国家级工艺美术制壶师，他的名片上印着：顾景舟第三代嫡传弟子、中华紫砂协会会员。自幼生长在丁蜀镇蜀山，"和着一身紫砂泥"长大的姜敏，高中毕业后即被顾景舟第二代弟子、国家级陶艺大师徐达明（徐汉棠长子）收为入室弟子，在老师身边扎扎实实学习光素系制壶工艺十几年。他说，特别感恩于师父的是，在紫砂壶落寞的一段时期，师父支持他走出蜀山，去中央美术学院进修，打下了较坚实的理论基础。这在他们第三代传人中是很幸运的、难得的。可惜，他的恩师徐达明今年3月因病去世，在当代十九位国家级紫砂陶艺大师中是最早离世的，这给他留下了无尽的哀思，也感到肩上传承的担子愈加重了。

　　谈到自己的陶坊，他谦虚地说，在阳羡蜀山顾先生的第三代传人中，绝不是最大的，也不是最好的。"我是属于坚守的。"他说："我从师父身上学艺、悟道，秉承的理念是金木水火土，土本无情，因匠人执着之情，手工精心制作，火焰煅烧，才有灵性和生命。"我们被室内陈列着的一把把紫砂壶吸引住了，适缘提梁、宛月、平盖直流、汲壁、石瓢，还有他和韩美林、成龙等名人合作的精品壶。见我们看不够，他笑了，"看来你们是真喜欢啊！就冲这个，我拿两把大师留下的绝品给你们鉴赏一下吧。"说着，他打开一个书柜，小心翼翼地捧出一把褐色的壶，"这是'七老'之一的朱可心大师的'云龙'壶。"不用他介绍，我们也看得出这把壶何以称"绝品"：壶盖上的龙头是活的，可以仰起、垂下，口中的舌头伸缩自如，像是龙王吐着须子，令人叫绝！另一把是王寅春大师的"笠帽"壶，直把我们看呆了。接着，他说的一段话，也让我的心为之一动。他说："这几把壶不是我收藏的，我哪有那么多钱。我是从朋友手里'租'来的，目的就是提醒自己，要追上前辈们，我至少还有二十年的路要赶啊！"

这真是一个春风沉醉的江南之夜。天穹的一轮弯月，照耀着我们从丁蜀镇返回宜兴宾馆的路。我想到姜敏要走的路，虽然漫长崎岖，但他毕竟还年轻，有目标、有毅力，相信他会是一个执着的跋涉者。

（原载2016年5月19日《北京日报》）

晋中访醯

没到过晋中的人，怕是十有八九不认识这个"醯"字。走进晋中，可说天天要与它打交道，一日三餐都离不开它，只好向同行的山西作家朋友请教。见我认真的样子，人家笑答："山西老醯儿听说过吧？醯就读作'西'，本意指醋，引申为酸，也指苦酒。"毕竟是本土作家，人家还告诉我，古有"醯从天来"之说，这里的"醯"字，又可解释为象形字，是"酒"的一半加"流"的一半和一个"皿"字组成，意为用此作容器的美味，比之玉液琼浆有过之而无不及。简单说吧，醯就是醋。

然而，我们晋中之行与"醯"的邂逅，却并不简单。

出榆次古城不远，就来到了老醯醋博园。此前我对于醋或者醯的认知，仅限于从小就爱吃的醋熘大白菜上。进一步讲，如果用山西老陈醋来炝锅，那熘出的大白菜就更美味可口，特别下饭。而今，当我置身于一座占地十几万平方米，有着"华夏第一醋园"称誉的醋城时，我在微熏的香甜弥漫中，竟感到了一种震撼。

山西做醋的历史大约有三千年之久。北魏贾思勰在其名著《齐民要术》中总结的二十二种制醋法，有人考证认为就是山西人的酿造法。其中"作米酢法"几乎与山西老陈醋的酿制方法一样。明末清初，介休出了一位王姓"醋仙"，在清徐城关开办了一个"美和居"醋坊，他在白醋的基础上增加了熏醋工艺，大胆改革创新，"夏伏晒，冬捞冰"，终于创出了山西老陈醋的名牌——"美和居"，那可是顺治皇帝都喜食的名醋啊！今人们知道醋内除含有大量醋酸外，还含有钙、铁、乳酸、甘油、氨基酸及醛类化合物。它不仅是佐餐的调味品之首，还是人们强身健体的佳品。据记载，清乾隆四年京师太医院集中全国名医，为治疗宫妃郁血病而炮制的"定坤丹"，其中所采用的二十多味中草药，都是用山西老陈醋浸泡过的。

　　"开天辟地，远古洪荒。万物初生，智慧猛涨。古猿寻蚁，本能驱使。采摘野果，酸味得尝。唯物进化，世界莽莽。食蚁吃酸，生存基本。三皇五帝，文明初创。五味渐分，福泽炎黄。"吟诵此诗文的，是被列入国家级非物质文化遗产保护示范基地东湖老陈醋集团的郭俊陆董事长，他也是这个国家级非遗项目的传承人。几十年与醋为伴，老郭简直是醋的传奇。他领着我们在酵池醅室间游走着述说着。一溜参观者紧紧围绕跟随着他，生怕漏掉每一句"醋语"。比如他说："饭是经常吃的药，药不是经常吃的饭；醋是经常吃的药，醋更是经常吃的饭。"比如他讲山西人喜醋为命，一支义军打了败仗，士兵交枪不交醋葫芦。比如他指着一幅画，介绍道："这是'三仙品醋'图，据说有一天，苏东坡邀了好友黄庭坚去拜访佛印和尚。佛印和尚很高兴，拿出一坛酿了多年的'桃花酸'招待他们。三仙边皱眉头边饮，直至醉了。那时的苦酒醯，就是今天的老陈醋啊！"老郭用手翻搅着正在发酵的大缸，说："咱山西的高粱、大麦、豌豆，最适合酿醋，还要加上谷糠和麸皮。经过蒸、酵、熏、淋、陈五道工序，封缸两三天后，每天都要翻搅一个透。到了十八天后，它们就有新生命了！"有人不解，问："五谷杂粮怎么会有生命？"老郭坚定地说，它们是有生命、有灵性的。他让工人掀去一口缸上的覆膜，亲自用一根木棍在发酵的液体中搅拌起来，一下、两下、三下……只见缸内的液体"咕嘟咕嘟"冒起泡儿来。大家正觉有趣儿，老郭提醒离他较远的人们看看身边的发酵缸，真是神了！没有人搅动的缸里的液体，也纷纷"咕嘟咕嘟"冒起泡儿来。老郭好生得意，他说这是感应，是有生命的大曲的感应。"曲是醋之骨"，他比喻说，高粱、大麦和豌豆修成了"曲"，谷糠、麸皮，再融入有温度的水，就像灵魂醉入醢端醋底，其中的物华生灵各有酩醉，它们重获的一场新生，就是汩汩流出的美味香醋了。

跟随老郭的这一趟"醋之旅"，真有点惊心动魄。当然，我们更见证了"好醢皆为人工出"的一道道繁重的劳作工序。一位姓杨的师傅，在翻搅岗位上一干就是四十年，老郭叫他停一下，让他张开双手，我们看到了那双大手，十个指头除拇指外，八个手指上戴着的是八个铜质的手指套。杨师傅说，这铜手套是他的师父传下来的，现在已没有生产的了。每天，他要用戴着铜手套的手，弯着腰把一缸缸的酵菌翻透了，以保证换气均匀。令人欣慰的是，年近花甲的杨师傅身体很好，他说，这么多年就没感冒过，醋不是有保健功能吗？

老醢醋博园因是著名商标"东湖醋"的产地，也称东湖醋园。这里真的有一座"东湖"，不过湖中流动的完全是醋液，也奔流不息的，堪称绝景。那巍巍的醋山、醋林，当然也是成品醋的存储之处。醋山由一个个大醋缸叠落而成，而醋林则由九十六座高大的金属罐矗立在园区，很像云南风景区的石林，里面却储存着上万吨五年以上的优质山西老陈醋。

有着悠久黄河农耕文化的晋中，老陈醋是它的亮丽名片。省领导来调研时曾一再叮嘱：老陈醋不仅是晋中的"面子"，也是全山西的"面子"。我们无论如何也不能忽视，更不能丢了这宝贝的"醋葫芦"。2014年10月，有着六百多年传统制作工艺的东湖老陈醋，终于走出晋中，越过娘子关，登上了纽约的展示会，登上了哈佛大学的讲坛，还迈进了联合国总部的大楼。去年9月，第四届国际醋酸菌大会在山西召开，晋中老陈醋煞是风光。

在山西还跑了不少地方，但晋中的访醯之旅，留下的印象最难忘，以至回到京城没几天，就有朋友约饭，几位竟众口一词选了晋阳饭庄。微信上我加了一句："别忘了给俺点个醋熘大白菜。"几位迅即回帖，我一看，图案均是从晋中拍照下来的醋葫芦。

（原载2016年12月10日《人民日报》）

站在世界"聚首"的长城之巅

　　长城，璀璨的中华瑰宝，以其工程浩大，历史悠久，气势恢宏而著称于世，被列为"中古世界七大奇迹"之一，联合国教科文组织1987年就将它列入"世界历史文化和自然遗产保护项目"。经过专家们长期考证，史越两千年，长逾上万里的长城，以明代长城的修筑工程最为浩大，防御功能最为完备。东起辽宁鸭绿江边，西迄甘肃嘉峪关，长达一万四千多华里的明长城，则以山海关到居庸关最为险峻雄伟。其中又以从密云县古北口到延庆县八达岭这段位于北京地区的长城最坚固雄壮，保存亦最完整，堪称万里长城的精华集萃。

　　万里长城万里遥，横卧燕京知多少？

　　1986年8月，地质矿产部地质遥感中心运用现代化的遥感技术，得出结论：横亘北京地区的长城呈半环状，分布于北部燕山山脉，从东到西，全长约六百二十九公里，共有城台八百二十七座，关口七十一座。根据勘测，北京地区现存的明长城中，尤以八达岭、金山岭、司马台、黄花城、慕田峪等段最为完好，城墙走势蔚为壮观。

　　八达岭长城是新中国诞生后最早得到修葺的，早在1952

年，时任政务院副总理兼全国教育委员会主任的郭沫若先生提议："修复八达岭长城，对外接待游人。"从此揭开了古老雄关新的历史篇章。由于它最早对外开放，乃至很长一个时期是北京唯一一处接待游客的长城景区，所以人们已习惯地把八达岭叫作长城，把长城叫作八达岭。

第一次登临长城，肯定是难忘的。而我第一次来到八达岭，却是极不寻常的情境：那是1972年的一个冬日，银装素裹，山舞银蛇，我们一帮组织来的中学生早早地散落在长城上，迎候着美国总统尼克松的到来。我只记得当时上级要求的"不卑不亢"，别的好像都没记住。毕竟，那时的我还是个孩子。

1982年我大学毕业后分配到《北京日报》当记者，分工郊区县的报道，时常要去延庆县采访。每当路过八达岭时，我都会郑重地向它行注目礼。当然，一旦有机会，便毫不犹豫地投入它的怀抱。站在长城之巅，放眼望吧：春时莺飞草长，夏天塞外花香，秋季层林尽染，冬日落雪无声。正值青春年华的我，不禁涌出了献给它的一首诗——

> 晨风中我站在八达岭的垛口，
> 思想感情的波涛在放纵奔流。
> 长城啊，此时我抚着你每一块岩石，
> 你知道吗？我是在和你紧紧握手！
>
> 用不着山谷录下豪迈的誓言，
> 握手，十指连着心头！
> 心中既已燃起振兴中华的烈焰，
> 攀登吧，我所有无愧于长城的朋友！

八达岭长城，曾是那样深地融入我生命的青春记忆。

站在长城之巅，我思绪翻飞，不禁想起已故著名长城研究专家罗哲文教授。他从1950年起就全身心地投入到长城的研究之中，可谓长城学界的"泰斗"，被人们尊敬地称之为"罗公"。我有幸在他晚年登门拜访，亲耳聆听他的教诲，也意外地得知：罗公在花甲之年，竟第三次登上了京蓟长城的最高点——望京楼。

提起这次攀登，罗公深情地忆起新中国文物事业的主要奠基人和开拓者之一、原国家文物局局长王冶秋先生。还在新中国成立前夕，他就踏上了文物事业的征程。几十年来，他对研究长城、保护长城倾注了毕生的心血，做出了不可磨灭的贡献。临终，王冶秋先生的遗愿是：把他的骨灰撒在长城之上。1987年10月，作为王先生的故交好友，罗哲文教授受国家文物局之托，与王冶秋先生的家人一起，执行了这一难忘的任务。那天，罗公含着泪，以他的花甲之躯，再次登上了长城。举目四望，绵延的崇山峻岭已是层林尽染……王冶秋先生的骨灰，就这样徐徐飘落进群山的怀抱。

站在长城之巅，我想起一位同事好友苏文洋。1984年，他在《北京晚报》率先提出"爱我中华，修我长城"的呼吁，并为此奔波，不余遗力地发报道、写内参。报社领导敏锐地意识到，这不应仅是一个年轻记者的担当，于是，《北京日报》也加入进来，举全报社之力为长城呼号。终于，邓小平、习仲勋等老一辈革命家给予了坚决支持。小平同志挥毫题词："爱我中华，修我长城"。随后，一场波澜壮阔的全民动员起来爱祖国、修长城的壮举，首先在八达岭长城展开，四千多米古城墙、十九座敌楼得到完好的维护和修葺。若干年过去，我和文洋兄都已年过半百，再登长城，"苏老"还聊起当年他骑着自行车到中南海取小平题字的情景。警卫人员问："你找谁？"他说："我找小平同志，是他让我来取题词的。"哈哈，这真是一段佳话。

站在长城之巅，我忽然想到，1972年美国总统尼克松先生登上八达岭，他是来到这里的第多少位国家元首或政府首脑呢？那么，新中国成立后第一位登上八达岭长城的外国政要又是谁呢？再有，迄今为止已经有多少位国家元首或政府首脑曾来到八达岭长城游览呢？

这真是一个有趣的提问，或许不少人也会对这个问题感兴趣。

让我先来举手"抢答"吧：一是，尼克松总统是第十三位登临八达岭长城的外国元首，时在1972年2月24日；二是，第一位到访八达岭长城的是印度共和国总理贾瓦哈拉尔·尼赫鲁，时在1954年10月，他是由周恩来总理亲自陪同的。至于第三个问题——迄今为止已经有多少位外国元首、首脑游览过八达岭长城？朋友们先别急于知道答案，因为还有更有趣的故事讲给您听哪。

当然，讲故事的不是我，而是半个多世纪以来，在八达岭特区办事处勤勤恳恳、兢兢业业工作的一代又一代"长城人"。

当我又一次攀登上八达岭长城之巅，随着主人的解说，站在一位位国际政要到过的雉堞、女儿墙、垛口、烽火台时，眼前展开的是一幅幅独特且多彩的"这边风景"——

也正是从1954年周总理陪同印度总理尼赫鲁游览八达岭长城起，这里被国务院确定为中国政府重要的国事礼宾接待场所。凡部长级以上的外交风云人物到中国访问，几乎都要到这里领略中华民族文化的迷人风采。

1972年，尼克松游览八达岭长城时不无感慨地说："太伟大了，只有一个伟大的民族，才能建造出这样一座伟大的长城。"也许是历史的巧合，在他登临长城三十年后的2002年2月22日，布什总统在圆满完成对我国短短三十个小时的国事访问后，也特意赶到了八达岭。在长城之上，当他得知正站在当年尼克松到达的地点时，便幽默地说："我要超过尼克松总统当年的纪录。"果然，他又迈步前行了数十米。时光转瞬到了2009年，美国总统奥巴马在首次访华的最后一天，也特意游览了八达岭长城。面对雄伟的长城和中国人民的热情，奥巴马动情地写下了："长城的宏伟和壮观让我很受启发，同时我也非常感谢中国人民的热情接待。"

俄罗斯联邦两任总统叶利钦、普京与八达岭长城的亲密接触，也很有意思。1992年12月17日，叶利钦高大魁梧的身影在八达岭长城上缓慢移动着。他边走边问着他感兴趣的有关长城的问题，过了一会儿，他突然停止了询问，驻足向远处眺望，之后又默默地向另一个敌楼攀登。众多媒体记者围拢上来时，这位满头银发的俄罗斯总统习惯地抬起右手，激动地对在场的人说："这是世界上最伟大的工程，在其他地方我从未见到过类似的杰作。"普京2002年12月3日登长城则是步履匆匆，他甚至甩掉了身边的工作人员，像平日他孤独地行走在莫斯科的大街上。

雄伟的长城，在大国巨头面前像一条傲然腾起的东方之龙，而在世界小国领袖到来时，它同样张开热情的臂膀迎接，宛若我们古老民族的礼仪之邦。1997年5月5日，科特迪瓦共和国总统亨利·科南·贝迪埃和夫人到八达岭长城参观，回到接待厅接受了"登城证书"之后，景区陪同官员笑着说："今天是总统阁下的六十五岁生日。按照中国人的习惯，我们向您表示衷心的祝贺！"随后捧出了一座中国传统工艺品"老寿星"，寿星旁边刻着一副对联："福如东海长流水，寿比南山不老松。"所有在场的外宾们一时都愣住了，当翻译把这句话翻译出来后，他们才猛然醒悟过来，激动地大叫："哇，中国人知道我们总统的生日。中国人在万里长城上为我们的总统过生日！"圣卢西亚是一个国土面积仅有六百一十六平方公里的岛国，它的总督莱特·路易茜2004年9月到访时，恰恰成为了八达岭长城接待的第四百位外国领导人。"长城人"特别策划了隆重的接待仪式。莱特·路易茜总督阁下激动不已，欣然在留言簿上写下了"非常震撼人心！我将永远珍藏这次游览长城的记忆，长城是和平、和睦和世界美好愿望的象征"的留言。

我站在八达岭长城之巅，站在西哈努克、里根、田中角荣、尼克松、施密特、李光耀、撒切尔夫人、铁托、明仁天皇、昂纳克、伊丽莎白二世、阿基诺、戈尔巴乔夫、甘地、卡斯特罗、哈梅内伊、卡翁达、曼德拉、布什、普京、卢武铉、萨科齐、奥巴马等世界风云际会人物登临的地方，深深感受着这边风景独有的"元首文化"，仿佛看到一条巨龙正穿越历史的烟云，骄傲地腾舞在中华大地上！

站在八达岭长城之巅，清风徐来，我仿佛听到了山谷的回音——

1998年，年逾八旬的意大利总统斯卡尔法罗听取了长城的介绍后，沉醉在悠久的历史之中。陪同人员问："总统先生一定有很多感触吧？"斯卡尔法罗沉思片刻，很严肃地说："在这么伟大的建筑物面前，最好什么也不要说，沉默代表了一切。"比利时首相吕克·德阿纳说："长城不是边界，而是世界人民友谊的象征。"阿尔及利亚总统布特弗利卡，"朗诵"他写下的诗篇："如果我不曾站在这历经风雨、令人景仰和惊叹的雄伟景观面前，那么我就不能说我到了中国。长城饱经岁月沧桑，仍傲然屹立，令所有的来访者肃然起敬。"我甚至还清晰地听到了也门共和国总统阿里·阿卜杜拉·萨利赫激动地在长城上高呼："中也人民友谊万岁！"

啊，八达岭，世界"聚首"的长城之巅！今天，我伫立在你的烽火台上，不禁想起一句古诗："地扼襟喉通朔漠，天留锁钥枕雄关"；望着你飞舞不拘的勃勃英姿，我知道你是在向世界、向和平、向未来招手！

2015年9月2日，来华出席中国人民抗日战争暨世界反法西斯战争胜利七十周年纪念活动的波斯尼亚和黑塞哥维那主席团轮值主席德拉干·乔维奇，兴致很高地登上了八达岭，这位最新一位到访这里的波黑国家领导人没有想到，他成为了迄今为止八达岭长城接待的第五百位外国元首。身材高大的德拉干·乔维奇先生得知自己幸运地成为世界政要登临八达岭长城的第五百人后，兴奋地把陪同接待他的八达岭特区办事处的领导和工作人员拉到自己身边，留下了难忘的合影。他在留言簿上写道："中国人民应为给人类文明和全世界留下的印迹感到骄傲。我个人特别高兴能来到长城，也深感荣幸通过登长城这种方式体验中华文明和文化。"

六十年来，五百位世界政坛的"巨首"在这里"聚首"。他们留下了上千幅珍贵的照片和一百六十多件宝贵的题词手迹，更留下了一句句真诚的内心感慨和一个个难忘的趣闻故事。他们在这里播下友谊的种子，他们在这里唱响和平的新曲。

"元首文化"给八达岭长城增添了异彩，我国老一辈外交家钱其琛先生不无感慨地说，这是万里长城的骄傲，也是中华民族的骄傲。八达岭长城是新中国外交上永恒的丰碑。

此刻，八达岭长城上飘起了雪花儿，一瓣儿一瓣儿地漫舞，好美丽啊。我站在世界"聚首"的长城之巅，翘首远眺——

啊，又一位外国元首将登临中国的长城；看，国宾车队正向分外妖娆的八达岭驶来……

（原载2016年2月5日《光明日报》）

骑车在台湾的小路上

平生第一次到访台湾，竟给我一个没想到的惊喜——此刻，我骑着自行车悠闲地行走在宜兰的乡间小路上。我是融进"两岸青少年铁骑游宝岛"活动队列中的，我的身边是二百多个来自北京、台湾的中小学生们，我和北京市两岸民间交流促进会副会长曹居京先生，还有中央电视台的记者等一干"大人们"，也穿着和同学们一样款式颜色的校服，蹬着一水崭新的"铁骑"（台湾把自行车称作铁马、脚踏车），很快便淹没在两岸孩子们银铃般的笑声中了。

紧邻台北的宜兰，是台湾最美的乡村。太平洋的海风向东岸徐徐吹来，驱走了炎热，路两旁水田里的阵阵稻香沁人心脾。放眼望去，田垄上和远处的原野，盛开着各色的夏花，一种惬意油然而生。我慢悠悠地踏着"铁骑"，想把这美丽的宝岛风光看个够！叶佳修那首动听的台湾校园民谣流淌了出来："走在乡间的小路上，暮归的老牛是我同伴。蓝天配朵夕阳在胸膛，缤纷的云彩是晚霞的衣裳……"是啊，多少年来，我们向往着这片美丽的土地，渴望着能有一天手足相聚、姊妹情深，共同"走在乡间的小路上"啊！

"老师，请喝水吧。"招呼我的是宜兰中道中学的一个女生。我忽然有点感动，从东山风景区出发，沿途每逢路口，都有台湾乡亲在热情执守、指路，各个主要路口的"警察叔叔"都一丝不苟地举起指挥棒，阻止社会车辆，让我们的自行车队优先通过。我们北京的许多中学生十分有礼貌地道一声："辛苦啦!"他们都报以真诚的微笑。这么多孩子在一起骑自行车，免不了有"掉链子"的。一位北京二十中学的男生，一脚把车骑到路边斜坡上去了，下面就是水渠啊! 他有点不知所措，立即就有两岸的同学过来相助。一个戴眼镜的女孩被身边的摩托车吓了一跳，"哇"地哭了，马上有老师同学过来安慰，陪她推车走一段，分不清是大陆还是台湾的，伙伴们情深依依。

孩子们边骑车边哼唱着那首"走在乡间的小路上"，我也欣然加入他们的合唱："笑意写在脸上，哼一曲乡居小唱，任思绪在晚风中飞扬……"

"到了，到了!"宜兰县珍珠社区是我们"铁骑游宝岛"的第一站，七八公里的行程，一点没觉得累。珍珠乡的同胞们把台湾的名产摆满了一个个长条桌，有著名的宜兰老兵牛舌饼、名冠宝岛的凤梨酥、大有乡自产的牛肉面线，还有各种水果冰饮、矿泉水。北京的同学们真的像是到了自己亲戚家了，一样都不想落地品尝起来。

而我，还有一个小收获——你知道《走在乡间的小路上》是写的哪儿吗? 一位台湾老师告诉我："这首歌的词曲作者叶佳修先生出生在花莲，他却是在宜兰写下这首歌的，他写的就是宜兰啊。"

宜兰，我骑车走在你的小路上!

（原载2010年8月29日《北京日报》）

绿岛没有椰子树

"这绿岛像一只船，在月夜里摇呀摇，姑娘哟你也在我的心海里飘呀飘……"伴着这再熟悉不过的《绿岛小夜曲》的歌声，我们向着陌生的绿岛进发。为了赶早班船登绿岛，我们头天晚上就住到了台东的知本温泉酒店。第二天一早，迎着刚刚跃出海面的一轮旭日，我们就上路了。不到一个小时，车在一个叫"太麻里格壁"的地方停下来，陪同我们的赖先生说："这里就能遥望绿岛了。"果然，一望无际的海岸线令人心旷神怡，极目所及之处，一座岛屿朦朦胧胧中有点神秘。

绿岛的陌生与神秘，缘于它的交通不便。阴天雾浓，飞机起飞不了；海上浪高，轮船就不能出航。尤其是常出现的"上岛容易离岛难"，即风浪几天不退，人就得熬在岛上苦等。所以，不仅大陆的旅行团一般不安排这里，就是台湾游客也来得比较少。

我们的"金星3号"客轮劈浪向前，离绿岛越来越近，有年轻的情侣们向它招手了，有人呼喊着："绿岛，我来了!"

登上绿岛才发现，四周全被裙状珊瑚礁所围绕，再加上临海高峭的台地崖，经海水侵蚀，岩石嵯峨雄伟，景色自然天成，构成特殊的景观资源。海岸线火山礁岩与白色贝壳沙滩相间罗列，海水一片湛蓝。小岛的标志性建筑是绿岛灯塔，它矗立在机场北侧的海岬上，塔高近十米，为白色筒状的建筑，在四周绿地的围绕下，塔顶着蓝天，傍着碧海，景致十分幽美。台湾的朋友介绍说，绿岛也曾叫火烧岛，总面积仅有16.2平方公里，人口不过三千人，游遍全岛的路程也就十八公里。我们当然要走遍这十八公里了，最与众不同的是，参观了岛上有名的三所监狱。谁能想到，"绿洲山庄"、"进德山庄"、"自强山庄"竟分别是三所监狱的名字。绿岛是一个四面环水的孤岛，这种特殊地理，成了关押犯人的理想场所。据说，当时被送到岛上的犯人，几乎是有来无回，因此，被视为魔鬼岛。直到上世纪八十年代，台湾反对运动日趋成熟，政治与社会价值也跟着改变，绿岛的政治犯由过去的负面形象逐渐现出抗争以及争取自由的光彩，并随着反对运动成为政治英雄。许多前政治犯有关绿岛生活的文章和书籍也陆续出版，原来在人们心目中充满神秘色彩的绿岛终于揭开其真实的面目，一段曾被视为禁忌的历史终得公之于世。九十年代中期以后，政治犯成为历史名词，绿岛的囚室也成了历史遗迹。曾在绿岛坐监十年的作家柏杨努力奔走，促成在绿岛竖立起一块"垂泪碑"，以此让后人记住这段黑暗的岁月。

尽管如此，绿岛并没有枉为《绿岛小夜曲》的所在地，也不会让因浪漫登岛的情侣们失望，毕竟它太漂亮了，它不仅有着将军岩、观音洞、柚子湖、美人礁和随处可见的梅花鹿，更有一处举世闻名的海底温泉——朝日温泉。当地人骄傲地说，这种温泉世界上仅有三处，分别在日本的九州、意大利的西西里岛和我们的绿岛。

然而，绿岛没有椰子树。寻觅遍小岛的每一个角落，也不见椰子树的长影。那么，"椰子树的长影，掩不住我的情意，明媚的月光更照亮了我的心……"又从何而来呢？原来，《绿岛小夜曲》的词作者潘英杰，年轻时创作这首歌时并未来过绿岛，据他自己透露，这首歌是他对整个台湾的感受，他五十多年前一到台北，看到高大的椰子树，觉得很新鲜，他还觉得台湾是个绿油油的岛屿，因此歌词中的"绿岛"指的是台湾岛。只是由于当时正处在热恋中的青年作曲家周蓝萍，把它的旋律谱写得太好听、太动人了，一下风靡岛内外，使原来并不很知名的绿岛，最终成了有着神秘色彩的旅游地，令人向往。

遗憾的是，因为行程紧，我们没能在岛上住下来。

我想，夜晚的绿岛，又该是多美的一番景色啊！

（原载2010年8月29日《北京日报》）

在韩国"移动"

今年是中韩建交十五周年暨中韩交流年。应韩国记者协会的邀请，我们中国新闻代表团一行十一人，在朝鲜半岛最美丽的秋季，对韩国进行了全方位的访问。10月24日，飞机在仁川国际机场降落，我们一踏上这片美丽的土地，便感受到了韩国新闻同行浓浓的友好之情。

这从韩国记协为我们此次访问做出的周密安排，便可窥见一斑。

既然是新闻代表团，与国外同行的交流必不可少。其实，这种交流从当晚韩国记者协会郑日镕会长亲自主持的欢迎宴会上就开始了，第二天代表团就赶赴大邱出席中韩记者数十人参加的国际新闻业务研讨会，然后我们的足迹遍及韩国联合通讯社、大邱MBC、KBS、CBS、来日新闻、市民日报等韩国主流媒体。

韩国是一个现代化的发达国家，韩国记协为我们安排了参观属于发展前沿的多个现代化大企业，LG电子公司、SK炼油公司、Doosan重工业、STX造船厂等。这些大企业对中国记者十分友善，除个别尖端项目婉拒拍照外，对我们的提问一一作答。

韩国风光迤逦，旅游业十分发达，韩国同行们陪同我们尽情地饱览山川秀色、享受海岛阳光，为了让我们多走走、多看看，我们一行常常是清晨即起，伴着晚霞而归，几乎是每天要换一个宾馆。难怪我们在出发前对都去哪些地方全然不知，全程陪同代表团的韩国记协的李次长，真是费了心思，直到我们到达的当天，他才把一份行程表交给我们代表团张刃团长，然后深深地松了一口气……

如此说来，这个团岂不是尽受奔波之苦了吗？

非也，这就要回到本文的标题了——在韩国"移动"。

何为"移动"？就是走路！说雅了可说"旅程"、"行程"之类。到了韩国才知道，中文的这个意思用韩语翻译过来就成了"移动"。瞧着手里的"交流日程表"，我们不禁都笑了——第二天：向大邱市移动，午饭后移动至大邱保健大学，在那里开业务研讨会；第三天：向济州岛移动；然后是向金海市移动，向釜山机场移动，向蔚山市移动，向首尔移动……好像我们这些大活人成了物件，在韩国的土地上被移来移去。

后来我们都认为，"移动"这词用得是准确的。很机械的一个"移动"，一般不能改线，不能误时，首先成功地完成"移动"，才是我们圆满完成那么多地、那么多项访问任务的保障啊！

先说移动的工具——车。韩国人开韩国车。我们在街头极少见到别国的汽车，偶尔发现了辆奔驰、宝马，一般都是外国驻韩使馆的。在韩国不论是官员还是私人驾驶的，不外乎现代、起亚两种车辆。我们乘坐的就是一辆起亚大巴。这车非常舒适，主要是座椅宽大，角度可调，给人一种飞机头等舱的感觉。起初我们以为是主人特意安排的，后来才看到韩国投入旅游运营的大巴、中巴，都是这种"头等舱"，设计很人性化。这无疑减少了长途旅行的不舒服。为我们开车的司机长得有点像于荣光，他非常敬业，每次出发前车内外总是一新，总是提前把车开到指定地点等候我们，车内的空调已调到了合适的温度。我们那么多件行李箱，他从不让客人动手，都是他一人搬进搬出。"于荣光"技术很好，无论长途、短途，他几乎都是准点把我们送达。有时因客人的原因，耽误了几分钟，他会在路上嘱咐我们坐稳，他要把这几分钟赶回来。记得有一次我们的车比预定的访问时间早到了，接待单位的人没有在门口迎候，韩国记协的朋友和"于荣光"很不好意思，连说是他们没有掌握好时间。

　　韩国主要城市的主要道路并不宽，起码不比北京的道路宽，但他们的交通很少发生拥堵，风驰电掣的机动车拐弯时也不减速，竟极少见到交通事故，我们更是找不着交警的身影。最强烈的感受是，在韩国人人自觉遵守交通规则已成习惯，机动车右转弯时如遇到行人，一律停车让行。我们多次遇到韩国司机微笑着示意请行人先过的情景，顿生好感。当然，韩国的机动车也在逐年增长，路上的新手不断增多，那天我们在大邱街头目睹了一起剐蹭事故。一位女士显然是新手，她开着自己的起亚把一辆正常等候的现代出租车剐蹭了。出租车司机马上下来察看，虽然眉头紧皱，但两人并未争吵，出租车司机还帮助女士把她的车移到了路边。然后他们分别拿出了保险单，各自给自己的保险公司打电话。一会儿，两辆车各自离开，一起交通事故就此解决了。我们想见到的韩国交警并没有出现。然而，我们无意中也领略了一次韩国交警的厉害与威风！那是一个瞬间，马路上警灯闪烁，警笛大作，几辆摩托车呼啸而来，全副武装的交警毫不客气地把正常行驶的车辆挤到一边，指示灯随即变化，一列国宾车队迅速通过。只见那几辆摩托车飞驰而去，留下一辆警用摩托车"收尾"，这位韩国交警一直敬着礼，目送(指挥着)社会车辆一一驶入主路。他那敬礼的姿势给我们留下了深刻的印象。

　　舒适的车辆、有序的道路加上合理的管理，是在韩国能够顺利"移动"的硬件条件，而以人为本、乘客至上的服务理念，是让我们感到在韩国"移动"是很惬意的一件事情的主因。比如，我们临时提出要到韩国农民的家里看看，看看他们的现代化新村建设。行车路线改了，一切便随之改动。因我们的车辆比较宽大，走到一个山路岔口只好停下来，只稍等了一会儿，一辆面包车就来"接力"了，我们分两拨相继到达了一个村庄。韩国的朋友说，一般道路较窄的地点，附近的饭店都设有这种"接力车"免费服务，让客人愉快地到达。那天，我们就在属于庆州的一个小山村里，吃到了地道的韩国"农家饭"，真是别有风味。

在回国的飞机上，不知是谁开了个头，我们说起"移动"，大家议论道：在韩国，移动是一种享受；移动，是一种惬意；移动，也是一种文化吧！

（原载2007年11月25日《北京日报》）

第三辑　穿起珍珠

穿起一串珍珠

《北京日报创刊六十周年文学作品精选集》序

这本不太厚的《北京日报创刊六十周年文学作品精选集》，终于和读者见面了。"不太厚"是指它的字数远少于作者、读者，尤其是编者的期望值。《北京日报》从她创刊的第一天——1952年10月1日起，就有了"副刊"，刊登的第一篇散文就是臧克家先生的《欢迎》。这是一篇起点不低的副刊作品，六十年前向臧老约稿的编辑已追溯不清，但以第一任社长范瑾同志为代表的老一代报人对办好报纸副刊的高要求和重视度却是鲜明的。六十年过去了，与两万多个日子，上千万字的副刊作品相比，这本"选集"确实太薄了。

"选"的过程，累、痛并快乐着、兴奋着。北京日报副刊部的几位编辑陈戎、彭俐、王丽敏、马益群、李静，加上部门的实习生褚慧超、梁延东、脱曼，还有出版社支援过来的缪鹏，埋头在浩如烟海的文字中采集着，而初选出来的大部分文章还要重新录入。那些天全是大家在各自的电脑前闷头敲字的身影。汇集起来的A4纸有一千多张，初选文字近百万。再进一步筛选，就有痛感了——遗珠、割爱的"忍痛"。

就阅读而言，文学作品的"年选"一般就比较引人眼球了，何况一本历经六十年积淀的"文学作品精选集"，读者对它抱有几分期待也是可想而知的。我们秉承"新闻抓读者，副刊留读者"的理念，编这本文选时亦如此，不仅要把六十年来的"珍珠"串连起来，而且考虑入选文章的标准是今天读来仍养眼、可读性强。当然，未必能做到，但心向往之。打开这本"精选集"，仿佛看到六十年来留在报纸上的一颗颗"珍珠"，被拂去微尘，愈加闪亮、耀眼。该书分为四部分：在第一辑"散文随笔"集中，我们看到了刘白羽、杨朔、萧也牧、冰心、袁鹰、老舍、宗璞、曹禺、王蒙、叶君健、韩少华、梁衡、李滨声等大家的名篇佳作，其中不少首发在《北京日报》上的散文，如杨朔的《香山红叶》、王蒙的《国庆的礼花》、韩少华的《花的赞歌》等，都曾被选入中小学生的语文教材，堪作经典。第二辑"小说"集选入了严文井、浩然、刘绍堂、刘厚明、刘庆邦等不同风格的作家创作于不同时期的小说，值得一读。从这一辑中出现的"节选"，我们也得知，当年曾轰动文坛的杨沫的长篇小说《青春之歌》，也是由《北京日报》的副刊首发连载的。第三辑的诗歌集可谓精中选优，请读郭沫若先生1956年发表的《骆驼》："骆驼，你沙漠的船，/你，有生命的山！/在黑暗中，/你昂头天外，/导引着旅行者/走向黎明的地平线……"在第四辑"人物·报告文学"集中，虽然也收入了陈祖芬、刘恒、梁秉堃、王道生等著名作家的作品，但明显看得出这部分却是以题材、人物作为主要入选标准，因之我们也读到了出自非名家之手的《送世纪文化老人张中行》《黄永玉：大师之境》《齐如山：与梅兰芳同行的岁月》《梨园"冬皇"孟小冬》《浩然在三河》等报告文学力作以及撰写钱钟书、任继愈、季羡林、乔羽、叶嘉莹、李心草等人物视角独特、文字优美的佳作。

"新闻抓读者，副刊留读者。"与报纸上每天产生的大量的新闻"易碎品"随着时光的消逝而烟消云散比较而言，报纸副刊作品要幸运得多，优秀的副刊文学作品，经得起岁月的磨砺，沉积越久越有价值，愈加珍贵。

办好报纸副刊，离不开作家、作者的支持。《北京日报》副刊部多年来形成了团结、尊重、善待作者的好传统，一直拥有一支让人羡慕的由众多作家、评论家组成的优秀的作者队伍。此次编辑"选萃"的工作，同样得到大力支持，令人感动。臧克家先生的女儿臧小平，提供给我们的是她请人录入并校对好的文稿，她说，想到你们多忙啊，我尽点力吧。散文大家杨朔先生的女儿杨渡提供了父亲几次在《北京日报》发表文章的准确日期，供我们挑选。王蒙先生还记得，他在十九岁写出长篇小说《青春万岁》之前，就在《北京日报》上发表过"通讯"了，不过发出来的稿子就剩几行了，曾得稿费八毛钱。此次，他自己"选"了散文《国庆的礼花》。刘庆邦老师提出两篇"候选"，我们建议选他的另一篇小说《过年》，他欣然回复说："同意，选这篇更好。"

在此，我们由衷地向所有入选作者或他们的后人说一声：谢谢！向六十年来几代关注、支持《北京日报》文艺副刊的广大作家、作者、读者朋友们表示深深的敬意！

同时，期待着大家的批评指正。

（《北京日报创刊六十周年文学作品精选集》，同心出版社出版）

新闻七八是一篇散文

　　三十六年前，我们从祖国的四面八方来到刚刚复校的中国人民大学报到，开始拥有了一个共同的集体："人大新闻系七八级"。大学四年，青春相伴，同窗情深。告别校园后，我们在各自的工作岗位上尽职尽责辛勤劳作，至今已走过了三十二个年头。蓦然回首，我们发现三十年前的新闻理想硬硬的还在，我们各自肩负的历史担当竟也殊途同归。今天，我们是那样珍惜"人大新闻系七八级"这个名号，越发感觉到同学情谊的那份厚重与绵长。这，也是我们近年来能够连续七年每年一次同学大聚会的根基所在。

　　然而，欢聚总有时，你我间还有太多的心里话没有说完，还有诸多宝贵的人生经历未能交流，为此，在2013年7月底8月初的黑龙江伊春聚会上，大家共同发出了这样的呼声：是时候了，我们要给自己出一本书，我们要为"人大新闻系七八级"出一本书！

　　一次同学聚会时，班里的老大哥孟国治曾认真地说："咱们人大七八级新闻系是一篇散文。"老孟说这话时，有批评新闻系的同学一贯懒散，拍张合影也要班头招呼半天才成"形"的揶揄；更意味深长的是彰显散文一词的本义，即：散文，形散而神

李培禹
散文选

180

不散。

"神不散"：1982年我们大学毕业后虽然天各一方，境遇不同，职务有差，但当年的理想、信念，这一代新闻人自身的正能量，没有散，也永远不会散！

新闻系七八级同学有个微信群，天南海北甚至远居海外的老同学们几乎每天都要在这里碰面聊几句。说来有趣，我们那届是人民大学复校后的第一批学生，招生时年龄宽泛，最大的和最小的能差十六七岁。如今虽话题随意，五花八门，但三十多年来共同的精神追求还在，其明证有二：一是大家给微信群起的名字就叫"七八新闻佬"；二是一旦国家有难或有重大事件发生，必凝聚成一股力量，伟大而又坚强！去年4·20雅安发生大地震后，关注灾情，声援雅安，成为所有成员的共同心声！那天一早，"嘟嘟！嘟嘟"，群里在召唤："听说四川地震了，谁知道雅安在哪里，距成都远吗？"随后，一条条信息传来：4月20日，8点零2分，雅安发生7.0级地震！危急，危急！从这一刻开始，随着灾情的披露和救灾工作的展开，手机微信"嘟嘟"的叫声不断。有几位总编岗位上正在值夜班的同学的信息，最为大家关注，几个已退休赋闲在家的老大哥，简直成了这几个小字辈的"粉丝"，因为他们的信息快而准确，有一定权威性。大家首先想到了家在四川、重庆的同学，纷纷询问他们的家人可安全？《珠海特区报》的陈平家在震区，此时他正在报社值夜班，他的短信内容是："家里还没联系上。你们说，我听着。"显然，他在会上。一会儿，终于等来了他的回信："九旬老母亲居住四川内江，早餐后感到强烈地震发生了，迅速下楼，慌忙中没带手机，俺一直联络不上她，急了一天。刚和老人通上话了，她说没有汶川那次那么厉害（老母亲是安慰我啊），只是匆忙中滑了一跤磕伤腰了……"顷刻间，"惦念！""平，问候老母亲！""总算联系上了，消息还是欣慰的。"大家的语音、文字接踵而至，也都替他松了一口气，连远在加拿大的杨新和正在美国访问的杨小兵都发来红蜡烛的图案，旁边写道："问候母亲，天佑中华！雅安加油！"平时在群里聊天总有点没正经的鲁难，此时"还原"出了真面目，他的文字也很漂亮："我到过雅安。从成都向南，途经西岭雪山，那是一座美丽的小城。地震不能毁灭美好，天灾不可摧毁雅安。我的同胞一定会度过艰难，相信明天的太阳依然灿烂！"我们班的"小字辈"，只是年龄相对小，他们好几位已是中央及省市报刊的社长、老总，此时的他们在兢兢业业地工作着，也替已经退职、退休的他们的大学兄们继续践行着当年的新闻理想。

"神不散"的又一个明证，就是这本呈现在读者面前，真实再现人大新闻系七八级同学三十年心路历程的综合性文集——《新闻七八是一篇散文》。

此书的征稿编辑工作始于2013年7月底的黑龙江伊春同学聚会，终于今年4月中旬的上海普陀山同学聚会再次相逢。

三十六篇新闻学子积三十余年实践历练的心血之作已尽在书中，编者不再赘述。需要向广大读者说明的是，这本书开宗明义已说清楚，它是写给我们自己的，是我们走过三十多年新闻之路、人生之路的履痕。因此，它的题材、体裁没有限制，只要文从心生，真情实感，就一定是"越是你自己的越是大家的"！

相对恢复高考后入学的七七、七八级同学的出书热，我们这本文集的出版确实有些迟了，但愿它能后来居上，拥有越来越多的读者和知音。因为它不仅是一本从未有过的实践版的新闻教科书，也是我们以"新闻七八"的名义，怀着敬畏之心，集体写一篇散文，共同向理想、向青春、向人生，做一次郑重的致敬！

编　者

2014年4月20日，于普陀山

（本文为《新闻七八是一篇散文》的代前言，北京日报出版社出版）

"天马"与"汗马"

新春试笔，想起两个与马有关的成语，思绪便"信马由缰"开来。看题目，想必朋友们已经脱口而出这两个成语了。

天马行空

"天马行空"的成语出自元·刘廷振《萨天锡诗集序》："其所以神化而超出於众表者，殆犹天马行空而步骤不凡。"清·昭梿《啸亭杂录·山舟书法》："惟公兼数人之长，出入苏米，笔力纵横，浑如天马行空。"意指天神之马来往疾行于空中，比喻思想行为无拘无束，亦形容文笔超逸流畅。

关于这个成语的传说，有这样的记载：相传汉武帝时期，在西域有一匹马叫作天马。那匹马四肢健壮，腿脚灵敏，因此没人可以抓住它。后来人们在山脚下放了一匹五彩马，不久它与天马配对生出了很多匹小马。据说这种马出的是赫石色的汗，马蹄踏在石头上就可以形成深深的坑。不久这个消息传到汉武帝耳中，汉武帝十分高兴，便派使者通过丝绸之路送去百匹绸缎以换得一匹小马。可是西域人认为这马万万不能送，于是就将使者赶了回去。汉武帝动怒，于是派兵攻打西域，终于得到了一匹小马。故后人也将天马称作西极天马。

我始终认为"天马行空"是褒意的。当年林彪书写"天马行空，独往独来"时，也是表达他个人的一种审美。你看，寥廓的际宇中，一匹骏马奔腾而来，身边的白云被甩在蹄后，那么马上的才俊呢，自是年轻、潇洒，英气夺人！"辞书"上说此成语"比喻思想行为无拘无束，亦形容文笔超逸流畅"。这倒契合了著名语言文字学家吕叔湘先生的"成语之妙，在于运用。颊上三毫，龙睛一点"的精论。历来，创作者是需要极目远眺、纵横驰骋的。天马行空，文思奔涌，当有好作品问世。我常感叹，屈原先贤在苦吟《离骚》《天问》，诗仙李白一挥而就《梦游天姥吟留别》《将进酒》，郭沫若先生畅抒《凤凰涅槃》《天上的街市》时，一定是进入了酒后欲仙、文思驰骋、笔下肆为的最佳状态吧。正是历代文人骚客的"天马行空"，才给我们留下了卷帙浩繁的佳作名篇。

说到一个成语，总会使人想到一个典故，总能在眼前呈现一幅画卷。

"天马行空"，让我的思绪一下回到了四十多年前，定格在一尊"马踏飞燕"的青铜器上。

1969年10月，在甘肃武威雷台发现的一座已遭两次盗掘的东汉晚期墓葬中，出土了铜人、铜车、铜牛、陶器等两百二十余件文物，其中有三十九匹神态各异、活灵活现的青铜奔马。这批文物被运送到甘肃省博物馆进行修复、处理和保护。其中的一匹铜奔马，重7.15公斤，高34.5厘米，长45厘米，宽13厘米，马头顶花缨微扬，昂首扬尾，尾打飘结，三足腾空，右后足蹄踏一飞燕，飞燕展翅，惊愕回首。它，就是后来成为中国旅游行业标志的"马踏飞燕"。1971年9月，时任全国人大常委会副委员长的郭沫若，陪同柬埔寨宾努首相率领的代表团访问甘肃。在兰州，郭老参观了甘肃省博物馆的历史文物陈列。看到武威雷台出土的一组铜车马仪仗队伍，对其中的"马踏飞燕"做出了很高的评价。郭老回京后，向国家文物局推荐把这组文物充实到正在北京故宫博物院举办的"出土文物展览"中去。时隔不久，郭老又向周恩来总理介绍了铜奔马和雷台汉墓的事。后来，铜奔马和车马组以及其他文物的展出在国内外引起了强烈反响，来到中国的许多外国贵宾都参观过展览，包括1972年第一次来华访问的美国总统尼克松。

"马踏飞燕"是东汉艺术家的经典之作，是中国古代雕塑艺术的稀世之宝。汉时期的铜匠巧妙地用闪电般的刹那将一只凌云飞驰、骁勇矫健的天马表现得淋漓尽致。据说，按古代《相马经》中所述的良马的标准尺度来衡量铜奔马，几乎无一处不合尺度，故有人认为它不仅是杰出的艺术品，而且是相马的法式，堪称我国古代雕塑艺术史上神奇而稀有的瑰宝。其实，它最令人折服的莫过于创作构思的绝妙。塑造一匹健美的好马形象并不难，然而要将一件静物表现出它的动感，特别是要表现一匹日行千里的天马行空，就不容易了。然而我们的无名艺术家却独运匠心，大胆夸张地进行巧妙构思，让马的右后蹄踏上一只凌空飞翔的燕子。这样一来，把一匹静止的"天马"塑活了，它在空中扬起四蹄，耳边生风，一跃便追上了飞燕！

由此，成语"天马行空"的形成，会不会更早于元明？这有待于有关专家的考证了。

借着马年新春的喜兴，我要把一首程光锐先生的《沁园春·咏东汉青铜奔马》献给读者。三十多年前，我有幸在著名诗人臧克家府上听他与作者和诗人刘征谈论这首新鲜出炉的好词。记得臧老读后爱不释手，用他那浓重的山东口音高声朗诵起来："腾雾凌空……"他还建议把下半阕中的"长桥卧浪"改为"长桥卧波"，程光锐点头称是。兴奋的臧老还对我说："你听，春来故园

第三辑 穿起珍珠
总有一条小河在心中流淌

重逢，问满眼风光是梦中？这就是诗啊，绝佳！"

让我们静下心来，读一读这首绝佳的"沁园春"吧——

　　　　腾雾凌空，横驰万里，踏燕追风。是绿耳归来，飞扬欢跃，黄巾曾跨，陷阵冲锋？娇娇英姿，绕晓神采，巧手雕成意态雄。两千载，竟长埋幽壤，瑰宝尘蒙。

　　　　春来故园重逢，问满眼风光是梦中？诧高楼遍地，渺无汉阙；长桥卧波，不是秦宫。一觉醒来，人间换了，日耀河山别样红。重抖擞，送风流人物，跃上葱茏。

汗马功劳

"汗马功劳"，是给予劳动者的赞誉。每一个辛勤工作的人都有资格说，我为我供职的单位立下了汗马功劳；而明智的领导者会对下属不吝溢美之词：汗马功劳，功不可没。

汗马功劳，原指战功，后泛指功劳。汗马：马累得出了汗，比喻征战中的马匹吃苦耐劳，立下战功。此成语出自《韩非子·五蠹》："弃私家之事，而必汗马之劳。"

186

我以为，是《史记》中的两个故事，使"汗马功劳"的说法绵延下来，使用至今便成了家喻户晓的成语。我们看《史记·晋世家》叙述春秋时晋文公的一段故事：晋文公，名重耳，是晋献公的儿子，所以又称公子重耳。他曾流亡国外十九年之久，后来回国做了国君，而且称霸一时。当他回国之初，即位为晋文公时，对于随从他流亡的人员，一一论功行赏。有个小臣名叫介之推，没有提出自己有什么功劳，也不求赏赐，躲到深山里隐居起来了。另一个小臣名叫壶叙，见三次行赏都没有他的份儿，便对晋文公说："君行三赏，赏不及臣，敢请罪！"晋文公当即把行赏的标准向他说明："夫导我以仁义，防我以德惠，此受上赏；辅我以行，卒以成立，此受次赏；矢石（箭矢炮石）之难，汗马之劳，此复受次赏；若以力事我而无补我缺者，此复受次赏。三赏之后，故且及子。"

再看《史记·萧相国世家》中一段有关"汗马之劳"的故事：萧何是汉高祖刘邦的同乡，刘邦起兵反秦，萧何始终筹谋划策，忠心耿耿，是刘邦最可靠的得力助手。秦亡以后，刘邦又打败了项羽，建立汉朝，做了皇帝，萧何便担任相国。刘邦认为论功劳应以萧何为第一，所以首先封他为"酂侯"（酂，县名，今湖北光化县），食邑八千户。但有些功臣不服气，说："我们拼死拼命，多的经过百余战，少的也打过几十仗，而萧何未有汗马之劳，只会耍笔杆、发议论，根本没上过战场，封赏反在我们之上，这是什么道理？"刘邦问道："你们知道打猎的事吗？"大家同声回答："知道。"再问道："那么你们知道猎狗吗？"又是同声回答："知道。"刘邦于是接着说："打猎的时候，追杀野兽的是狗，而指示野兽的住处、去向，让狗去追杀的，却是人啊。你们只会追杀，不过是'功狗'而已，至于萧何，能'发踪指示'，他才是'功人'。而且你们多数是单身跟随我，有同族两三人一起入伍的就算难得了，可是萧何，他叫全家族的几十个男子都参加了我们的军队，跟着我一同出力。他的大功劳是怎么也不能忘记的！"众臣听了，便谁也不吭气了。

瞧，邀功受赏的总是人，与马无关。

其实，功劳何尝离得开汗马？赤兔，三国时期吕布的坐骑。《三国志》中吕布数十骑破张燕万余精兵，除了吕布的英勇善战，赤兔马同样有着极大的功劳。其后关云长的过五关斩六将、千里走单骑，还不是全凭着那匹骁勇神奇的赤兔马吗？《三国演义》描写：一次刘备遇难，骑着他的良驹——的卢马逃跑，危急之时落入檀溪中，刘备着急地对的卢马说："的卢，今天遇到大难，你一定要救主呀！"于是，的卢马一跃三丈，带刘备逃出险境。至于"安史之乱"的潼关大战中，"昭陵六骏"忽然杀出击退叛军的故事，虽是传说，却可见人们对屡立战功的宝马的崇拜。

提起"汗马功劳"，我眼前浮现出木兰替父从军的飒爽英姿。儿时读《木兰辞》："唧唧复唧唧，木兰当户织……"不知怎的，对下面这几句印象尤深："东市买骏马，西市买鞍鞯，南市买辔头，北市买长鞭。"脑中现出的女扮男装的花木兰是何等飒爽啊。她替父从军骑着高头大马奔赴战场，白天英勇杀敌，晚上还要隐住女儿身。胜利后她不贪皇赏，只要骑上骏马快点回到父母身边。说来巧了，春节前报社合唱团排练的曲目中，就有一首《木兰从军》。这首歌既吸收了河南豫剧的曲调，时而委婉、时而高亢，更融入了混声合唱的动听旋律，十分好听。而我，对词作家刘麟改写的歌词更是喜爱与钦佩。他在保持原诗精华的基础上，做了删减与增添，比如："忽见墙上龙泉剑，胸中豪情逐浪翻。乔装男儿跨战马，替父从军走边关！……挥剑挽强弓，踏踏马蹄疾。将军百战多，碧血染旌旗！"合唱团排练时有团员说，每唱到此处高潮时，都会为之振奋，激情不已。

马年到了，我愿意为本命年的朋友们送上祝福：今年出生的娃娃叫小马驹儿，健康可爱；十二岁的叫童马，少年勃发，天天向上；二十四岁的马正值青春年华，昂首踏上征程；三十六岁和四十八岁的马，吃苦耐劳，个个都是家庭、单位乃至共和国的砥柱中坚，大展鸿图吧！

至于今年即满六十岁的马，皆为老马，将纷纷卸下马鞍。念这茬老马大都在各自的工作岗位上辛勤拉套了三四十年，请为在高职的年轻后生们，找机会伸出大拇指，向他们念叨一句：汗马功劳！

（原载2014年2月12日《中国艺术报》）

考考你

年近半百，几乎远离了考场。2002年为了申报高级职称，又回到了古代汉语的考场。要考就考好，于是我们这些原本在大学就学过古汉语课程的"老学生们"，还是纷纷走进了古汉语辅导班。

近两百人的大教室得去占座儿，稍晚了就得靠走道边"加座儿"，学员中白发苍苍者有之，从郊区远道而来者有之，更有不少肩负相当重要职责的大官、小官们，这从课堂上时而响起的手机声就听得出来。无论多急，听课是第一位的，只听接电话者大都是回答"我在上课，下课再说吧"。每次去听课，我都感到一种莫名的悲壮。

给我们讲课的是北师大的一位知名教授，他的敬业和学识赢得了大家的心，师生们共同努力要闯过这一关。然而，早听说"今年要加大难度"的精神，还是使我们这些笨学生们"尝"到了"难度"：你背了蜡油的蠟、冲锋的衝、出发的發，头发的髮、万岁的歲，甚至笔画极为复杂的"爨"字（真得感谢一位同事教我记住这个字的诀窍：兴字头，林字腰，大字下面火来烧），可偏偏今年试卷让你写出来的是历史的"历"字是从哪两个古字简化而来的，有人写出了"厲"字（不对），有人写出了一个"歷"字，很少有人能写出正确的答案"歷"和"曆"，这一分算是丢了。还有"众踥蹀而日进兮"中的"踥蹀"是什么意思？怎么读？（读qie，die，形容小步走的样子）就是想不起来了，得，这两分又丢了。还有，"知徹澄娘"要与哪些声母合并来着？大概是"端透定泥"吧（这一分蒙对了）。两个小时总算过来了，监考老师从手里抽走好几大篇试卷时，我深深地嘘了口气。

回到报社，"古汉语"这劲儿迟迟散不去，总想找个人念叨念叨。细一想，是自己复习到的内容好多都没考，不少知识"窝"在心里也不大好受。于是找了晚报副总编凤翔先生等两三位学识渊博的"老学究"，开玩笑地说："考考你！"我随意从心里"抽"出几题给他们："宫商角徵羽"请注音并说出是什么意思？这题容易，果然难不住列位。好，来点难的：请解释"骏發尔私""女也不爽""之死矢靡它"的含义；请写出五个连词，要求全部为双声叠韵……几位被考的同事先头还真当回事地想了想，不一会儿，就没好气地给了我一句："你有病吧？"

我哪儿都没病，只是肚子有点胀，待那些"知识"慢慢又忘了，可能就好了。

（原载《2013年中国最佳杂文选》）

《国家》不是国歌

有一首歌正铺天盖地向我们袭来，发行量几十万份的《北京晚报》的通栏大标题是：《让每一个人都听到》！看来，你想听也得听，不想听也得听。这歌名叫《国家》，媒体狂轰滥炸，有报纸不惜连续整版地刊文：这好歌多少年不见了，太有深厚的文化底蕴了，太令人激动不已，真是百听不厌啊！我敬重的一位歌词前辈，在晚报上发文盛赞该歌曲，不吝溢美之词，云此歌是充满爱国主义激情的优秀大作，他充满了仰慕、赞叹，祝贺祝贺！语言恐难表达他对这歌的喜爱了！这还不够，一天，突然发现这歌还上了全国"两会"，成为代表、委员们热议的话题，而且众口一词，称赞有加，真让人觉得"两会"上到处都在传唱这个歌了。

然而，《国家》还不是国歌！在它还没有多少人听过、唱过，甚至制作也没有完全完成的时候，这种宣传来得急了点吧？话说得满了点吧？一篇好作品，尤其是歌曲，不是这样炒作出来的，就是你发多少红头文件，该消失的总也留不住；群众真正喜欢的，你不让它流传也难。当年电影《上甘岭》的插曲《我的祖国》，录制时因它的歌词、旋律太动听了，中央人民广播电台的编辑等不得影片公映，就播出了，立即传遍了大江南北，直至今天人们还在传唱。再说，被赞扬为达到极致的《国家》的歌词："一玉口中国，一瓦顶成家……我爱我的国，我爱我的家，我爱我国家"，觉得不至于好得那么了不得吧，似乎也没超过几年前人人都会唱的那首《大中国》啊："我们都有一个家，名字叫中国。兄弟姐妹都很多，景色也不错。家里盘着两条龙，是长江与黄河……"我这不会唱歌的也记得这几句。

从报上得知，《国家》这歌的"创作"团队有二百人之众，以港台人士为主，还拉来了一个拍电影的"大哥"、一个"红旗歌手"助阵，说是"重金打造"。

你出重金打造得了"歌"，却未必能让这歌人人都叫好。曾几何时，有《神州颂》被"重金"打造后唱进了维也纳金色大厅，随着那位身居高位的"音乐天才"（报纸上就是这么登的）腐败案败露而落马，树倒猢狲散，还有人提及那根本没法听的什么"颂"吗？

再说一句：《国家》毕竟不是国歌，你自己的孩子你格外喜欢，喜欢死了，祖孙三代都必须听、必须唱，可以，也是人之常情。但你要"每一个人都听到"、都爱唱，就不一定做得到了。

（原载2014年第2期《北京杂文》）

诗歌乱象何时了

近看朋友圈，有诗人呼喊：以后别再叫我诗人了，咱丢不起那人！缘何？诗歌乱象。

笔者写了大半辈子诗，发表过也得过奖，但至今听到"诗人"的称呼，还难免会有种脸红的感觉——因为诗歌的神圣。朋友的诗名远在我之上，为何不愿再顶着"诗人"的桂冠了呢？他对最近中国诗歌学会常务理事们"高票通过"由一位企业家出任会长有异议，认为诗歌学会的会长理应由中国诗坛领军性的著名诗人担当，诗界与商界联姻不是好事。我觉得这也说不上是什么坏事，因为这位企业家除了有地产，还有诗集，毕竟算个诗人。况且中国诗歌的"会长"又不等同于就是中国诗歌的领军人物。领军不领军，得由诗人的作品、人品，经长时间磨砺淘洗后再定。

但由此引起对当今诗界、诗坛屡屡生发的怪胎、奇闻、乌七八糟，实看不顺眼，不得不嘚啵几句。残疾农妇余秀华的"穿越大半个中国去睡你"引起的风波，以及"不蒸包子争口气"荣获鲁奖的争鸣，把个多年冷寂的诗坛搅得热翻了天，中华大地尽显本就是诗之国度的风采，所谓"著名诗人""新派诗人"，春笋般一茬茬冒出，神州各个角落似乎都在进行诗歌节的狂欢，各种"某某杯"的大奖频频颁出，诗歌学会的几位会长马不停蹄地赶场奔波，好让人心疼。李白、杜甫、白居易，郭老、艾老、徐志摩等诗人的故乡也热闹起来，能开掘的都被挂上牌子，一些县、县级市甚至乡镇，只要出钱，就能搞个全国性的诗歌大奖。名目繁多的一个个特等奖、金奖、大奖频频颁出，却难有一首好诗为人们称颂流传开来，这奖又有何意义？更有奇葩，一个六岁开始写诗的男童，九岁出版了他的首部诗集。出诗集是让人看的，于是我们读到了他写的"爱情"："我和姥姥没有爱情，她实在是太老了，我和妈妈没有爱情，我只喜欢她的奶子……"这孩子大概连"乳房"俩字都不会写呢，又不可能经历过爱情，他的这几句与爱情、与诗沾边儿吗？我们的出版社怎么做的选题，编审者是怎么让这本书名为《柳树是个臭小子》的"诗集"，堂而皇之地通过的？据说，很有些体面的诗人、评家吹捧这九岁的神童。老诗人叶延滨看不过去了，他说，不要轻易封一个孩子小诗人、小天才，他还小着呢！

诗歌乱象也蔓延到翻译领域，前些日网上开始炒作印度诗人泰戈尔的诗集《飞鸟集》的一个最新中译本。我们且看译者的奇文：流传很广的郑振铎先生翻译过的诗句"大地借助于绿草，显出她自己的殷勤好客"，被这位翻译成"有了绿草，大地变得挺骚"；更不能让人容忍的是此公把泰戈尔原本很美的一句诗，翻译成了"大千世界在情人面前解开裤裆"，真是够味儿！诗人、评论家彭俐愤怒了，他撰文《泰戈尔不怒，诗歌大国蒙羞》，立即引起共鸣。他抨击道："这种鄙俗、龌龊乃至不堪入目的口水化译句，居然出现在国家公开出版物中，让人震惊、令人瞠目！"

诗歌乱象何时休、何时了？如果这种亵渎经典、丑化诗歌的现象任其发展，甚至成为时尚，我们的社会将是怎样一个"可怕"了得！

是不是有点偏激？搁笔前我也犹豫，试着把标题中的"诗歌"，改为"诗界"或"诗坛"。后来一想，不改了！乱象的造成虽是诗界、诗坛的少数人干的，但玷污的却是诗歌，蒙羞的是我诗之大国。这就与大众有关、与社会有关、与读者有关了，我们每一个热爱诗歌的人，都有权利和义务站出来，怒喝一声：住手吧！

（原载2016年2月23日《北京日报》）

望山看水记乡愁

　　金秋，是收获的季节。几天前，最后一次编务会，我们几位主编除了看到了自己编的选本样书外，都是第一次看到另外的五个选本的样书。大家都不禁眼前一亮，互相翻阅着不同文学样式的选本。诗歌、小说、散文、报告文学等六卷，一套"社会主义核心价值观优秀文学读本"丛书，终于编选完成要出书啦！大家把装帧精美的六本书放到一起拍照，急着发到微信朋友圈，欣喜之情溢于言表。有人会说，至于吗，不就是出本书吗？也是，就是出本书，况且这几位主编都是出过书的老记老编、名记名编啊，还会因此激动吗？

　　我真的有点激动，所以领导安排我发言，就没推托。说说我的一点感受吧。当初受命，我一听吓一跳，编选一套"社会主义核心价值观优秀文学读本"丛书，这书有出版社出吗？这书有人去看吗？只是没好意思说出口。硬着头皮进入工作状态，我越想越觉得这个创意新，越想越觉得这个工程了不起！现时还没有一套以社会主义核心价值观为主题的丛书啊。我们崇尚的价值观，不就是人间的真善美吗？怎么就不能选编出一套读者喜爱的优秀文学读本呢？促使我认真投入这项工作的动因还有一个，那就是我们身边现时的文化生态出现的问题：一些好的传统被遗忘了，或者说不吃香了，一些不靠谱儿的"神剧"、一些丧失道德底线的"恶搞"，已严重侵蚀着我们健康的生活体系。比如某某卫视，先是恶搞中国音乐史上辉煌名篇《黄河大合唱》，"风在吼，马在叫，黄河在咆哮"在他们眼里不过是一场"闹剧"，仅仅过去七十年的国恨家仇，已然成为他们"娱乐至死"的笑料。更有甚者，这家卫视又推出贾玲版的恶搞《木兰从军》，一些演员的低俗表演令人生厌。再看银幕上，一堆烂片，票房却过亿甚至十亿。由于工作的需要，我真的要走进影院去看，简单说几句（比如邓超演的《分手大师》、郭敬明的《小时代》、徐峥的《心花路放》，还有一堆"囧"类怪胎电影）。回到文学，回到书上来。中国诗歌学会的一位诗人朋友告诉我，一个九岁的"神童"出了诗集，其中有首诗写道："我不爱我的妈妈，我爱我妈的奶子。"这孩子连乳房俩字都不会写呢，却能出诗集！真让人无语。

这样一种文艺生态正常吗？就前面提到的电影现象，烂片票房却过亿，我听到过好演员李雪健发自内心地说：我不服！他说，我改变不了这种状况，我只能尽一己之力，努力拍好一部是一部。

雪健的话给了我定力，我们不与浊流同污！我们用自己努力的成果，向读者汇报。散文卷《爱在爱中》，选入的第一篇作品是梁衡老师的《我凝望一座山峰》。这也决定了这本书的第一辑的定位："家国情怀"。我和大作家梁衡通电话，他非常看重我们这个选本，把自己的文章又做了一次精心修订。他说，既然叫"读本"，就应有教材的含义。著名作家、评论家彭程的《在母语的屋檐下》，著名杂文家、《求是》杂志副总编辑朱铁志的《云中谁寄锦书来》，本已读过几遍，早已印在我的脑海里，此次当然优先选入。我理解，社会主义核心价值观，不能仅有"家国情怀"，还要把祖国的锦绣河山、江山如画，以及我们对祖国、对北京，乃至对西城区的爱融入其中，于是有了散文选本的第二辑："大地之诗"。著名作家李春雷的《寻访习家池》，我有幸和他一起实地采访，知道他写作的真诚，这篇优美的散文很有深意，大家读后便可领会。杜京的《北京的春天》、刘齐的《北京的大》，还有侯宝林先生的女儿侯鑫写的《侯家的根儿在西城》，绝对不虚"优秀"之名。

"望得见山，看得见水，记得住乡愁。"这是习总书记在中央城镇工作会议上讲的一句话。繁忙工作中的习大大身体力行，重返度过插队知青生活的陕北梁家河，攀上海拔五千多米的风雪高原看望战士，前些日又兑现诺言赴延边朝鲜族自治州和群众一家亲。我们的作家、艺术家也在迈开双脚，走向田间，走向社区，走进生活，在践行社会主义核心价值观的道路上留下扎实的足迹。望山、看水、记乡愁，是新常态下广大文艺工作者生活、创作的源泉，也是作家肩负担当的题中应有之义。散文卷的第三辑取名："爱在爱中"。我是先被作家凸凹的这篇文章打动了，文章写他大山里再普通不过的农民父亲，含辛茹苦把儿子培养成了国家干部，身患癌症后儿子用公车送他去医院，老父亲愤怒了，说，你敢！对不时有人来病房探望，他对儿子说，你能不能不叫他们来，我只是你一个人的父亲，于旁人无恩。最后一段是这样写的："送他火葬的那天，我没有哭，因为内心盈满。"读到这，我已泪流满面。编委会上，我提出用"爱在爱中"做散文卷的书名，编委们一致通过。这一辑是我的偏爱，我认为是充分体现了社会主义核心价值观的读本。定稿时，我对有关领导说，这本散文选，我不敢说篇篇精彩，但如果拿掉一篇，我都会感到特别遗憾。在此，我真诚地对委我以重任的领导以及北京联合出版公司表达感谢之情，谢谢你们的信任与支持！由于你们的高度，读者在这本集子里还可读到《感谢身体》《北京记趣：多余的一句话》等有点另类但非常有趣，我认为同属优秀的文章。这是编者之幸、读者之幸！

（本文系作者在"社会主义核心价值观优秀文学读本"系列丛书出版座谈会上的发言）

一个村子与一本书

——为《古村河防口》作序

一个村子能出一本书吗？能。怀柔区委宣传部编辑出版的《古村河防口》，就给我们带来了这样一份惊喜！

说惊喜，并不为过。一是这个村子是我熟悉的"口里第一村"，二是书里的文章大多文笔优美，十分好读，读来有益。

让我们打开这本书吧——

一道长城，分出了关内关外。

怀柔长城有一处重要的关口叫"河防口"，它就处在南北交通"茶马古道"的南段，平原与山区的交界处，可以说是名符其实的"口里第一村"。从这里出关，就是塞外山区了。

关口附近的石崖上面，曾留有"吏隐"石刻，文字端庄精美。清初，江南著名才子潘其灿游历至此，写下了《登河防口边城》一诗，怀古抒情，笔墨留香，为山村平添了浓重的文化底蕴。

一个六百多年的古村，历经风雨沧桑。古村、古风、古韵。几百年来，村民勤劳朴实，和谐相处，相互帮衬，形成了特有的民风，也出了不少能人，手艺人。

长城脚下，山川隽秀、花果飘香、小桥流水，淳朴秀雅的古村河防口，已经焕发出独特的魅力，向人们展示着它的古韵新姿。

这是书的开篇文章《口里第一村》，作者也是本书主编的于书文怀着对家乡的一腔热爱，向我们娓娓道来，一下把读者领进那个山前是平原，村后进深山的古老而美丽的村落。

全书编辑十分精心，分为"古迹拾遗""古道览胜""古关故事""古村人物"四个部分，脉络清晰。我以前就知道、听说过的戚继光督建长城、骆驼山的传说、特产红肖梨、红螺寺海峰法师等，尽在其中；还有更多史料、故事、传说、人物等则是第一次读到。仅"古村人物"中写到的就有晚清诗人刘庆堂、风水先生刘震鹏、巧娘田金茹以及药铺掌柜、二编匠、兽医、果树王等诸多不同时期的代表人物，一个个栩栩如生。读完掩卷，我要由衷地向这本"村传"的十几位怀柔本土作家表达自己深深的敬意！

对怀柔，我有着一份特殊的热爱：三十年前，作为《北京日报》的记者，报社分工由我联系当时还是县的怀柔，我几乎跑遍了"两道沟"——喇叭沟门、碾子，与那里的干部群众、山山水水"走"得很近，也写了比较多的报道。有一篇写怀柔县城建设的《京郊一枝花》，年龄大些的人或许还有印象。后因工作需要，我被调到文艺副刊部做编辑。在这个岗位上，我仍"念旧"，编发了我的好友、怀柔作家刘兴的散文《慕田峪观云海》。这篇文章因被选入至今沿用的北京市中学语文课本而影响很大。多少年来，我每次下乡、进山，必经河防口。所谓"口里口外"，河防口是分界线，口里是山前平原，过了这个村，就是山区了。现在想来，真有点对不住河防口村，那时到怀柔采访，或住在县城，或深入山区住在怀柔县"第二政府"所在地汤河口、琉璃庙，怎么就忽略了每次都迎送我的这个古朴、美丽的村庄啊！

拿到《古村河防口》书稿，一口气读完，我的歉疚释然了。这本书填补了一个空白，弥补了我的缺憾，也创下了一个村子出一本书的纪录。

我一直认为，只要是一本书、一部作品（非画册、影集类），一定是由文字组成，而这文字应该是美的。衡量一本书的优劣，主要标准是它能否给读者带来了阅读愉悦，即美感。《古村河防口》的作者们，对这片土地是何等的熟悉和热爱啊。从他们的书写中，从大多篇章的字里行间，我分明读到了怀柔作家群对家乡的那份挚爱的情感。

让我们随着书中的一篇《烂漫杏花海》，走进古村河防口的春天吧——

　　一过春分，阳气萌动。清明前后，梅花欲残，迎春花渐黄，而杏花则正含苞待放，不消几日，漫山遍野就会铺出一片锦绣。

　　说起杏花，人们会联想到"杏花春雨江南"的诗句，在诗人的眼中，江南之风韵，江南之秀美，就在于杏花和春雨之间。河防口位于北方，其杏花之美不同于南方。江南的杏花宛若未嫁的少女，如诗文般令人幻想，河防口的杏花却像已婚的少妇，如散文般令人神往。江南的杏花凋谢了会随流水而去，留下感伤，河防口的杏花零落了会化成春泥，滋润土地，给人希望。

　　"道白非真白，言红不若红，请君红白外，别眼看天工。"这是河防口杏花的真实写照。如果说梅花是大家闺秀，那么河防口的杏花就是小家碧玉；如果说牡丹是富家千金，那么河防口的杏花就是邻家小妹，她给人以清新、淡雅之感。当春雨淅淅沥沥，春天悄然而至时，杏花绽放出笑容，但却不张扬，不招摇，近乎羞怯地悄悄绽放在枝头，一朵、两朵、三朵……待你发觉春天来时，她已缤纷满树，瓣瓣馨香了。远远望去，那朵朵的杏花，就像一只只振翅欲飞的粉蝶儿……

多美的描写！接着，作者笔锋一转，又讲述了一个"杏花仙子酿造美酒香飘天庭"的传说，故事跌宕起伏，委婉动听。我们知道，一篇散文的结尾很重要，往往是让作者头疼的事，而这篇文章的收尾，看似顺笔写来，却真的有点"唯美"的意境了——

"风光好，花开早，曲陌芳丛啼翠鸟。松云抱，烟霞绕，红杏枝头春意闹。俏！俏！俏！景色壮，水凝香，晴峦幽壑着新装。柳絮荡，蜂蝶翔，小河岸上笑声扬。长！长！长！"这是题咏河防口之春的一副对联。联中的杏花点出了春红，它如别在河防口衣襟上的胸针，那浪漫的红，为小山村平添了无穷的魅力。

《烂漫杏花海》的作者赵久生，以及书中的多位作家、作者于书文、宋庆丰、魏明俊、王宝骏、李灵、闫国强、曹德禄、姜书荣等，有的人熟，有的名字熟，我谨向他们的辛勤劳作表示敬意，向他们共同的成果《古村河防口》的出版，表示真诚的祝贺！

好书，大家读。

（《古村河防口》，北京出版社2014年10月出版）

第三辑 穿起珍珠

总有一条小河在心中流淌

福尔摩斯的魅力

《福尔摩斯探案全集》由它的老东家群众出版社全新再版了！此次历经三年精心修订的《福尔摩斯探案全集》（修订版），译文更加准确、语句更加顺畅、文辞更加典雅和更加符合现代汉语语言文字规范，充分、完整地展现了原著的魅力和韵味，对于广大"福迷"和所有爱好侦探推理小说的读者来说，这无疑是一个喜讯！

在看到"修订版"新书的第一时间，我就给"福尔摩斯"打了电话，告诉他我准备把自己得到的一套新书送给他。电话那头的"摩斯"，惊喜得"啊啊"了好几声。当然，这个"摩斯"不是那个家喻户晓的超级大神探，而是我的高中同学，名叫周宪生。时光回到四十年前，北京二中的一间教室里，课间、放学后，一些同学围在教室一隅，听他讲福尔摩斯的探案故事，《血字的研究》《四签名》《回忆录》《巴斯克维尔的猎犬》等，那叫一个神奇、精彩、刺激！每讲到惊悚处，已有女生脸儿煞白，"摩斯"就得意，探案也戛然而止，一句"且听下回分解"，吊足了大家的胃口。多少年后，同学聚会，没有人叫老周的名字，一律还是那声亲切的称呼："摩斯!"

显然，我同学的"摩斯"，是千千万万个"福尔摩斯迷"中的一个。

《福尔摩斯探案全集》是世界上最伟大、最畅销的文学作品之一，因其独具匠心的布局、悬念迭起的情节、精妙的叙事手法和凝练优美的语言，使侦探小说成为了一个独树一帜的文学类别而备受世人赞誉。而福尔摩斯这个人物形象，则自柯南·道尔笔下诞生至今风靡世界百余年。因为塑造了福尔摩斯这样一个令人难以忘怀的神探形象，柯南·道尔成为了世界上最伟大的侦探小说作家。群众出版社是新中国成立后最早出版福尔摩斯探案故事的出版社。据出版社副总编辑、该书总编审李国强介绍，再版一部小说，耗时整整三年，大大小小修订处达两万余处，这在他二十余年的编辑生涯中尚为仅见。令人欣喜的是，全新的"修订版"出版的同时，曾获全国第一届优秀外国文学图书奖的1981年版的老书也重新和读者见面，满足了"福迷"们收藏此书的愿望。

作为一个编辑同行，我认真翻阅新、旧两个版本，不禁对修订这本名著的翻译、编辑团队生出由衷的敬意。比如，原版中的精彩插图是集中装订在前几页的，新版则分别安插在各个故事中。说明文也全部改过，例如一幅插图的原说明只有几个字"贵族单身汉案"，新版改为"圣西蒙勋爵与多兰小姐的婚礼在圣乔治大教堂举行"，起到了衬托、配文的最佳效果。尤其值得一提的是，多位默默奉献的翻译家，此次得到弘扬，他们的生平成就、专业贡献和照片第一次收入书中，我们才知道给一代代读者带来如饮甘霖的阅读愉悦的他们是多么了不起！荣获过"韬奋出版奖"的前辈陈羽纶，大翻译家丁钟华、严仁曾、袁棣华、欧阳达等已然作古，他们的英名，此后将和福尔摩斯的名字联系在一起，永久被读者念起！

此时，夜深人静。昏暗的路灯下，福尔摩斯和华生医生又要出门了！建议大家千万不要在这个时辰独自翻开阅读此书啊。我已与四十年前的高中同学们约好，我们一定聚在一起，再一次聆听"摩斯"夸张地讲述福尔摩斯探案的故事，再一次沉浸到那种惊悚、神奇、刺激，确切地说，是福尔摩斯的恒久魅力之中吧！

（原载2014年11月1日《人民日报》）

波兰，你是那样令我难忘

　　2012年最美的初秋季节，我有幸作为中国新闻代表团成员出访波兰。回国后一堆工作要忙，我的"波兰情结"只好压抑着。直到前不久我去云南大理参加中国报纸副刊研究会的年会，还带上了在波兰访问的笔记本，心想这回有空可以写篇波兰的文章了，甚至把标题都想好了——波兰，你是那样令我难忘。

　　真是巧了，在飞机上和也去开年会的《云南日报》高级记者、驻京记者站站长杜京并排而座。她兴冲冲地把一本装帧精美的新书送给我，一看书名，我差点叫起来：啊？你也去波兰了，还写了书？

　　杜京第一次去波兰和我一样，是随中国新闻代表团出访，此后她的"波兰情结"一发而不可收，又多次造访这个美丽的中欧国家，自觉担当起中波两国民间文化交流的使者，她的满腔热情通过一篇篇优美的文字，化作了我手中捧着的这本沉甸甸的《我，文化波兰》。

　　翻开这本书，就展开了一幅幅波兰美丽风光的画卷。我们曾在绵绵细雨中拜谒肖邦故居，踏着草坪聆听《E大调练习曲·离别》时的那一丝惆怅、一丝伤感，那一种梦幻，竟被她淋漓尽致地描写出来。随后，作者写道："华沙的夏天是凉爽美丽的。轻盈的微风沉醉了夜晚，清凉的雨丝滋润心扉。在不经意中，你会处处感受到肖邦音乐的精神力量，耳闻目睹，无论是优美的自然风光，还是古老的建筑艺术，都给人一种恬静又温馨的感觉。肖邦的国度仿佛处处蕴藏着音乐的源泉，回荡着优美动人的旋律。"

波兰还是哥白尼、居里夫人的国度，作者饱含热情引领着你在这片神奇的故土上流连，通过她流畅、略微渲染的文字，相信去过波兰的（如笔者）或没去过波兰的读者，都会认同她书中的一句话："三个波兰人改变了世界。"

也许是亲身到过这个可爱的国家，杜京笔下的"阳光下的玛尔堡""琥珀王国的诱惑""在克拉科夫喝咖啡"以及"维利奇卡古盐矿的神奇之美"等篇章，读来是那样的亲切，竟使我的那颗本已平静了的心，又一次次地被撩拨起情感的波澜，甜蜜而惬意。格旦斯克是波兰最北部波罗的海沿岸的一个城市，杜京描写它是"波兰最美丽的城市之一"。她的笔触，多与格旦斯克有关。这部分我阅读得比较细，因为我们的波兰之行唯一没有去的城市就是格旦斯克。《我，文化波兰》多少弥补了我未能身临其境的缺憾，这也从另一个方面证明，许多尚未去过波兰的朋友，也会成为这本书的读者。

从波兰出访归来，同事、朋友常问我最大的感受是什么？我把这一问题抛给杜京，没想到这位年轻女作家的回答竟和我们大老爷们的一样：除了美丽的风光，波兰的美女世界第一！请看她书中的《风情万种女人花》一章吧，女性作家温婉、细腻的笔调，不经意间流淌出的那样一种娇美欲滴，实在是我这个也写了多年的"老记"无法与之相比的。

还要说一句的是，杜京不仅是中国作家协会会员，她还是中国摄影家协会会员。中国书籍出版社出版的《我，文化波兰》，图文并茂。

（原载2012年1月6日《北京日报》）

一滴水映照的人性美

大约三四年前，作家李迪三进塔克拉玛干大漠深处，与看护沙漠公路滴水管线的邓师傅同吃同劳动，创作了报告文学《004号水井房》。这篇仅有六千字的作品首发在《北京日报》副刊上，立即引起强烈反响，不仅《人民日报》予以转发，还在当年全国报纸副刊作品评选中获得金奖，并荣获中国新闻奖报告文学奖。这以后，李迪"深扎"的好作品接连涌现：长篇报告文学《丹东看守所的故事》搬上了电视屏幕，反映片儿警生活的小说集《警官王快乐》新近出版，读者大呼"真快乐"，评论家在中国作协和全国公安文联召开的研讨会上给予高度赞誉，初定五十集的同名电视剧也在紧锣密鼓地筹拍中。本以为在这些"大部头"面前，我曾担任责编的那篇发表在本报的"小"作品很容易被淹没了。

然而，5月20日，根据这篇作品改编的故事影片《水滴之梦》在全国公映，又一次给我们带来惊喜——从小小的004号水井房里，诞生了一部很美的大银幕电影。

光是这部电影的两款海报，就让人感到文艺片的十足气息：在沙漠背景中，一颗晶莹的大水滴里可以看到一片绿洲和一座小小的红顶蓝墙如童话般的水井房，把故事主题呈现得温馨唯美。

另一款海报则以黑白色调，突出了荒漠生活的艰辛。在起伏蜿蜒的沙丘小路，青年实力派演员胡明扮演的男主角王大水（邓师傅的原型），怀抱一只幼犬"小沙漠"孤独行走。环境的严酷与不息的生命形成对抗和冲突，赋予这部全新的爱情文艺片独特的魅力。

影片描述了两个小人物与物质无关的淳朴爱情。一男一女两个四川"农民工"去新疆油田找活儿干，招聘单位只收夫妻工，胡明所饰的王大水与石林饰演的封小沙，无奈中临时假冒夫妻，讨得这份工作。感人的故事从此拉开了序幕。

5月，中国观众经历了《北京遇上西雅图之不二情书》的洗礼。美国西雅图和加拿大温哥华的现代都市，纽约帝国大厦和澳门赌场的奢华，演绎的是现代国际恋情。让观众仿佛参加了一场豪华的盛装舞会。而同在5月，《水滴之梦》，又把观众拉进了中国荒凉的西北大漠，一个寡妇一只狗，一个光棍一条路，一片沙漠一段情。《北京遇上西雅图之不二情书》的主演汤唯唯美，吴秀波帅气，为电影成功奠定了基础。而《水滴之梦》大漠荒凉，生活单调，着装朴素，演员的知名度也无法攀比，此时上映能打动观众吗？

我们欣喜地看到，《水滴之梦》公映后赢得了观众兴奋的掌声和难以抑制的泪水。因为，这部电影选对了好编剧、好导演、好演员。青年女编剧崔民，是获奖影片《杨善洲》的编剧。此次，她沿着李迪三下大漠的足迹，深入中石油库尔勒油田，用女性特有的细腻与灵性进行了再度创作。她和著名导演常晓阳通力合作，在追求影片淳朴唯美风格上高度一致，使故事波澜起伏，画面优美震撼。尤其是片中封小沙对王大水爱情爆发的一幕，精彩绝伦，使人泪奔。青年演员石林对女主角封小沙情感线路把握准确，真挚走心。很有意思的是，片中的小狗"小沙漠"的本真表演，情节发展的关键处总有它的影子。如影片结尾，封小沙意外地返回沙漠水井房，先发现她的是小狗"小沙漠"，它奔跑着，兴奋地欢叫着，王大水随后近乎失声的"啊——哇——"的吼声，着实让观众难抑泪水。

我特别要说说青年实力派演员胡明。他的名字尚不为观众熟知，但二十年来，他扎扎实实地表演、不断刻苦地精进，使其塑造过的角色早已列入观众喜闻乐见的影视画廊。无论是姜文导演的电影《让子弹飞》中广受好评的"凉粉哥"孙守义，还是反串主演悬疑惊悚片《隔窗有眼》中的惊艳"女人"，再有在获奖影片《杨善洲》中饰演杨善洲老书记（李雪健饰）的秘书，胡明的演绎都真实鲜活，从台词、造型到人物打造恰到好处。他不仅出演过《三体》《集结号》《密室之不可告人》等多部电影作品，今年还客串赵薇导演的电影《没有别的爱》，陈正道导演、黄渤主演的《记忆大师》，冯小刚导演的《我不是潘金莲》等。圈儿里的朋友们都说，胡明不靠长相，拼演技，是一个本色的好演员。这次在《水滴之梦》中担纲男主演，他的天生才智与艺术积累得以充分发挥，演技登上了一个新台阶。

《水滴之梦》没有宣传热炒，就像大漠中的一滴水悄然进入院线。然而，一滴水却能映照出人性美的光辉。看过首映后，《中国作家》副主编、文艺评论家高伟说："在这个浮躁的时代，还有如此诚心静气地将笔墨和镜头书写草根人民的一颦一笑、一涕一泪，让我们对当今的中国电影界有新的尊重和冀望。"中国作协副主席高洪波称赞道："小人物的悲欢，大时代的一角，两个人的世界，一群人的感动！"洪波兄还即兴赋诗一首："水滴有梦入流沙，催生几许多情芽。二人世界水井房，泪润大漠绽心花。"

大家曾开玩笑地说，胡明参演过的影片大多都能得奖，他个人却总与奖杯无缘或擦肩而过。他就差一个个人表演奖了。但愿优秀影片《水滴之梦》，也能让已是"老"青年演员的他，美梦成真吧。

（原载2016年6月1日《中国艺术报》）

我们代表《这一代》专访王蒙

——兼忆人大新闻系创办《大学生》二三事

　　1979年2月，中国人民大学新闻系成立了一个学生社团，名字就叫"大学生社"。起因是我和杨大明都是北京二中的毕业生，考入人大新闻系后，报到那一天就互相认出来了。那时我俩都已有作品在报刊上发表，属于典型的"文学青年"。大明的诗在《北京文艺》发表后还曾得到著名诗人张志民的称赞。当时，同学中的文学氛围很浓，我们就商量成立个文学社吧。结果，一呼"百"应，我俩身边立刻聚拢来十几位参与者。那时候，这群青年学生的热情、兴奋劲，可想而知。由于我比大明大几岁，就被推举为召集人——社头了。现在回想起来，二十四岁的我还真有点"头儿"的水平：大学生社成员中，于晓东、饶立华两位同学是中共党员，于是我把他们推为"党的领导"，尤其是晓东的名字，干脆被"党"代替了（四十年后同学聚会，大家还一致称呼他党）。事无巨细，我们开会讨论选题、印刷、发行等问题时，都会最后问于晓东一句："党认为可行吗？"所以，我们从未脱离过党的领导。不知出于什么考虑，我们在编辑出版《大学生》杂志时，我"高风亮节"，强行把杨小兵同学安在了"主编"的位子上，逼着"杨掌柜"出头露面、操心受累。我还把班里的美女吴洒陶、王玉玲、李宁等几位同学紧紧团结进社里，男女搭配，干活不累。班里的刘扬、范蔚萱、张亚、杨新、马常青、张纯、马在新、祁林等一干才子，都不用扬鞭自奋蹄，各司其职。曾因参与"四五运动"入过狱的英雄张伟光，以亲身经历创作的短篇小说《碧血丹心》，打动了所有编辑，作了《大学生》第一期的头条……

《大学生》就这样问世了。德高望重的成仿吾校长为我们题写了刊名，学校的校刊做了报道，直接推动了其他系的学生社团的成立和发展。

我们的《大学生》社团坚持了一年多，开展了不少有意义的活动，先后出版了三期杂志，每本卖两毛钱，印数也就几十本吧，却在当时的人大校园构成一定的影响。

武汉大学中文系七七级的张安东，也是从北京二中考上大学的，我和他熟悉，于是我们接到了武大中文系编辑出版的《珞珈山》，并一致决定加入"这一代"大学生文学期刊联盟。1979年7月暑假的一天，我来到北京大学，代表人大学生刊物《大学生》，参加了第一次筹备会议。此后，我们全力支持《这一代》，当那本残缺的杂志终于出版后，《大学生》作为联盟成员，毫不犹豫地接下了包销一千册的任务。许多同学把《这一代》摆在学生食堂门口，很快就卖得差不多了。为了扩大它的影响，我们决定到王府井街头去叫卖。记得那是一个星期天，我们几个同学用自行车驮着这本已被禁的刊物，来到了北京最繁华的王府井大街，选中了街口最显眼的邮局报刊亭，叫卖起来。好像没有遇到原来设想的困难，邮局的职工也没有出面干预，刊物顺利卖光了。我们的"财务" 王玉玲同学尽快地把钱汇给了武大的《珞珈山》，指望这钱能为出版第二期添点力量。

为了支持《这一代》，北京的几家高校学生刊物决定一起去采访作家王蒙。一是想争取得到王蒙的支持，二是为第二期刊物提供一篇有分量的专访稿件。我先找到在北京一所中学当语文老师的王蒙的姐姐王洒，王老师很支持，在她的帮助下，我一个人先去见了王蒙，定好了采访时间、地点。我翻了当年的笔记本，日期是1979年10月11日的下午。北京大学中文系来的是王小平、黄蓓佳，他们代表《早晨》；北京师范大学中文系来的是徐晓、桂青山，他们代表《初航》；北京广播学院新闻系来的是徐永青，他代表的是《秋实》；中国人民大学新闻系来的是我和杨小兵，代表的是《大学生》。我们七个人加上主人，使那间不足十平方米的小房间有点"爆满"，可能是采访者超员，那天没有见到崔瑞芳夫人。我们围着王蒙问答不断，气氛热烈，时而笑声飞出了窗外……

一直到傍晚，天色暗了，大家还意犹未尽。王蒙对《这一代》表示了明确支持，他还开玩笑地说："现在我们国家青年的标准，跟肝炎转氨酶指标一样，提高了。我四十五岁了，还是青年嘛。"我们不约而同地说："欢迎您参加我们这一代。"笑声中，王蒙连声回答："好，我也是你们这一代的。我是'青年'啊！"

后来，我受大家委托，执笔完成了一篇专访，题目是《美，永远不会绝灭》。此文以"本刊记者"的署名，发在我们的《大学生》第三期上。由于大家知道的原因，它未能出现在《这一代》上。后来我特意去王蒙老师家说明情况，他建议把稿子拿给南京的《青春》。我抄写下杂志社的地址，写上"编辑同志收"，直接寄了过去。很快，《青春》全文刊出了。

以上是我参与创办《大学生》以及与《这一代》关联的零星记忆，仅供研究者参阅吧。

以下是那篇三十五年前专访王蒙的稿件，还有人愿意读到它吗？

美，永远不会绝灭

——记作家王蒙与文学青年的一次畅谈

人，歌曲，爱情，你竟是这样软弱的么？

……我只有一个信念，我想，一个给予人们那么多的歌者，一个如他这样真正来自人民、来自大河和土地的艺术家，本人也一定是强大而富有的。任何人间的折磨，都不可能挫败他。

这是王蒙在新近发表的短篇小说《歌神》中写下的，也是这位二十一岁时因写《组织部新来的青年人》赢得了在人民心目中的地位，而因此也惨遭厄运、经历了二十多年艰难磨折的作家特有思想感情的真实写照。最近，经党中央批准，王蒙和刘宾雁、刘绍棠等青年作家的重大错案已彻底平反，四十五岁的王蒙，终于回到了北京。

王蒙是带着歌声回来的：自1978年5月，人们在《人民文学》上，重又惊喜地看到《队长、书记，野猫和半截筷子的故事》作者——王蒙的名字，被剥夺了发表作品权利十几年之久的青年作家，便一发而不可收：《最宝贵的》（在1978年短篇小说评选中获奖）、《光明》《难忘难记》等十几个短篇接连发表，长篇小说《青春万岁》修改出版，一部中篇《布礼》已经在《当代》发表，另一部几十万字的长篇业已脱稿……王蒙最近在想些什么，做些什么呢？在第四次全国文代会召开前夕，我们访问了他。

刚刚参加了文代会报告草案讨论的王蒙，在他暂居的北京市文联招待所一间十平方米的房间里，热情地接待了我们。多年大动乱的凄风苦雨，没有能够毁灭他。看上去，他身体结实，精力充沛，大概是十几年戈壁滩生活的磨炼，一双戴着黑框近视镜的眼睛，更闪烁着坚毅而深邃的目光。他说："我很高兴和青年在一起，和你们一块儿聊聊。我在新疆农村待了十几年，显得'老赶'了。"这话把大家都逗笑了，拘谨的气氛一扫而光。围着王蒙日夜疾书的、也是屋里唯一能摊开稿纸的写字台，北大和北师大中文系、人大和广播学院新闻系的七名学生，兴奋地坐在两张错开的单人床上，气氛热烈而活跃。

王蒙首先谈起了新中国成立初期，新中国的第一代青年的沸腾生活。看得出，他对那时光明而欣欣向荣的生活，怀有深深的爱恋。他说："那时，我们是多么热爱祖国啊！认为从此再也没有阴影了，一切都是光明、都是胜利的了。"接着，他谈到了1957年，一些青年作家的遭遇。王蒙显得有点激动地说："我真不理解，那么多大人物都争着起来批刘绍棠，值得吗？那时刘绍棠才多大？二十一岁。一方面是太'抬举'了刘绍棠，另一方面太降低那些大人物的身份了。"王蒙说到了1956年召开的全国青年文学创作者会议，与会的一千多名青年作者，一般都是二三十岁，有的还不满二十岁，竟有近七成被打成右派。比较活跃的都成了右派。王蒙说："那阵子，赏你一顶右派帽子，真比发个布票、粮票还省事。领粮票、布票，你还得盖个戳儿呢，是不是？"

北大的王小平（她向王蒙"声明"，自己不是那个被赶走的王小平）紧接着又抛出一个问题："那你，当时被打成右派，是不是觉得不理解，好像挨了一闷棍呢？"

王蒙略微沉吟了一下，说："当时是不理解，不可能理解呀！不过要说当时怎么想的，你们可就失望了。我们那时没有张志新那样高的水平。心情很痛苦，尤其是成了社会主义的敌人，感觉到真是自己错了，拼命也得想通：这是党对我的最大关怀呀、最大挽救呀什么的，要不然的话，越走越远，最后就变成铁托啦！"

大家忍不住笑出声来。

有个同学问："当时，伟大领袖不是保了你吗？怎么还被打成右派呢？"

王蒙想了一下说："有些外国记者也问这个，这是个问题。可……我又问谁去啊？比如电影《创业》，毛主席批示了，肯定了可以上演。江青照样把张天民叫去臭骂了一顿，你有什么辙？你还敢写信吗？写了是不是能转到？即使转到了，第一次批示支持你，第二次……"

话题转到了王蒙的创作道路上。他说："我的第一部作品是《青春万岁》，这一点和许多作家不一样，一上来就写了长篇。中国青年出版社准备出书，但后来形势急转而下，这部稿子就压下来了。真没想到，这本书的问世，竟要经历二十多年的'悠久历史'。写了这部长篇后，还零星地写了《小豆儿》《春节》《冬雨》，这些都在《组织部新来的青年人》前后。"

王蒙见有的同学不相信《青春万岁》就是他的第一部作品，而一定要问出在此之前还发表过什么时，他笑了："我给《北京日报》写过一篇通讯，关于暑期学生生活的。我觉得写得挺得意的，可发表出来，只剩下两行。当时稿费还挺高，两行给了八毛钱。"

等我们止住乐，王蒙说，1957年后，我就去郊区劳动了。直到1962年，局势有些"松动"，我才又能发表一点，像《夜雨》《眼睛》。《眼睛》那篇还可以。这马上就到了"千万不要忘记"的时候，"基本路线"制定了。要说也真怪，党中央没有任何文件，国家也没有规定摘帽右派的东西不准发表，嗨，各个刊物都自觉不给你发了。有的编辑还挺客气，说你的作品很好，但限于篇幅……不是嫌长吗？我写短的，可还是不用。这时我才明白是怎么回事儿……

从那时起，一直到1978年，十几年不能发表作品，对于一个热爱人民、热爱生活的作家来说，痛苦莫过于此了。但是，人民是祖国的人民，祖国是人民的祖国！王蒙在痛苦中思索着，他没有绝望，他要写！1964年，王蒙把一篇论文寄给了一家文艺刊物，没有任何音讯。稿子寄丢了？没有，在编辑部。编辑们是多么懂得王蒙的心啊！他们拿着凝聚着受了重伤的青年作家心血和希望的稿子，在争取着……可是，随着"史无前例"的到来，这家杂志也被迫停刊了。岁月流逝，人事变迁，真是天翻地覆！在边远的伊犁农村，靠发给的生活费，度着"断线风筝"似的生活的王蒙，哪里还记得起这篇稿子呢！十五年过去了。一天，一卷印刷品飞越千里，寄到了王蒙手里。打开一看，竟是十几年前的那篇稿子发表了！

王蒙眼里闪着睿智而兴奋的光芒，他怀着诗人一样的激情说："只要有人类，美，是永远不会绝灭的！从表面上看，真善美是软弱的，和暴力相比，美是不设防的，是没有还手之力的。但是，美深深地扎根于人民心中，人类对歌声的追求，永远不会绝灭。我写《歌神》就是要说明这个意思。契河夫写了《美的毁灭》，我也写了，但我更多地写美的胜利，美的力量！"

谈到文艺界"歌德"与"缺德"的讨论时，王蒙说，多少年来，似乎可以摸到点规律，就是有些人在风向一变的时候，争着当"左"派。往往是：你花五年工夫，含辛茹苦地写一部长篇，我用十五天写一万字的批判文章，而且越往死里批越好，批判文章一发，不但我比你高得多，你还得进劳改队。这就是所谓"姚文元道路"。科学家也一样，你十五年搞一个课题，我十五年什么也不干，专搜集你的表现，到头来，我能当你这个研究所的书记。

我们热烈地讨论起文学的特性。王蒙说，文学是研究人的，它应该完成政治学、哲学、经济学、历史学等所不能完成的任务，它主要是揭示人的感情，人的心理。因此，文艺民主很重要，可以说没有民主就没有真正的文学。这个国家比较民主，人民才有可能通过自己的知识分子，表达各方面的感受。如果文学成了御用文学，也就没什么希望了。文学创作要更多地集中到写人上，如果一部小说就是要说明一个政治上的问题，何不去写论文？像《人民日报》上李洪林的文章，既充分又全面，逻辑性强，人们也有兴趣看，写小说解答问题的人无论如何也赶不上李洪林。你们都看了茹志鹃的《草原的小路》吧？为什么感人？就是因为她不光停留在政治现象，更多地写了人的感情、人的命运。现在有些办文学刊物的人不懂得这一点，他们其实是用编《新华月报》的方法来办文学期刊。

当谈到《难忘难记》《悠悠寸草心》这两篇小说时，王蒙同意一个同学的分析，他说，反特权、反官僚主义是社会主义文学的一个重要课题，但写好却不容易。我们不应该把它漫画化，而应该看作一个活人，给他以辩护权。我最近接到一封南京读者的来信，他先承认《悠悠寸草心》感人，然后把我大骂了一顿，信中说：我真不明白最后一段为什么那么写？什么用意？你敢在《上海文学》上回答我吗？谅你也不敢！看来，七十年代的王蒙已经不是五十年代的王蒙了。王蒙征询了我们的意见后说，要改革——也可以说是改良，要点点滴滴、切切实实地做出努力，想在一个早上消灭官僚主义和特权思想是不可能的。中国需要安定，再不能搞"不断革命"、"二次革命"了。我最后一段的意思就是要写出老百姓处处体谅你（注：指小说中描写的沾染官僚主义作风的领导干部），对你们仍抱有希望。我觉得这样写，对那些人是更好的鞭笞。

我们请作家谈谈文学创作的手法，王蒙谦逊地说："我们一起讨论。"他说，现在在日本和美国等国家，文学分两种：一种叫"纯文学"，一种叫"通俗文学"。一般的出版商，两种都经营。光搞"纯文学"，赔本儿；光搞"通俗文学"，又被别人瞧不起。我也有"二元论"的想法，《歌神》就试图在这些方面做些尝试，是按着"纯文学"去写的。作为短篇小说，大概有三种形式：按事物发展（写时可倒叙、插叙）；按叙述的方便写；第三种可以说是"意识流"的手法，从心理活动的角度写。我最近写了一篇比较"洋"的，给《光明日报》了，不知他们用不用（注：即《夜的眼》，《光明日报》已发表），也许有些人感到莫名其妙，可能会有人劝我："王蒙走上邪路啦！"我是想试一试，在创作方法上多做一点探索。我们真正总结创作经验的还很少，老是"春风又绿江南岸"的"绿"字用得怎么妙之类。一篇好的评论，应该使读者、作者，尤其是作者，看后一下子跳起来："哎呀，真说到点子上啦！"一个同学插话说，胡采评王汶石的小说就很有独到的地方。王蒙点头："是，胡采行。"

　　暮色降临了，我们分别把各校的学生文艺刊物送给作家。王蒙拿出纸笔，要我们一一留下名字，并告诉了我们他将定居的新地址。徐晓和黄蓓佳两个姑娘诚恳地说："希望得到您经常的指导。"王蒙微笑着说："我们互相帮助。现在我们国家青年的标准，跟肝炎转氨酶指标一样，提高了。我四十五岁了，还是青年嘛。"

　　我们不约而同地说："欢迎您参加我们这一代。"笑声中，王蒙连声回答："好，我也是你们这一代的。我是'青年'啊！"

（此文原载1980年2月《青春》）

为什么杂文不可或缺

——《京报文学·杂文随笔卷》序

杂文，是文学百花园里不可或缺的一枝奇葩。文学存在了多久，她就存在了多久；文学将伴随着人类文明走向新的境地和辉煌，杂文也一定在其中占据着一隅，闪烁着她独有而冷艳的光泽。有生活就有文学，有文学就一定有冷峻、幽默、犀利，甚至带刺的表达文体。这文体把小说、散文、诗歌、报告文学等体裁除外的有时效、有观点、有论据、有针对性，且接地气的文字统领起来，冠以"杂文"之名，真是再准确、高明不过了。

赶紧声明：上述文字是笔者的一己之见，先提出来是为了抛砖引玉。

下面，我们看看先贤名家们是如何看待杂文、给杂文定义的吧。

杂文的出现可谓历史悠久，南北朝时刘勰的《文心雕龙》就用专章论述杂文了。他认为，有一种文体是"文章之支派，暇豫之末造也"，首次把诗、赋、赞、颂、箴、诔诸体之外的文字统称为"杂文之区"。韦昭的解释是："暇，闲也；豫，乐也。"即杂文是闲适寄兴之作。古代文典中，堪称好杂文的文章比比皆是，《左传》《古文观止》里就有多少名篇叫你读来兴致盎然、爱不掩卷。

我们这代人接触杂文，大多是从中学课本里读到鲁迅的《论"费厄泼赖"应该缓行》和毛泽东的《别了，司徒雷登》等有限的几篇，初步领略了这种文体的魅力。后读书渐多，才知道那几篇课文放在今天，也堪称杂文中的经典之作。但鲁迅和毛泽东都未给杂文下过什么定义。与鲁迅同时代的杂文大家聂绀弩先生也认为："杂文还没有定型在一种特定的格式里，只要觉得有战斗性、讽刺性，特别是有寓言性的便行了。"鲁迅称自己的杂文、别人称鲁迅的杂文，都有"匕首"与"投枪"一说，这就是战斗性吧。我们读鲁迅的杂文，常被他语言的尖刻、辛辣，文笔的举重若轻甚至带着嘲讽的冷幽默折服，这就是讽刺性和寓言性吧。鲁迅先生的原话是："生存的小品文，必须是匕首，是投枪，能和读者一同杀出一条血路的东西。"匕首、投枪、杀，充满了战斗性，绝无半点妥协性，亦即"绝不原谅"！显然，鲁迅先生并未给杂文下定义，在他所处的那个"风雨如磐暗故园"的时代，他，就是新文化的一面旗帜，且旗帜鲜明！

岁月更迭，杂文家们一代代老去，然而杂文却常新。我的看法，即使在十年"文革"动乱的文化荒漠时期，杂文仍活跃着，一些作为"大批判"的战斗性的"檄文"中，就不乏文笔极佳的杂文，更不用说毛泽东的那篇著名的《炮打司令部——我的一张大字报》了。

杂文定义无权威。连续多年担任《中国最佳杂文》年度选本主编的著名杂文家王乾荣，干脆把给作者的约稿信弄成了一篇杂文，用他自己的话说："跟作者乱发牢骚，略欠厚道，更有点反常。"笔者也接到了乾荣兄的约稿函，读来耳目一新，忍俊不禁，当即回他："您这约稿信就是一篇杂文啊！"其他几位杂文家亦有同感，"逼"着他把这封约稿信在刊物上发表了出来。可见，书信也可写成杂文，只是真能把信写出"杂文味儿"的属凤毛麟角，不信你试试！值得提一句的是，网络上流传很火的那篇《北京记趣：多余的一句话》（作者佚名），就是王主编慧眼识珠、璞中识玉，不按套路选佳篇而入选"最佳"的。"多余的一句话"随着众多微信公众号的选用广获流传，而至今不见原创作者站出来认领，也是杂文界的一段趣话吧。

杂文定义无权威不是说杂文创作无规矩、无界定、无规律，大凡好的杂文还是有着共同的特性的。安立志先生把杂文样式归纳为"五性"，即思想性、批评性、文学性、精短性、时代性。陈鲁民先生提倡杂文须有"五味"：一是鲜味，二是苦味，三是杂味，四是辣味，五是趣味。他认为"五味杂陈，巧加烹制，融会贯通，好杂文自会新鲜出炉"。大漫画家张仃先生在《漫画与杂文》里说："夸张和变形是漫画、杂文的两件法宝，有了这两件法宝，漫画、杂文便'一身是胆'，如果取消，就等于解除武装，像士兵丢掉了子弹和枪支，只剩下光杆一个'人'一样。"今天杂文界人士大都知道两句很响亮的"名言"，一句是北京市杂文学会会长、资深杂文家段柄仁同志讲的："我们的杂文向太阳。"另一句是全国杂文界的领军人物、著名杂文家朱铁志同志说的："杂文之火不灭！"

回到主题上来，为什么说杂文是文学百花园里的一枝奇葩？为什么当今杂文仍然不可或缺？其实，上述杂文家对这种文体的理解、定位，已经大致回答了这个问题。由于工作关系，我与著名作家、学者，也是杂文大家的梁衡先生常谈起杂文写作的话题，他说："杂文因鲁迅先生的身体力行，而成为一种很有影响的文体。高山仰止。"梁先生在自己杂文集的序中说："我本没有写杂文的打算。我的主业是新闻，副业是散文。但因做记者接触社会，所见甚杂；后来在官场，阅人更多，遇事愈杂。看多了就不能不想，有想法就不能不说。于是随手有了些短篇文字，并就势发于报章，既不是新闻也不是散文，亦不是论文。如果是新闻，只能报道客观事实，不表主观之态；如果是散文，强调抒发个性化的情感，并要注意文章的华彩；如果是论文，则言辞宏大，纵横捭阖。但现在都不是，只是眼见杂物、杂事、杂象及杂色人等，而生的杂情、杂想。或慷慨而发，不吐不快；或抽丝剥茧，慢评细说，吐纳成文。既非新闻，亦不是散文，就算是杂文了。"梁衡先生认为，杂文之称，实因其所写对象之杂，并因时借势，杂事杂说。"杂然赋流形"，并无一定之规。杂文只认一个字：理，因事说理。小说、散文家常有自己的固定题材，而杂文家却很少囿于一域。目之所见，即可入纸，天下之事，莫有不议。但是，再广再杂，终有一收，全收入思想的炉火之中，精心冶炼。射一束红光，照亮常人不注意的窄缝、暗角；挥一把利剑，挑开面纱、遮布。揽千杂于纸上，凝一思于笔端，洞若观火，振聋发聩，是为杂文。所以无论写杂文还是读杂文，其实都是在写思想，读思想。

"写思想，读思想"，何等精彩的论述！

所以，当这本洋洋大观、五六十万字的《京报文学·杂文随笔卷》的书稿摆在案头时，我为我供职的北京日报社倍感骄傲。一般报社出版纪念文集，大多是新闻作品集、散文集，最多加个理论、评论集，而北京日报社隆重推出的《京报文学》文集（北京日报出版社出版），在小说、诗歌、散文、报告文学、戏剧、人物等几种文学样式外，还有一本"杂文随笔卷"。有点牛！

熟悉《北京日报》的作者、读者都知道，这张综合性党报至今保留有《北京杂文》版，坚持几十年鼓励杂文创作，团结扩大杂文作者队伍，成为全国报纸副刊中一块独特的品牌版，首都杂文界响当当的招牌。《北京日报》近年新开辟的《七日谈》版、《北京晚报》苏文洋主编的《北京论语》版，都是深受读者欢迎的言论版，是杂文作者的重要阵地。

展读这厚厚的书卷，首先，我不能不向报社的几任老领导表达深深的敬意。他们堪称老报人，在担任繁重的领导工作的同时，身体力行，笔耕不辍，他们的作品为报纸版面增添光彩，他们的大名为报社的文化增加厚度。我1982年大学毕业分配到北京日报社后，历经几任社长、总编辑，他们是徐惟诚、王立行、李志坚、满运来、朱述新、梅宁华、蔡赴朝、邵毓奎等，都写得一手好文章。他们在岗位上都称某某同志，在创作时他们便成了"余心言""恽来""育葵"等等，真让我等年轻记者羡慕不已。徐惟诚同志杂文写得多、写得好是得到公认的，他对杂文事业的繁荣与发展，更是功不可没。他与胡昭衡、曾彦修等同为老一辈杂文家，曾接替年事已高的胡老，欣然出任北京市杂文学会的第三任和第四任会长。为推动杂文创作的繁荣，他专门撰文《杂文应当发挥更大的作用》，指出"新闻、评论、作报告、开座谈会等等，都不能代替杂文"，"杂文的特殊功能，正在于它是文学中的一支，以文学的手段，融知、情、理为一体，对读者才有特殊的魅力"。惟诚同志的杂文是有看头的，此次选入了《说富》《聪明反被聪明误》《迷信的泛起和对策》等，一文可窥全貌。满运来社长在自己任上实现了北京日报向大型报业集团的转型，他给自己的定位是"报人满运来"。报人不仅是会办报、好编辑、懂经营，还有一条硬指标，即写文章，写得一手好文章。满运来社长当之无愧，本杂文随笔卷收有五篇他曾以"恽来"的笔名发表的文章，值得一阅。

　　《京报文学·杂文随笔卷》编辑体例分为三辑：一、《名家视角》，二、《宿将观潮》，三、《新锐酷评》。前两辑的作者，确是名家、宿将为主，多是担任过部门主任以上职务、拥有高级记者职称的报社同仁，如叶祖兴、张雅宾、伍义林、康宏志、黄华昌、方孜行、王和、李乔、宗春启、王一心、苏文洋、范三成、杨子、解玺璋、刘一达、刘霆昭、刘建伟、彭俐、郝中实、吴汾等。他们中不少已是卓有成绩的知名作家、评论家和杂文家。第三辑《新锐酷评》，显然是年轻作者的天地。一家报社能找出二十多位热爱杂文随笔写作的青年，生机勃勃的好作品不断涌现出来，真的令我们欣慰，感到鼓舞。"新锐"中包括毛晓刚、谢星文、周家望、毛颖颖、周南焱、蔡岫、张丽、李嘉卓等。他们的"酷评"，角度新颖，行文不拘，预示着杂文创作大军后继有人的明天。

装帧精美的《京报文学·杂文随笔卷》，就要与读者见面了。如何评价她，是评论家们和广大读者的事了。不过，我捧着沉甸甸的这卷书稿，细数着一家报社竟有老中青七十多位杂文随笔作者，且他们中不乏名家、大家。我拜读着这一篇篇风格各异、精彩纷呈的文字，心中不禁涌起一股豪情。

说句京腔：这书出的，有点牛。

（原载2016年12月10日《工人日报》）

第四辑　雪落无声

雪落无声一品红

2013年7月21日，李雪健回到了他的第二故乡——贵州凯里。当他急匆匆地往楼上爬的时候，一位慈祥的老母亲已在楼道门口等他了。"妈!"雪健大声喊着，泪珠儿已在眼眶里打转了。进屋后，而今已八十四岁高龄的老父亲李昌之，礼貌性地先拉住了我的手，说："你没有变化，二十一年了!"

是啊，真是有缘。雪健1992年初冬冒着小雪回故乡看望两位老人，我就陪在他身边。记得我给两位老人带去了刚刚出版的《走进焦裕禄世界》。二十一年后他再返凯里，我又有幸一同前来，于是想到，雪健这些年来一步一个脚印的足迹，堪可让抚育他长大成人的父母双亲感到欣慰；也足以让一直惦念他、支持他、爱护他的家乡的父老乡亲们倍感骄傲。

于是，一种写写今天的李雪健的冲动，油然而生。

在当今中国的演艺界和影视圈，李雪健真正是一个演戏响当当、做人静悄悄的人。这些年，李雪健得到的奖项已数不胜数，有观众统计，从他最早作为话剧演员获得首届中国戏剧"梅花奖"后，李雪健是囊括了中国影视界全部个人表演奖的"大满贯影帝"。他为人的朴实，为戏的精湛，让喜爱他的观众、熟悉他的朋友以及许多报道他的媒体，除了用"好人"、"好演员"形容他之外，几乎词穷。圈里圈外，我们看到的是一个用生命实践"认认真真演戏，清清白白做人"的真正的人民艺术家。

心声诉真情

去年，李雪健应邀参加中宣部召开的一个座谈会，并被领导点名要他发言。一向低调的李雪健似乎觉得心中确实有话要说，便一反常态认真作了准备，结果他的发言语惊四座，反响强烈。这些大实话，出自肺腑，多次被掌声打断——

通知让我开会，挺高兴的。让我准备发言，就发愁了。还要把发言写成稿子，对于我来说，这就更难啦。我是真的嘴笨，要说琢磨个角色，怎么演得更好，比让我写强。我觉得演员就是要用角色和观众交朋友，我想说的、做的、爱的、恨的都在不同的人物形象中去体现了。久而久之，成了习惯。所以，"说"是我的弱项。既然点了名，那就赶着鸭子上架，借此机会说两句自己最想说的话：一句是要珍惜"演员"这两个字，珍惜这个名号；二是用角色和观众交朋友。

演员最大的特点是你演了多少个人物，就能像多少个人物那样地去活一把，在活一把的过程中你要去挖掘、体验、体现这些人物身上的真善美、假恶丑，既丰富了你的人生又潜移默化地净化了你的心灵。演戏，让人上瘾！我就是一个受益者。

我演焦裕禄那年三十六岁，本命年，还扎了条红腰带。王冀邢导演说当时找我并不是我长得有多像，他说我有种忧郁加思索的眼神。巧的是，我的老家菏泽和兰考紧挨着，一样的黄河古道，一样的大水灾荒。我爹当过公社书记，常骑一辆倒轮闸的自行车带着我下乡，我把焦裕禄当成父辈来演。当时我胖，开始很不自信，都想打退堂鼓了，后来王导给我鼓励，说我们俩是一个绳上的蚂蚱，谁也跑不了，让我减肥。那会儿我最怕看组里人吃饭，我只喝白菜汤，饿了嗑瓜子，还有人专门陪我打麻将，不让睡觉。总之，什么招儿都使上了，《焦裕禄》获得了成功。本来，颁奖会上我朗诵一首普希金的诗，因为我不会别的，实在没节目，但念了念，不太像我当时最想表达的，后来有个记者朋友问我最想说的是什么，我憋了半天，憋出了："苦和累，都让一个好人焦裕禄受了；名和利，都让一个傻小子李雪健得了。"这两句话确实是我的心声。

　　未成想，当岁月的年轮碾过十二个春夏秋冬以后，当年那个被掌声和欢呼声捧到天上的傻小子，一下子摔到了地下，饱受疾病的煎熬。1999年，是新中国五十周年大庆，我跟着陈国星导演去新疆拍《横空出世》，因为我曾是二炮下属特种工程兵战士，打过山洞，挖过坑道，有"军人情结"。四十多度的高温，穿着棉袄，不用化妆嘴唇就全是裂的，还要抓起一捧一捧的沙子往脸上扬，仿佛把一辈子的沙子都吃了。拍完这个戏，有种意犹未尽的感觉，因为觉得测控人太不容易了，太了不起了，都是民族的精英！他们付出的和得到的远远成不了正比。所以就又参加了一部反映航天测控人生活的电视剧。戏拍了一半，我病倒了。当时，演员的本能告诉我，戏是不能停的，因为人家都投资了，可生病的后果也不知道啊，著名导演田壮壮闻讯后赶到拍摄现场帮助剧组从西安迁到北京，让我边治疗边拍戏。因为我以前演了不少好人，所以治疗过程中遇到了许许多多的贵人，给了我极大的关爱和帮助。拍完最后一个镜头，全剧组的同志含泪为我鼓掌，我心里高兴极了，觉得拍完是美的，撒手不管是丑的，我对得起自己的良心，没有因为我的原因而让大家学习英雄、宣传英雄的愿望和努力半途而废。尊重艺术，珍惜每一次创作是演员的天职。老前辈们曾说过，戏比天大！现在回想起来，丝毫没有多么了不起的感觉，只是觉得欣慰，挺有点意思的，做戏先做人，咱没有只挂在嘴巴上。

这几年的经历让我有了些感受，懂得了珍惜，戏，拍一个少一个，拍一个就要珍惜一个，就要成一个，这是对观众负责，也是对自己负责。我也遇到过瓶颈期，也有表演的低潮期，面对每一个新角色都没有轻车熟路，要做的是将多年的艺术积累加以丰富，拓宽自己的视野，力求通过每部戏的塑造让遗憾尽量少些，也就知足了。

角色与人生

说李雪健特立独行，恐怕没人会相信。他留给人的印象不外乎朴实、谦和、稳重。若说李雪健的角色特立独行，相信不会有人反对。因为眼下，在观众为大银幕上的《杨善洲》感动的同时，在央视黄金档播出的大戏《誓言今生》《孤军英雄》《有你才幸福》《平安是福》以及即将播出的《人活一口气》中，他饰演的各色人物无不引起广大观众的好评和业界人士的称道。李雪健用角色说话的本事不能不令人佩服。然而，在对他塑造的角色评头品足的热乎劲儿中，人们怎能不越来越清晰地看到这位艺术大家三十多年来孜孜以求的身影和他为此所付出的一路艰辛！

让我们撷取观众和读者不一定知道的几个片段吧——

《历史的天空》是李雪健大病痊愈后真正意义上的复出之作，在张丰毅、杨树泉、孙松这些曾经合作过的伙伴面前，通过默契的交流他很快如鱼得水找回了自信。他和张丰毅有一段戏，大概是杨司令员训斥姜大牙，两人你来我往，看得导演忘了喊停机，戏却没有断，依然往下演，此时的李雪健治疗后已离不开水，大段戏说得早已是口干舌燥，他顺势命令姜大牙：我渴了，给我倒点水喝。张丰毅一个立正：是！心领神会结束了这场戏。还有一场令人记忆犹新的戏：杨司令员在整改中赶来救姜大牙，情急之时他即兴地拔出了警卫员的手枪，强压着火让万古碑放出姜大牙，一下子把剑拔弩张的对峙推到了顶点。这部戏获得了中宣部"五个一工程"奖。获奖后，剧作者之一的蒋小勤特地从南京打来长途电话，感谢李雪健把杨司令员的词改得那么好，把原剧本中那么单薄的一个人物演出了光彩。著名专栏作家、影评人徐江在《历史的天空：魅力男人戏》中专门写道："自称是大绿叶的李雪健，出演的杨司令员和他过去所演的焦裕禄、宋江等角色一样，都能在观剧的快感之外，再给人多带来一层表演美学上的享受。他一直是戏比天大，一直兢兢业业，在恪守角色本分的同时挥洒着他的死磕精神。"

《搭错车》是高希希团队专门为李雪健量身定做的。长达二十集的篇幅里，让角色不说话，这本身对李雪健来说就是诱惑，很长时间他都在揣摩人物的状态，反复观看卓别林时期的影片，希望为自己的表演找到灵感。在《搭错车》里饰演刘芝兰的青年演员李琳用她文采四溢的笔触形象地做了描绘："在高手如云，英雄各领风骚三五载的演艺圈，李雪健是我遇到的男演员当中极会演戏的一个。在他不动声色的面容里，在他清清瘦瘦的身体里却蕴藏着翻腾的未知的能量。有时候坐在监视器旁看他神龙不见首尾而又收放自如的表演，常常捶胸顿足：天呐！他那一副演戏的肠子，哪怕借我一截儿阑尾，我也成气候了。"

《新上海滩》是辗转了多位导演最后又锁定高希希的。高导接手的第一件事就是请出老大哥出演冯敬尧。李雪健抓住冯敬尧这个有着魔鬼与慈父双重身份的脉络，始终不让角色游离。他并没有故意地去表现一个黑帮的霸气，草地上他能和女儿欢快地跳皮筋，那瞬间的确阳光灿烂，但当女儿遭绑架，他又能不动声色从牙缝里挤出"我不痛快"，"我让他活不过今晚"，从而让角色身上散发出来的时代特质证明，他就是上海滩的枭雄！

很快，陆天明反腐力作《高纬度战栗》又摆在他面前。一年只接一两部戏，让李雪健有充裕的时间来研读剧本。上半年，他演过的冯敬尧是个"黑爷"，下半年他接下的劳爷是个"红爷"——一个为调查商官勾结不惜脱掉警服当卧底的平民英雄。劳爷，圆了李雪健从小崇拜杨子荣的梦，他索性把劳爷当成了现代杨子荣，亦正亦邪，机智果敢、挥洒自如；老帅哥、老小孩、嬉笑怒骂、装傻充愣，一个另类的不像警察的警察，最后为防腐和反腐献出了自己宝贵的生命。这就是他给劳爷定的调子。至今，很多人还在津津乐道这样一场戏：面对马三持枪劫持劳爷的爱人，李雪健以静制动，苦口婆心，晓之以理，动之以情的精准表演。这部戏在北京重播时，竟有一对夫妇半夜爬起来专门等着看"劳爷"，他们说，李雪健演得太绝了，每天必看，真是欲罢不能。

中央电视台的重点电视剧《台湾·1895》，是以李鸿章为主线的。该剧从1873年抗法运动讲起，到1895年清朝割让台湾结束，以宫廷内部主战主和两派矛盾、中日社会变化及其矛盾为冲突点，真实再现了甲午战争、马尾战争等转折点。李雪健认为，对于这个颇有争议的人物不能把他符号化、概念化和游戏化，因为他是一个非常真实的人。这是一次对历史的真实再现，容不得半点虚假。他说："让我演我就要把这个过程交代清楚，即便是血淋淋挣扎的过程，我也要享受。我演出的过程就是一点点撕标签的过程。这段历史别说青少年，我们很多大人都不是十分清楚，通过影视剧的形式告诉观众，台湾自古以来就是中国领土不可分割的一部分，也算是我们文艺工作者不可推卸的使命和自我学习的过程。"拍摄期正值盛夏，据称，当时室外温度高达四五十度，演员们粘上胡须、穿上厚实的官服演戏，辛苦异常。李雪健却说："一旦投入进去，就有一股民族激情自始至终激励着我。我撑得住。"

据史料记载，李鸿章签约后曾写有一首诗：

> 劳劳车马未离鞍，临事方知一死难。
> 三百年来商国步，八千里外吊民残。
> 秋风宝剑孤臣泪，落日旌旗大将坛。
> 海外尘氛犹未息，诸君莫作等闲看。

原诗是"商国步"，但编剧写的是"商国乱"，到底用"步"，还是用"乱"，他都要和韩刚字斟句酌商量许久。这种推敲充盈着整个创作过程。及至戏制作完成好长时间了，李雪健某天看凤凰卫视，恰恰讲到这首诗，播音员念的不是"落日"，是"落曰"，他马上给制片方打电话，说自己念的可是"日"，让他们查查要不要改，回复说不用查也不用改了，这首诗整个拿掉了，与这首诗相关的戏基本也拿掉了，并且告知，从大局出发李鸿章的戏还会有大量删节。李雪健的心情可想而知，当初他就是冲着知耻的卖国贼去的，"你把知耻拿掉了，就剩卖国贼了。"由此，我们看到的是李雪健的创作态度："历史给李鸿章的定论既名留千史又遗臭万年，他卖国图存的时候是知道耻辱的，这个卖国贼不是贴在脑门子上的，是有血有肉的，他代表清政府签订《马关条约》的时候也是逼到那个份儿上了。他是晚清的重臣，他不去谁去，总不能让皇上去吧。"在有限的篇幅里，李雪健用自己的声音、用自己的躯体、用自己的眼神、用自己对表演的痴爱，为观众呈现了一个既遭唾骂又聪明绝顶的李鸿章：面对朝廷他殚精竭虑，面对洋人他据理力争，面对同僚他老谋深算，面对北洋水师他慈祥有加。甚至在面对突然的遇刺，躺在异国的病榻上、即将背负卖国的罪名但在列强面前也没有弯曲老迈的脊梁。让我们不得不承认的是，剧中的李鸿章不再是一个标签化的奸臣，李雪健在或有或无的表演中，将一个握有兵权有着极深谋略的晚清重臣，通过向列强求和，乃至成为万劫不复的历史罪人这一过程展现得清清楚楚，这个斡旋在朝廷和洋人之间最后在风烛残年之后落得郁郁寡欢的李鸿章，竟也搅得观赏者的心像打翻了五味瓶一样来回翻腾。

在反映深圳改革开放三十年的电视连续剧《命运》中，他饰演深圳市委书记宋梓楠，与他刚刚完成的李鸿章南辕北辙、大相径庭。这又是一次变脸，一次转身。李雪健深感压力很大，他秉承一贯的做人、演戏的准则，诚惶诚恐地投入每一场戏的拍摄。他发现群众演员的金丝眼镜和年代不符、发现领导干部的长头发和年代不符、发现道具车的轱辘和年代不符后，像老大哥一样提醒各部门尽快调整。

前不久央视热播的电视剧《有你才幸福》来源于真实生活：五十七岁的"老北京"祺瑞年遭遇老房拆迁、老伴离世、子女分财产等一系列生活和情感危机，剧中涉及了诸如拆迁补偿、黄昏恋、房产争夺、啃老、空巢等诸多民生问题，堪称中国版的《老无所依》。剧中主人公祺瑞年，这个善良到让人心疼的老人，由李雪健出演。他说："看剧本时我笑出了声，哭出了泪。我有段时间不拍戏了，接下这部戏就是因为剧本很生活，说的就是眼前的事。我特别理解老年朋友。他们的自尊心其实特别强，需要社会的包容和尊重。老人们的一些思想或许很陈旧，但是很根深蒂固，要让他们现在更新，很困难，说实话也来不及了。而老人又不想成为社会和亲人们的负担，同时他们又很害怕孤独，所以这个时候就需要社会的包容、家人的理解。"三十五集的电视剧，连着播了半个月。剧中李雪健和刘莉莉饰演的恩爱夫妻，以及他和陶慧敏上演的那场隐忍、真挚、委屈的"黄昏恋"，无疑成为该剧的亮点，赚足了观众的眼泪。即将跨过五十九岁门槛的李雪健，又把一个性格鲜明，却好像时时就在我们身边的"这一个"，响当当地添进了他的人物画廊。

从抗战时期的我军高级将领杨司令员到平头百姓哑巴孙力，从黑道老大冯敬尧到人民作家赵树理，从反腐英雄劳爷到舞台美工伍德行再到历史名人李鸿章，乃至近一两年来简直让我们目不暇接的电影《山楂树之恋》《杨善洲》《一九四二》，长篇电视连续剧《誓言今生》《孤军英雄》《父爱如山》《有你才幸福》《平安是福》等，这一个个相互之间没有关联的艺术形象的成功塑造，让我们感到李雪健是在向着一个高度努力，是在借角色传达一种思想，借角色之间的衬托，张扬善良，抵制邪恶。

揪心的"告别"

2000年11月，李雪健在陕西参加电视连续剧《中国轨道》的拍摄，被检查出患了癌症。当时戏才拍到一半，为了不影响剧组的进程，他坚持一边拍戏，一边在医院接受化疗。看到他日益消瘦的脸庞，日益疲惫的身躯，特别是一边忍受治疗中的痛苦反应，一边仍在精益求精地一场接着一场地拍戏，现场所有工作人员无不为之动容。大家都清楚，他是在用心血和生命铺筑着《中国轨道》。最后一场戏，正是治疗反应最痛苦的时候。那一大段台词，他说得有些吃力，也有些哽咽："今天，是我执行军人生涯的最后一个命令。我一直在回避它，我不愿意执行。作为军人，我梦想成为将军，我没做成，我遗憾；作为科技人，我梦想成为最出色的专家，我没做到，我不服；但作为一名中国的测控人，我从来没有后悔过，我永远也不后悔。"现场响起了暴风雨般的掌声。所有人都知道，李雪健是在用真情实感宣泄着角色，同时，也代表自己和所钟爱的表演事业做一个告别。这是一个深情的告别，一个并不张扬的告别，一个撞人心扉的告别。因为没有人知道这个告别究竟是暂时的还是永久的，大伙儿的心揪在了一起……

这年冬天，北京的雪下得好大啊……

李雪健倦鸟归林了。他驾着折了风帆的船摇摇晃晃驶回了家的港湾。当一颗喧嚣的心尘埃落定的时候，记忆的浮萍会若隐若无地闪现。终于有时间重捋思绪，重新审视自己曾经演过的角色。当"串戏"这两个字在脑海中定格的刹那，李雪健的心咯噔了一下：妈老爷子，我竟然也"串"了那么多的戏呀……他为没坚持给宋江（电视剧《水浒》）配音、为潘安（电视剧《尚方宝剑》）的失败、为冯石将军（电影《横空出世》）的虚胖臃肿懊恼不迭。他默默地拾起沾了些许灰尘的画笔，重新像小学生一样写下一首儿歌：你伸手指头，我伸手指头，拉拉钩，拉拉钩，拉拉钩，我们都是好朋友。画了一幅儿童画：心心相印。做完了这些，他写下大大的"心境"二字。上帝为他关上了一扇门，却又打开了一扇窗。不知不觉之中，李雪健的书法有了长足的进步，要字要画的竟大有人在。他也实诚，不仅写字作画，非要裱好做上框送给人家方才满意。问他为什么，他说，有了框就能挂墙上就证明人家喜欢，丢不了了。

宠辱不惊闲看庭前花开花落，去留无意漫观天外云卷云舒。大彻大悟，李雪健重出江湖；驽马识途，李雪健剑走偏锋。他说，这几年的经历让我有了些感受，懂得了珍惜，我回来了！

他要做的是将多年的艺术积累加以丰富，多和年轻导演沟通，力求通过每部戏的塑造让遗憾尽量少些，多带给观众一些值得回味的东西。

圈内的同行和圈外的观众都有同一种感觉，从《历史的天空》开始，雪健痊愈后拍的戏，一部比一部精彩。而此时的他，从容、淡定，宠辱不惊。他主演的《美丽人生》这部并没有先声夺人的戏，竟在曲终人散后以润物无声般的感觉悄然萦绕在众多观众心头，挥之不去。《美丽人生》在北京播出期间，北京电视台的负责人曾给李雪健发信息说，"李老师，戏的收视率虽然还没到很高，但您的表演简直是太精彩了，期待着我们的合作。"李雪健当即幽默地回了一条：我一定要为提高收视率而努力奋斗！

雪落无声，雪健的小院里已是一片洁白了。他拿起画笔，饱蘸朱红，完成了那幅于海丹也十分欣赏的"寒梅一品红"。

情牵大亮山

大亮山在哪儿？在云南边陲保山施甸县境内。为何叫"亮"山？因为它秃，光秃秃一片荒凉。

二十多年前，一位从地委书记位子上退下来的老人，在这里搭下窝棚，日复一日、年复一年地种树不止、护林不止，一直干到二十二个年头后的一个秋天，他再也干不动了，离开了这个世界。这位老人叫杨善洲。

两年前，一个演员来到这里，要把老人的事迹搬上银幕。他说："刚接戏那会儿，我对这个人物的真实性还有怀疑，世界上真的有这样无私的人吗？可到了保山后亲眼一看，我为我心里有个问号而感到内疚，说夸张了有点羞耻。我上了大亮山的林场，看到过去曾经是光秃秃的一片山，现在变成了一望无际的大林海。这森林不是假的，是这个老爷子退休后带了一帮子人，在山里二十多年干出来的。"于是，他钻进了杨善洲的生活，翻山越岭重走杨善洲的路，还借来杨善洲的衣服、帽子、布鞋、油灯、拐杖，整天穿着、拿着找感觉。他说他的灵魂得到了一次净化，成了杨善洲的"粉丝"。这个演员是李雪健。

电影拍完进入后期制作，有人说，这片子能获奖。李雪健说:"如果得奖,我要把奖杯捐给老爷子。"他把这个念头说给朋友们听时,谁都没在意。

谁知,这是他内心的一个承诺!

电影《杨善洲》获奖了,像以往,一次创作完成,画了一个圆满的句号。可这次不同,大亮山上那个远去的老爷子的身影,还牵着他的心。他还有个愿要还。

《杨善洲》很容易使人联想到《焦裕禄》,不仅因为两部影片有着类似的主题,而且因为它们是李雪健演艺生涯的两座丰碑。1990年,电影《焦裕禄》使李雪健迎来了表演事业的第一个高峰,夺得了当年的中国电影金鸡奖和大众电影百花奖的最佳男主角奖。在二十一年后,李雪健再度通过他精彩的表演,使观众记住了另一位人民的好书记——杨善洲。

然而,二十余年过去了,很多东西发生了改变。两部影片上映之后的不同结果,令李雪健感慨不已。"去年6月30日,《杨善洲》在北京人民大会堂首映。7月19日,全国公映,我当时在昆明。云南观众的热烈反应使我很兴奋,可北京一家影院,八个放映室,当天只有一个放映室在午饭时间安排了一场放映,全场只有两个观众,其中有一个是我爱人。听到这个消息,我一宿没睡着觉,一盆冷水泼得我浑身发凉。回到北京两三天后,我又接到儿子的电话,告诉我,另一家影院在晚上七点半安排了一场,比7月19日那天好了一些,有三个观众,其中有一人是我儿子。同期上映的《变形金刚3》,当天票房过亿!为什么?我便去看看一天票房过亿的电影是什么样的。看完后,有人问我感受。我说,哪个国家哪个民族不夸自己啊,文化是一种意识形态,所谓寓教于乐。《变形金刚3》不就是美国先进武器的广告嘛!'广告片'票房一天就上亿。我蒙了,也不懂。后来,《杨善洲》票房也过亿了。我的一个朋友,带着孩子去看,看完后,他发一条信息给我,说孩子流泪了。我看到这个信息之后特别高兴,给他回信息说：'我给你发信息的时候，我要流泪了。我得到了安慰，得到了鼓舞！'"

"相似的人物和电影，为什么会有如此天壤之别？是时代不同了，观念不同了，还是什么？"李雪健说他仍然没有想清楚。不过，让他欣慰的是，年轻观众对于这部影片的接受和认可。在第十九届北京大学生电影节上，他凭借《杨善洲》荣获最佳男演员奖。"我儿子说过，我这样的演员在年轻人中'人气不旺'，但我上台领奖时，同学们的掌声给了我极大的鼓舞。我说，这个掌声不是给我的，是给老爷子的，是对杨善洲这个人物的认可和热爱。"

也许是回应雪健的一片赤诚，电影《杨善洲》继在大学生电影节上获奖后，又先后夺得了中国电影"华表奖"、北京国际电影节最佳贡献者奖和北京影视界的最高奖"春燕杯"奖。我知道，这一座座奖杯在他心里有着怎样的分量！

2013年的金秋10月在雪健的期盼中来临了。

10月10日，是杨善洲逝世三周年的忌日，也是云南保山杨善洲事迹陈列室建成开展的日子。8日清晨，我有幸随李雪健提前两天踏上了"还愿"之旅。飞机从北京经转昆明降落在保山机场后，我们一路奔波，沿施甸河溯源而上，两岸格桑花开得正旺，雪健心情大好。到达林场后，又换乘越野车一路颠簸，终于攀上了大亮山顶。至此，行程已逾两千六百多公里。极目远望，林海绵延，郁郁葱葱。雪健在杨善洲的塑像前伫立凝思良久，自言自语地说："老爷子，我来看你了。"由于赶路急，我们没有带鲜花来。真巧，在我们之前到来的几个参观者一下认出了李雪健，十分惊喜。他们刚刚把一个大花篮放在墓碑前，一位抱着女儿的年轻妈妈就把自己手中的一束金黄色的菊花递给他，大家一起深情地缅怀杨善洲老人。此情此景，令人动容。

10日上午，在捐赠奖杯仪式上，施甸县女县长张云怡郑重地一一接过奖杯后要退下，雪健忽然说："张县长，你先别走。"

县长一愣，大家也有点愣。雪健从包里掏出一个厚厚的信封，说："我还有件小事要托付给你。这是我拍《杨善洲》得的奖金，我也带来了，我托你把它转交给大女儿杨惠菊。逢年过节，清明到了，让她替我给老爷子扫扫墓、献把花吧。"立时，掌声四起。"也替我去家里的墓地给跟着老爷子吃了一辈子苦的老伴儿张玉珍阿姨上上坟……"哽咽，他说不下去了。我见到主持仪式的保山市委常委、宣传部长蔺斯鹰，忍不住转过身去擦拭眼泪……

其实，还有一个细节大概只有我知道：电影《杨善洲》获得的奖项，不止那四座奖杯，它还获得了中国电影"百花奖"的提名奖。出门前收拾奖杯时，雪健说："提名奖，有点遗憾，就不拿了吧。"可他却把因提名奖得到的一万元奖金，也装进了信封，和那四座奖杯获得的奖金一起捐给了杨善洲的后人……

终于要和大亮山说再见了，保山市委书记李正阳一早赶来送行。瞧吧，雪健要带回北京的有杨善洲的大女儿惠菊摘的柿子、存下的核桃；二女儿惠兰亲手酿的葡萄酒、酸茄醋；老三惠琴更是木耳、三七、红茶、蚕豆等大包小包占满了手。人群中，一直默默跟着的年近七旬的善洲林场老场长自学洪，手里备着一瓶矿泉水，一有空隙就赶紧把水举过来："雪健，喝口水哟。"

我不禁有点恍惚，这是拍电影呢还是生活中啊？

无关紧要。大亮山的"还愿"之旅，已是那样深地留在我的记忆中了。

（原载2013年9月6日《光明日报》，《文明》《影博·影响》《晚晴》等杂志转载时补充了最后一节）

又见雪健

挨到 7 月下旬了，电影《老阿姨》才排片进入院线，终于和观众见面了。7 月 25 日，北京憋着一场大到暴雨，预警信号已从黄色升为橙色了。下午，我提前赶到位于中央新影院内的新彩云国际影城，发现《老阿姨》的"人气"并不差，这种天气还有几位小青年也买了票。一会儿，李雪健来了。没想到他来，因为一个多月前他刚做了一次大手术，身体尚在恢复中。陪他而来的，当然是生活中的"老阿姨"妻子海丹。我们握手，且目光在交流：这样一部主旋律献礼片，而且"老阿姨"的片名又是那么平淡无奇，它能吸引观众走进电影院吗？即使坐在放映厅能坚持看完全片吗？

雪健坐在影厅最后一排。他和我们一样，也是第一次在电影院完整地观看全片。

有必要说几句"介绍"上的话：故事影片《老阿姨》取材于"开国将军"甘祖昌与夫人龚全珍的真实事迹。新中国诞生后，国家进入社会主义建设时期，被授予少将军衔的甘祖昌，考虑到在战争艰苦环境中落下病疾的自己，已不适应再在部队带兵，为了不拖累部队，他不顾上级的挽留，毅然决定脱下军装回家乡当农民，用自己的双手养活自己建设家乡。龚全珍也无怨无悔地随丈夫回到江西省莲花县老家，几十年一直发扬着甘将军"老老实实、勤勤恳恳"的精神，从山村小学老师做起，一辈子投身教育，关爱下一代成长。2013年，九十一岁高龄的龚全珍获得第四届全国道德模范称号，并被习近平总书记亲切地称为"老阿姨"。

电影开演，银幕上出现的是黑白色调，茫茫风雪中，一幅我解放大军进军新疆的恢宏画面。在这种背景下，镜头摇向迪化车站：一些被动员来支疆的女战士因不满上级介绍对象，纷纷带着情绪要离去。这时一辆军用吉普车驶来，甘祖昌出现。他不是来阻止、批评她们的，而是来送送这些女战士，他坚定地说，无论去留，你们都是建设祖国的好青年！毋庸置疑，演员李雪健开场就通过一组简短的镜头，把一位经历过二万五千里长征，一身英气，且是她们的最高首长的可亲、可敬的形象，定格在银幕上，也渗入了年轻女兵们的心中。陶慧敏饰演的龚全珍当然在场，她初识"甘部长"，一双纯情、羞涩，很美的大眼睛的特写，告诉我们：好戏开场了！

《老阿姨》的开头，十分精彩，可谓先声夺人。饰演战场上的我军将领是李雪健的强项，那一招一式，很有几分似电影《英雄儿女》中田方饰演的政委王文清。随后，影片跟从故事情节的发展，由黑白片转为彩色片，用简洁的故事脉络，于细节处展现甘祖昌和龚全珍这对革命伉俪扎根乡村、建设家乡的时代背景，以深刻的影像笔触，在主题上彰显共产党人心系人民的优良传统，其中既有对甘将军艰苦奋斗的现实主义刻画，也有对龚全珍一生相随、大爱无私的浪漫描绘。

一部电影的容量是有限的，《老阿姨》却有着沉甸甸的分量。它把一对典型人物的塑造，成功融入了中国革命历史进程的宏伟画卷之中。这让我想起创作之中的李雪健。网上曾有文，流传甚广，标题是《李雪健，配得上中国最贵的男演员，却朴素得让人心疼掉眼泪》。这标题过于偏颇了，最贵是指片酬吗？如果是，那雪健当然不认；心疼，是说他跟着剧组吃盒饭吗？其实，演员李雪健公开说过，有好片子上，能跟剧组一起吃盒饭，对他来说，是最幸福的事了。圈儿里人都知道他对剧本、对角色的选择是严之又严，甚至到了挑剔的地步。但他一旦认准了，就会百分之百地全身心地投入。《老阿姨》的剧本九易其稿后，他都没有接，直到著名编剧史建全的加入，拿出了第十稿，他才接下男主演甘祖昌这个角色。拍摄前，他已深陷其中，阅读了大量资料，并在龚全珍写的《我的老伴甘祖昌》书里发现、挖掘到很多细节。于是我们在银幕上看到这样精彩的镜头：甘祖昌在少将部长任上给战士们讲起，他的革命领路人，是党派到乡村发动群众的一位姓李的特派员，青年甘祖昌从他讲的道理中知道了穷人受穷不是命中注定，而是万恶的剥削制度造成的。他大声告诉战士们，这位给他播下革命火种的李特派员，就是方志敏。在红军长征翻越雪山的途中，饥饿劳累交加的甘祖昌，瘫倒在地上。一位首长走到他身边，伸出一双大手，命令道："起来，不能坐，你必须站起来！一定要坚持！如果你现在不站起来，就永远站不起来了。"这位唤他起来，并让他拉住马尾巴，坚持走过雪山的红军首长，正是任弼时同志。特别是影片运用"幻觉"的手法，浓墨重彩地描写甘祖昌与牺牲了的战友、红军烈士的心灵对话。比如新婚祭酒、授衔前的内省、三年困难时期的为民请命，还有"文革"中愤怒地登上批判台陪妻子挨斗，甘祖昌都出现了"幻觉"，而且这种"幻觉"不是一闪而过，也不用拍摄惯例地"黑白"片手法，而是用浓重、鲜明的彩色片再现红军战斗、行军、牺牲的壮烈场景……那几天，天穹飘下鹅毛大雪。雪健长叹一声：老天助我！于是，今天我们在银幕上观赏到这样的一幕：皑皑白雪中，风展红军旗，身着将领服装的甘祖昌，手执马缰，在战友们的簇拥下，目光坚定地前进、前进！这颇为震撼的画面，不能不给观众留下深刻的印象。我认为，正是这些革命征程、红军魂魄，支撑着甘祖昌强大的内心世界，也成为《老阿姨》整部电影描述的一个个动人故事的依据和源泉。在电影创作方面，主人公通过"幻觉"的方式，强调人物的内心世界，立体呈现给观众更能引起共鸣的内涵，这在以往的故事片创作中尚未见到过，是一种创新。

又见银幕李雪健。怎么是银幕又见？因为他的一贯低调、不凑热闹。他说，演员要用角色与观众交朋友，他说他格外珍惜演员这个名号。他对家人这样说，对朋友这样说，对观众这样说，对总书记也这样说。我算银幕外能见到雪健的朋友之一，记得去年11月底，天气奇冷，我们踩着雪后泥泞去《老阿姨》片场探班。那天是拍摄一组群众演员为主的镜头，雪健一早起床化妆，在途中颠簸了五个半小时，从塞外大漠另一个拍摄地赶过来。他顾不上吃午饭，在面包车里补了下妆，就精神抖擞地投入拍摄。重拍一条时，本不用他陪戏，但他坚持在寒风中与群众演员搭戏，又是倾情投入，打动了现场的所有人。两个月前，他在例行体检中查出病灶，很快住院做了切除手术。一天我去看他，医生嘱少交谈。我们说话不多，他说的两个意思我记住了：一是住院后从院长到主治医生、护士、护工，对他悉心照顾，无以答谢心不安；另一句是《老阿姨》在做后期，不知他的意见起作用了吗？

今天，我们和他一起观看《老阿姨》，"甘将军"默默地坐在后排。影片放映中，我们这排的一位女士就哭出声来，有人赶紧递给她纸巾。影片结束时，掌声响起，鼓掌的包括我们并不相识的青年观众。

我们不禁要为李雪健的精彩表演喝彩。他在这部新片中，写实与写意的手法运用自如，不露痕迹的演技把故事的起承转合演绎得令人信服。人生故事的娓娓讲述中，情感的渲染不煽情、不做作，又不拘一格。令人惊喜的是，这是他继在电视剧《嘿，老头！》《少帅》中塑造的深入人心的艺术形象之后，这么短时间内又给观众奉献出的新角色。然而，同样是党的好干部，却全然不见"焦裕禄""杨善洲"的影子。"农民将军"甘祖昌，无疑将列入李雪健银幕人物画廊，为他的演艺生涯平添一道新的光彩。

我当然要问问男主角的观感如何，雪健告诉我，陶慧敏在《老阿姨》中质朴、流畅的表演，使她攀上了一个台阶。当时影片快开机了，女主角还未确定，她接到邀请后毫不犹豫地赶来"救场"，这一点尤其值得称道。至于他自己的表演，他说留了不少遗憾。但我从他的手机上看到一段留言，是八〇后青年导演、他的儿子旦旦发来的。既然他保留了，应是认可吧。不妨转发一下："庆祝观影成功功（故意多个功字）！一个不一样的形象！一个没那么红色的主旋律！一个没那么煽情的文艺片！希望能有更多的观众看到、认可这个老将军！生活中的老将军、老阿姨也要加油哟！噗噗！"这"噗噗"啥意思？他爹他妈读得懂就行啊！

首都街头华灯初上，车水马龙。雪健和妻子执手伫立在灯杆下等车。不知怎的，他们的影子叠印进《老阿姨》的片尾——

绚烂的田野美丽如画，相偕走过一生风雨的甘祖昌与龚全珍融入其间，他们的相视是那样的不舍，那样的深情，进而双双露出幸福的微笑……

（原载2016年8月12日《光明日报》）

九秩滨老"书苑栽花"

　　李滨声先生的《书苑栽花——李滨声插图选》由北京市文史馆与北京出版社出版集团隆重推出，终于和读者见面了。这是跨入九秩寿辰的滨老，奉献给漫画界、图书出版界以及广大喜爱他的读者朋友们的一份珍贵的礼物。当初受托编选这本书，我很有些压力，但通过几个月的努力，尤其是得以多次和滨老在一起，倾听他睿智、幽默的话语，我时常把书稿和他的人生弄混了，看着一幅幅插图，我时而忍俊不禁笑出声来，仿佛透过书页看到了滨老；在滨老身边的时候，他的不寻常甚至有着传奇色彩的经历又化成了一个个画面，融入进了书里。这种感觉真好！它使我的精神放松，压力全无，紧张工作的过程成了一种愉悦的享受。今天，当这部装帧精美、厚厚的画卷呈现在眼前时，我本该为自己编的书写点什么，可一翻开这本书，眼前总是晃动着滨老的影子。索性就此写下去吧，相信滨老的故事足够精彩，喜欢上这位老爷子，自然会打开这本书，看他几十年来怎样"书苑栽花"吧。

　　去年年初，我们《北京日报》副刊部的几位编辑及一众作家朋友，赶在马年岁尾的腊月二十九去给他拜年。年根儿了，从城里去昌平北七家的路上已显空旷。车行中，滨老（无论是报社领导还是年轻编辑，都尊称他为"滨老"）打来电话问到哪儿了，听说我们快到了，他朗声说："茶水已经沏上啦。"

西谚云：一个老人是一部书。中国有句老话：家有一老，如有一宝。当我提笔要写"李滨声"三个字时，自己先忍不住乐了——他肯定先纠正我文章的题目，说："九秩就是九十岁，我到6月2日才算进入九十岁呢，现年八十九岁。"报纸如果就这么登了，他也不在意。我介绍说，滨老是我国漫画界泰斗级的大师，他纠正道："我是原北京日报美术组的编辑，画点插图。"他不说美术部，说组，因为那时候美术组还没升格为部呢。

滨老确像一部书，内容厚重、文字严谨，经他纠正过的，一般就可以写入正史了。举例：我在长途跋涉的旅途中，为了给大家提提神儿，就讲报社的一个笑话，说上世纪五六十年代报纸印刷还要人工捡字排版，而且字模是倒着的。一篇报道中把北京市副市长、历史学家吴晗的名字弄成了"吴哈"，错了。第二天更正："本报昨日一版消息中副市长吴哈，应为吴哈哈。"又错了！车上的人大笑，困意全无。我接着讲，只好再更正，第三天报纸登出来了："重要更正：昨日及前日本报消息中副市长吴哈及吴哈哈，系吴晗。"吴晗同志实在忍不下去了，打电话来责问：你们知道系当什么讲吗？我不还是吴哈哈嘛！全车人笑翻了，我还没完，接着还有呢。报社领导让值班的李主任写检查，老李写了份检查，交给总编辑。总编辑看了一眼，说："拿回去重写！"老李很不情愿，说，您还没看呢，怎么就叫重写呢？总编辑用手指敲了敲那份检查稿，老李一看，不说话了，自己把那份检查拿走了。原来，他写的题目是《关于我的粗大叶的检查》，又丢了一个"枝"字儿！大伙儿笑够了，纷纷问滨老，是真的吗？滨老说，确有其事，但后边的段子是培禹杜撰的。而且，吴晗同志没有打过电话，值班的主任也不姓李。偏偏作家陈祖芬听不够，活动期间一有空隙，就要我把这段子再讲一遍、再讲一遍。我一讲，瞎编的成分就更多了，逗得祖芬直不起腰来，全车人跟着大笑。此时的滨老不再纠正我，也包容地笑着……

说到宽厚、包容，又得说个笑话了。头年春节前，我突然接到滨老发来的短信："各位亲朋好友，我人在呢。近日央视戏曲频道播出的一档节目，把我说成已故了，有人来电话欲言又止，有老友要登门表示哀悼。怕麻烦各位，特告一声：人在呢。李滨声。"后来，央视和剧组的制片人郑重地抬着大花篮登门道歉。那场景我是听朋友转述的。滨老没想到有人来道歉，兴师动众的一干人进屋了，有位先生见到滨老二话不说，扑通一下跪下了，滨老吓一跳。弄明白怎么回事儿后，滨老赶紧安慰来人，诙谐地说："我还以为拜师的来了呢。"

谈笑间，昌平汇晨老年公寓到了。

见到滨老，大家格外高兴，都话多，老学究朱小平兄要不时出来维持秩序才行。先是作家陈援打开笔记本电脑，上面有武生泰斗王金璐老先生问候滨老的视频，这种老友间的拜年形式，让滨老眼前一亮。史学家毛佩琦教授献上一幅书法作品，青年评论家李静带来了自己刚出版的新书，小美女杨思思更是来了段梅派青衣"凤还巢"，滨老连声称好。我则按老例儿拎上一个饽饽匣子，衷心祝福九十岁的滨老和他八十七岁的妹妹新春快乐，来年大吉！终于轮到滨老了，他说，你们年根儿底来看我，我特别高兴，我准备了一个"致辞"。说着，他就打开抽屉，伸手去摸。摸了一会儿，说："找不着了。"大伙儿忍不住大笑。滨老说，我就脱稿儿说几句吧。他的"致辞"真是准备过的，像往常一样的风趣、幽默、亲和，特别是给日报副刊部的几个人每人说了一段话，我们的资深编辑美女陈戎一激动，回答的是："得令！请滨老放心。"

笑声中，毛佩琦小心翼翼地拿出一个包袱皮裹着的"宝物"，轻轻打开，是一本书——北京出版社1956年出版的李滨声漫画集《喧宾夺主》。他翻开，展示扉页，只见滨老的墨迹："送

给毛佩琦小弟弟　李滨声"。大家惊呼道，近四十年啦！保存得这么完好，这要是拿到拍卖会上得炒多高的价呀！滨老凑趣地说："这本书我都见不着了，属孤本。现今要是拿到拍卖市场上，怎么不得——"大家等着他的报价，滨老五指一伸，"怎么也得这个价——五块！"

嗨！大家都笑了，这个九十岁的顽童"泰斗"！

四十年沧桑转瞬而过。当年给李滨声出书的编辑早已"失联"不知去处，但今天的北京出版社出版集团暨北京出版社没有忘记这位老作者、老漫画家。他们要在滨老九秩之年为他出版一本新书，定名为《书苑栽花——李滨声插图选》。让我惶恐的是，出版社的老编辑、资深出版家杨良志先生，把编辑此书的重任托付给了我。

无法推托，心事重重。我不时要用"比我还年轻"的滨老做楷模，激励自己，打起精神，努力工作。

"比我还年轻"，真好！屈指一算，我与滨老相识相交已逾三十载了。1982年我大学毕业分配到《北京日报》当记者，一次报社开大会，我与滨老邻座，会的内容提不起精神又不能离开，正郁闷呢。一会儿，邻座的他递给我一张A4纸，我一看，喜出望外：大画家给我画了一幅漫画像！这像英俊啊，我曾拿给不少同事显摆过，就没想会给滨老带来多少求画者。好在老人家好说话，只要有空，来者不拒。那时，一家日本电视台来采访，问他："您平时的爱好是什么？"

在一旁的小孙女替他回答："我爷爷就爱给人画像。一张一张画得可快了，不过他给人画的像有一个共同点……"

日本记者赶紧把镜头对着小孙女，这小丫头说的是："反正都不像！"

滨老苦笑着纠正道："不是都不像，是有的像有的不像。"

有点尴尬的日本记者转换话题，问："您是哪个党派的？"

滨老答："我是无党派人士。"

"不对，"小孙女又插话了，"我爷爷是右派!"

哈哈哈，大家大笑，连滨老也忍不住笑了。

笑对人生，今年跨过九十岁门槛的滨老，成了中国漫画界的传奇。他腰板挺直，耳不聋，眼不花，身手不凡。啥身手？舞刀弄棍、大变戏法。舞刀弄棍指的是他是国粹京剧的"名票"，自号"梨园客"，尤擅武生。前不久，央视和戏曲研究机构专门录制了滨老扮演的几出传统戏，那唱腔、那招式，观者无不叫好。大变戏法说的是他还身兼中国杂技艺术家协会魔术专业分会的顾问，出门几天，他会带上"家伙什儿"（其中一件是法国魔术家朋友送给他的）。2014年春天，他就这么着上了飞机，代表方成等老一辈漫画家去四川出席一个文化节活动。登台前他习惯临时找个美女助手，滨老的魔术迷倒众人。到了七八月份，我分别陪他去了山东东营、河北平泉，饭桌上禁不住朋友们强烈要求，滨老说，没带"家伙什儿"，来个简单的吧。他让服务员把一张餐巾纸撕成几条，然后交到他手里。只见他朝紧紧攥着的手掌吹了一口气，再张开，碎纸条又成了一张完好如初的餐巾纸，神了!

说了这么多"比我还年轻"，赶紧说说滨老的老本行"画画儿"吧。

十八般武艺中，画画儿是滨老的本行。他大学上的是华北大学三部美术科，延续下来就是今天的中国人民大学艺术学院，正宗的科班出身。1957年因在报纸上发表漫画"没有嘴的人"被打成"右派"，"文革"中又遭批斗，造反派质问他："为什么不上清华？"他回答："我考不上。""胡说，你不老实!"他说："真不是跟您客气。"现场大笑，批斗会草草收场。1979年"右派"问题得以纠正后重回北京日报社，滨老创作了大量优秀的漫画作品。我到文艺副刊部做编辑时，他虽早已退休，却仍是画画儿忙，而且不是一般的忙，但对我们编副刊总是有求必应。在我的要求下，耄耋之年的他专门给我们的"古都"版开了一个漫画专栏，取名《燕京画旧》。他认真构思，图文并茂，老北京的民俗风情跃然纸上！这个持续了近一年的专栏，在当年全国报纸副刊评选中，一举拿下了优秀专栏评选的一等奖。滨老还时常给我们带来惊喜，2013年蛇年到来之际，我接到了滨老的快递邮件，打开一看，是他专门为我们创作的《白蛇青蛇来拜年》。画面上一青一白，栩栩如生的两个美女蛇笑吟吟地抱拳给读者拜年。这画刊登在蛇年第一期的副刊作品版上，格外喜兴。

做好报纸副刊，我的认知是首先要有一支称职的编辑团队，这样你的报纸才可能拥有一批一流的作家、作者队伍，才能不断产生各类好的作品。而此外让我偷着乐的，还有"家有一老，副刊一宝"，这一老之宝，正是滨老。说个实例吧。老作家李延国有感于习大大打虎，借鹿门寺的传说写了《伏虎》一诗，原文如下：

> 襄阳城南十五公里处有鹿门山，景色秀丽而雄奇，唐朝诗人孟浩然曾隐居于此的鹿门寺保留至今。山中曾有老虎，伤害人畜，一日方丈山中行走，忽有虎爪拍肩，方丈怒而回眸一瞥，恶虎惊恐逃之，不再显身。遂作《伏虎》：
>
> 虎爪落肩临生死，
> 回眸一瞥慑兽王。
> 并非佛祖试禅力，
> 心存浩然国运长！

这首短诗怎么发呢？我想起了滨老，便在电话里给他念了以上的文字，滨老答应试试看。很快，他的漫画配图来了，彩色的，真是让人叫绝："方丈山中行走，忽有虎爪拍肩，方丈怒而回眸一瞥，恶虎惊恐逃之"的画面十分逼真地跃然纸上！发表它的《北京杂文》版受到读者好评，《光明日报》予以转载，老作家李延国更是连连称赞，要我代他向滨老致敬。

九十岁的漫画家，思维依然敏捷，目光锐利不减。前些日，报载某地方人大主任用五言诗作报告，全文一千两百句，凡六千字，一韵到底，真乃奇观！最先写文章抨击此举的是著名作家、杂文家梁衡先生，他文章的题目是《为什么不能用诗作报告》。第二位站出来发声的，就是九十岁高龄的著名漫画家李滨声。滨老的笔下，一位洋洋得意的干部在会场上打着竹板儿，念着顺口溜儿，五个字一行，五个字一行，没完没了。他在画上方写道："五言就是好，亚赛数来宝！"真是妙哉！我忍不住一早就把电话打过去："太棒了，滨老！"滨老说，我想过会儿再打电话，怕吵着你休息。你说行，就是说我还能画吧？我连声说："太行啦！太行啦！您画得太棒啦！"滨老说，羊年第一画，讨个吉利吧。

放下电话，我的心久久不能平静。

还是回到滨老的插图上来吧。我以为从艺术成就上来说，漫画、京戏、插图，是滨老的三大块，三驾马车并驾齐驱，难分伯仲。他在这三个领域都攀登上了相当的高峰，后来者怕若干年内都很难企及。

我手边人民文学出版社再版的他的《拙笔留情》还没读完，他通过快递送给我的《故事新说》（民族出版社）到了，这书是他应好朋友张德林先生之邀配的插图，张先生写了九十九个故事，滨老就创作了九十九幅漫画作品（注意：我说的是"创作"），每张插图虽都由故事生发而成，都与故事的主题紧紧相扣，但配的图却是原创漫画，比如，《宋玉做广告》这篇，写的是屈原的弟子宋玉因貌美身材好，被一个精明的小裁缝做了广告。滨老画的是威武高大的武松站左边，潘金莲居中，右边是矮小的武大郎，潘氏美女手托着"长个丸"，说："我叔叔就是吃这药后比他哥哥增高两倍半的。"人物夸张而又逼真，看后真是令人忍俊不禁。

年已九旬的滨老，最近给读者带来的惊喜，还有两部精品：一部是同心出版社隆重推出的《寻踪——民国文化大家的北京生活图记》，保红漫文、李滨声绘，全套共十一册，民国时期在北京生活过的文化名人鲁迅、胡适、梁实秋、张恨水、老舍、沈从文、齐白石、梅兰芳、蔡元培、冰心、朱自清、林语堂、辜鸿铭、梁思成、林徽因、徐志摩等尽收其中。既然是"图记"，我们有幸看到了漫画家李滨声笔下的这些名人的画像，以及他们在老北京胡同里活动的场景。他画的鲁迅先生，熟悉的面容里透出的是深邃；他画老舍、张恨水、梅兰芳，因为曾经熟识，大师的相貌上仿佛多了几分亲和；他画林徽因，美，自不必说了，还有她身轻如燕在什刹海滑冰的倩影呢；至于徐志摩，滨老画的是风流才子和林徽因在胡同门前最后道别的场景，真是栩栩如生，引人遐想……

另一部是滨老的拿手好戏，由人民美术出版社出版的《梨园客画戏》，分为"连台三国"和"京剧百丑"上下两本。他把一生对京戏的痴迷热爱、自幼做票友的苦乐酸甜，尽情地融入笔端，一幅幅画作堪称绝妙，值得戏曲研究者、爱好者收藏。特别难得的是，每一幅画作旁都有身兼北京市政协文史馆馆员的滨老字斟句酌的介绍，使这本画册有着厚重的史料价值。我知道，近两百幅"画戏"，还只是滨老厚积薄发画作的一部分，那些未能收进书中的画稿，也十分精彩。比如滨老送我的这幅"四郎探母"，他在栩栩如生的画面旁写道："四郎探母原名北天门，一名四盘山。自上世纪二十年代末随俗雁门关，被称八郎探母，遂改为如今剧名。"真让我这门外汉长了知识。也许因为这段文字中有两个字是后补写上的，滨老的落款也有意思："二〇一三年酷暑忆旧氍毹随笔，画别宫不计工拙赠培禹老友以为补壁之用。梨园客李滨声　八十又八，两眼昏花，题多落字，贻笑大家。"这，就是时常给大家带来欢笑的睿智长者李滨声。

谈到这次为他出《书苑栽花——李滨声插图选》一书，他持积极态度，"翻箱倒柜"给我找原作或资料。翻看这些，常使我眼前一亮。比如，他画于是之。1995年秋，市文史馆组织部分馆员赴陕西交流，滨老与于是之同行。馆领导还特意安排了人艺的青年剧作家李龙云随行照顾于是之老院长。谁知刚到西安住下，李龙云便"一病不起"，每天倒是由年迈的老于照顾年轻的小李。滨老悄悄拿起画笔，几笔就勾画出了活灵活现的老朋友于是之，只见有点皱着眉头的于是之无奈地给病恹恹的小李拍肩捶背，那画面真是传神！滨老题上字："到底谁照顾谁"，送给了李龙云。小李大喜过望，病立马轻了一半。后来，李龙云出版《落花无言——与于是之相识三十年》一书时，把滨老的这幅漫画放到封面上了。这也使今天的读者能通过"书苑栽花"这本插图选，见到滨老为于是之画的唯一一幅肖像。滨老说，有点对不住老友是之，就画了这一次，还让他皱着个眉头。

滨老"封"我为他的"老友"，我当然知道他也有郁闷与烦恼。一有聚会，我就赶紧让滨老说出来，憋得他够呛了。滨老就说，他住的汇晨老年公寓哪儿都好，就是老碰见一坐轮椅的邻居，见面就问他："您多大年岁？"

滨老答："我八十五岁。"

"哦，我比你小三岁。"

又问："您多大岁数？"

"我八十六岁。"

"哦，我比你小三岁。"

一直问到滨老答："我今年九十岁。"然后滨老和这位老轮椅一起说："哦，你比我小三岁！"滨老告诉他，您甭问也甭追了，你比我小三岁，没辙了，您追不上啦！

哈哈哈！瞧，滨老的郁闷也能让满桌人笑翻了。

滨老和朋友们聊天儿、变魔术时，常常爱抖个"包袱"。在此文的结尾，我也学着抖个"包袱"吧：滨老曾应邀为著名女作家叶广芩的长篇小说《采桑子》画插图，书出版后只收录了九幅，还是黑白的。那么他画了多少呢？整整三十八幅！而且全部是彩色的，异常精彩。那是时已年近八旬的滨老在读了好几遍小说原稿的基础上，根据故事情节的发展，几个月呕心沥血创作出的精品画作啊！今日，这些插图将随着《书苑栽花——李滨声插图选》的出版，第一次全貌呈现在喜爱他的广大读者的面前了。

这，算个叫得响的"包袱"吧。

（原载2015年6月2日《北京日报》）

滨老寄我明前茶

经过几个月的辛劳，终于完成了北京市文史馆和北京出版社托付的编选李滨声先生的插图选《书苑栽花》的任务。该书由北京出版社出版后，受到读者的欢迎。我抱着二十本样书送给滨老看，他满意地说，我还是第一次出精装本的书哪！

滨老是我国漫画界泰斗级的人物，平生画了无数插图。当他迎来九秩大寿时，出版社把编选这本书的重任交给了我。当初我很有些压力，但通过几个月的努力，尤其是多次和滨老在一起，倾听他睿智、幽默的话语，我时常把书稿和他的人生弄混了。看着一幅幅插图，我时而笑出声来，仿佛透过书页看到了滨老；在滨老身边的时候，他的不寻常甚至有着传奇色彩的经历又化成了一个个画面，融进书中。这种感觉真好！它使我的精神放松，压力全无，紧张工作的过程成了一种愉悦的享受。

《书苑栽花》新书出版后，朋友们在北京青钱神茶公司总部的茶室，为滨老举办了一个庆贺会，陈祖芬、张胜友、艾克拜尔·米吉提、梁秉堃、陈援等文坛老友纷纷前来祝贺，气氛十分热烈。当晚，滨老给我打来电话，说难眠。我安慰他好好休息后自己也失眠了。隔天，接到老人家亲自寄来的包裹，打开一看，印有他绘图的瓷罐里是明前西湖龙井。感动之余，赋诗以谢：

> 春风不吝染绿芽，九秩滨老著新花。
> 青钱欢聚兴未尽，夜阑响铃到我家。
> 轻唤一声无多语，心底波澜似有闸。
> 尽在隔天包裹里，浓情共饮明前茶。

此刻，与三五好友一同品滨老的茶，看滨老的书，惬意无比，温馨无比。

最喜欢他画的鲁迅先生，熟悉的面容里透出的是深邃；他画老舍、张恨水、梅兰芳，因为曾经熟识，大师的相貌上仿佛多了几分亲和；他画林徽因，美，自不必说了，还有她身轻如燕在什刹海滑冰的倩影呢；至于徐志摩，滨老画的是风流才子和林徽因在胡同门前最后道别的场景，真是栩栩如生，引人遐想……

他把对京戏的痴迷热爱、自幼做票友的苦乐酸甜，尽情地融入笔端，一幅幅画作堪称绝妙。特别难得的是，每一幅画作旁都有滨老字斟句酌的介绍。比如"四郎探母"，他在栩栩如生的画面旁写道："四郎探母原名北天门，一名四盘山。自上世纪二十年代末随俗雁门关，被称八郎探母，遂改为如今剧名。"真让我这门外汉长了知识。

李滨声《书苑栽花》的一个重要成果，是他应著名女作家叶广芩之邀，为长篇小说《采桑子》画插图。整整三十八幅，全部是彩色的。那是时已年近八旬的滨老在读了好几遍小说原稿的基础上，根据故事情节的发展，几个月呕心沥血创作出这些栩栩如生的精品画作。

此刻，窗外秋高气爽，九九重阳节将至，我和朋友们饮着滨老寄赠的香茶，衷心祝愿九十一岁的老爷子身体棒棒的！期待着他再挥画笔，为人类文明再添经典画作！

（原载2016年4月7日《北京晚报》）

从延安出发的银幕征程

　　她是电影《翠岗红旗》里的向五儿，一个坚强的红军家属；她是《革命家庭》里的母亲周莲，周恩来总理称赞她"演了一个好妈妈"；她是影响了几代人的《烈火中永生》里的江姐，温柔而坚强的形象被无数观众奉为银幕经典；她六十岁时接过筹建儿童电影制片厂的重担，出任第一任厂长和艺术指导，一干就是二十年；八十岁以后的她，依然为挚爱的电影事业和孩子们奔忙着；今天，刚刚过了九十四岁生日的她，仍充满激情地告诉你，她最喜爱的抗战歌曲是《延安颂》。

　　她，就是于蓝。

　　也许不少读者会和我一样，早就知道于蓝，也熟悉她塑造的一系列银幕形象，然而对这位令人尊敬的老一辈电影家的人生又了解多少呢？我在日报文艺部做电影记者时，曾多次与她见面、一起参加活动。更由于与同是演员的她的侄女于海丹及李雪健两口子是好朋友，一些场合我也随着他俩管于蓝叫一声"大姑"。于蓝总是笑着回应："这孩子！"

　　直到今天，在举国纪念抗日战争胜利七十周年的日子里，我才真正走近"大姑"，静心听她讲述延安、讲述电影、讲述爱情、讲述人生……

延安，世界上最艰苦最快乐的地方

于蓝生于1921年，两岁时随父母移居哈尔滨。儿时记忆最深的是滑爬犁。伏在爬犁上，借着起伏的山岗顺坡滑下。当时只有六七岁的她，不时摔倒在冰雪上，但她不哭，马上再扑到爬犁上继续滑下去。她还爱爬杆，一会儿工夫就能爬上几米高的木杆。这些都培养了她坚强的个性。一个凄风苦雨的日子，辛勤操劳了半生的母亲患病去世了。这一年，于蓝刚满八岁。不久，继母进了门。迫于生计，于蓝只身投奔在沈阳老家的祖父。继母寂寥时买的一些"闲书"，也滋养着于蓝。这阶段，她初识了曹雪芹、施耐庵、罗贯中，甚至知道了托尔斯泰。

1931年，举世震惊的"九一八事变"爆发。于蓝随家人由沈阳逃离至张家口，这次逃难经历也让十岁的于蓝第一次看到了国破家亡的惨景。1937年，于蓝一家在北平重新安定下来，可是好景不长，"七七事变"爆发，北平沦陷。她被送进一所女子学校，但只待了二十几天就离开了。"北平城像口活棺材，不能再这么待下去！"于蓝的心在呐喊，一定要找到抗日救亡队伍。

1938年，于蓝的好友王淑源到了北平，告诉她中国不会亡，共产党是主张抗日的，离北平不远就有平西抗日游击队！于蓝第一次离家出走去寻找队伍，没想到，刚出城门就被日本鬼子逮住了，送到了宪兵队。无论他们如何威逼利诱恐吓，于蓝就是不吐口。鬼子抓不着什么把柄，只好作罢，她总算脱离了虎口。自此，父亲苦苦哀求，继母喋喋不休，还让她的大哥于亚伦盯着她，怕她再惹麻烦。哥哥那时也受到进步思潮影响，暗中变得支持妹妹出走。不久，他自己也奔赴延安，踏上了革命的道路。兄妹俩在宝塔山下意外相逢，喜极而泣。当然，这是后话了。

这天，暴雨倾盆。谁也不会想到，此时于蓝举着一把油纸伞第二次离家出走。她对年仅十一岁的二弟于振超说，姐去给你买咖啡豆吃，你在家等我吧。她向郊外奔去，巧妙地过了许多的哨口关卡，翻过了妙峰山，来到了斋堂——平西抗日根据地。在决定去延安之前，于蓝曾躲避到同窗好友赵书凤天津的家中。慈爱的赵母知道留不下女儿了，就把书凤叫到身边，给她改了个名字：赵路。意寓一路顺当、平安。于蓝要求也给她改个名字。赵妈妈想了想说："就叫蓝吧，万里无云的蓝天多好呀！"于是，她的原名"于佩文"再也没有用过。不久，于蓝等十几名热血青年在党派遣的一支部队的护送下，穿越封锁线，经历了近两个月的艰难跋涉，到达了陕北延安。她在日记本上写下了终生难忘的日子：1938年10月24日。于蓝至今还记得当年渡黄河时的情景：他们坐在两条大木船上，与数匹骡马在汹涌澎湃的黄河激流中"飞渡"，惊心动魄，真正体验了《黄河大合唱》中描写的壮烈情景……

说起当年，于蓝依旧激情难抑："到延安的那天已经是晚上了，我们扔下背包就跑出去了。走进一座旧教堂式的建筑，里面正在开'干部联欢会'。什么是'干部'？所有人都穿着一样的灰色制服，打着绑腿的是部队的，整整齐齐特别精神。一切都是全新的感觉，激动得不得了。第二天一早，我们来到报到处填表，只见表格的左边有行竖排字：'中华民族优秀儿女'；右边是'对革命无限忠诚'，看到这几个字，一股说不出的情感撞击心头……"她第一次郑重地填写上自己的名字：于蓝。七十多年后，她仍发自内心地说："延安是世界上最艰苦的地方，延安也是世界上最快乐的地方！"

延安的岁月中，于蓝先后在抗大、女大学习，晚上点着汽灯参加业余演出，打小堂锣、跑龙套，都乐呵呵的。于蓝在抗日战争的烽火中努力改造自己、锻炼自己。一年后，她终于在镰刀斧头的旗帜下举起了右手，成为一名共产党员，奠定了自己人生道路的基石。此后，她成为延安鲁迅艺术文学院实验话剧团演员，参与了那个时期党领导的所有文艺活动。在几部重要的话剧，如《一二·九》《火》《日出》《带枪的人》《佃户》《中秋》以及根据契诃夫小说改编的《求婚》中，她都出任主演或担当重要角色。于蓝的名字在延河岸边开始被人熟知……

电影《革命家庭》的幕后故事

于蓝的银幕生涯是从1948年拍摄故事影片《白衣战士》开始的，那是她第一次知道"开麦拉"（摄影机），也是她第一次担任女主角——一位战火硝烟中的医疗队女护士的形象。之后，迎来新中国的诞生。她又主演了故事影片《翠岗红旗》。拍摄这部影片时，导演张骏祥发现了于蓝的表演潜质，启发、指导的同时，给了于蓝发挥的空间。影片获得了广泛的赞誉。这其间，由于抗美援朝开始了，她积极要求上前线慰问志愿军战士，曾率队冒着敌人的炮火，跨过鸭绿江，圆满完成了任务。从朝鲜回国不久，她又接到了拍摄电影《龙须沟》的任务，由她扮演女主角程娘子。在导演冼群、北京人艺的表演艺术家于是之的帮助和全力配合下，于蓝的表演更加扎实，深得专家和观众的认可和好评。然后是《林家铺子》。虽然这部影片命运多舛，但她的表演越发成熟了，可说进入了一个最佳创作期。这些影片是年轻共和国的第一代电影成果，十分珍贵。它们在全国公映时受到广大观众的热烈欢迎，也为人到中年的于蓝赢得了很大荣誉。

作为一位在银幕上辛勤耕耘了一辈子的老艺术家，很多作品都是她的孩子，她的心血之作。因篇幅关系，这里不能一部一部地细说，我提出请大姑讲讲拍摄故事影片《革命家庭》的幕后故事。我知道，那是她生命历程中一段永远难忘的记忆。

在新中国欣欣向荣的社会主义建设大背景下，于蓝读到了一本革命回忆录《我的一家》。这是一个普通平民妇女在党的感召下，逐步成长为一个坚定的革命者母亲的真实故事。主人公陶承（电影中改名周莲）是个没有文化的朴实的弱女子，当她知道自己的丈夫加入了地下党组织，没有怨言，开始是夫唱妇随地帮丈夫完成党交给的任务。后来丈夫不幸牺牲了，组织上通知她已为她安排好了去处，并给她经费要她离开白色恐怖区，但她却义无反顾地把大儿子交给了党。在一次任务中，大儿子也为革命献出了生命。母亲强忍悲痛，自己带领小儿子又投身到艰苦卓绝的斗争中去，最终迎来了革命胜利的曙光！

　　读完这本自传体的书，于蓝彻夜难眠。她要把这个真实的故事拍成电影。她找到和自己合作过的著名导演水华，得到他的支持。然后她想尽办法，终于在一条小胡同里找到了《我的一家》一书的主人公、作者陶承大姐。她虔诚地听这位革命家大姐的述说，为剧本中的情节寻找更有力的根据。她们越来越近、越来越亲，每次见面都有说不完的话，都是那样难舍难分。于蓝对为革命牺牲的大姐的丈夫充满崇敬，挖掘出不少他们相亲相爱，成为一对革命伴侣的生动情节。电影中的男主角梅清，要请孙道临来演。开始，于蓝提出了疑问，他刚刚在《家》中演了封建家族的大少爷，怎么能演梅清呢？反差太大了，难以接受。孙道临还是来了，他是做足了功课而来的，表演中全然不见《家》的影子。可想而知，两位艺术家的倾力合作，这片子能不出彩吗？摄制组十分团结，一心要拍出好故事。于蓝充分调动自己的生活积累，把剧本中表现夫妻恩爱的原设计改了：原来是小夫妻俩嬉戏追跑，梅清含情脉脉地拿出一双小鞋给妻子周莲看，预示他们快有儿子了。改后为已是中共党员的丈夫，手把手地教妻子周莲识认"方块字"，时代气息一下鲜明地表现出来了。随后，镜头从"天、地、日、月"一个个"方块字"上慢慢拉开，画面叠映出母亲膝下已有二子一女，时间的跨度也顺理成章地解决了。这个创意得到导演水华和孙道临的一致称赞。

电影《革命家庭》1961年在全国放映，立即红遍了大江南北。那年，第一届大众电影"百花奖"创立，《革命家庭》榜上有名。接着，于蓝因为在片中的出色表演，又在第二届莫斯科国际电影节上荣获了优秀女演员奖。更让于蓝激动、欣慰的是，周恩来总理在一次与文艺工作者同游香山的活动中，指着于蓝对记者们说："她演了一个好妈妈！"

电影拍完上映了，于蓝与"好妈妈"陶承的故事远未结束。共同的理想信念使她们结下了深厚的感情。在以后的日子里，于蓝经常写信给陶妈妈，向这位有着高尚情操的革命前辈倾诉衷肠，把工作中的快乐、成绩与老人分享。有时，一写就是几页信纸。让我们看两封陶妈妈的复信：

亲爱的于蓝同志：

　　今天下午四时接到来信，多么亲切啊！你太热情了，写了四页信，说了不少事情……你从上海来的第一封信里谈到，你们到龙华公墓的纪念碑前为烈士扫墓、献上花圈，扮演群的张亮同志致悼词时声音哽咽，同志们都流了泪。读到这里，我也忍不住自己的热泪滚了下来……我不需要什么东西，不必带。只要你身体健康、一路平安，我就高兴了……

亲爱的于蓝同志：

　　你的信多么富有感情，真像一篇好散文。读了你的信，喜得我心怀开朗，笑意生春。……感谢你百忙中又给我写了长信，告诉我不少事情……

然而，谁能想到，"文革"中黑白颠倒，革命前辈陶承只因康生的一句话，被诬陷入狱。后因周总理过问，老妈妈1975年才得以回湖南老家养病。那些年她一直担心于蓝因此被牵连遭到迫害。此时的于蓝也惦念着陶妈妈，却音信全无。直到"文革"结束后，远在湖南郊区的陶妈妈看到报纸上刊登的五届全国政协委员名单中有于蓝的名字，便托一位教师给于蓝捎话来。百感交集的于蓝，利用出差的机会，立即启程去湖南。当她来到长沙郊外马坡岭的老干所时，远远看到一位老人，白发在风中飘动，陶承妈妈早已把轮椅摇到大门口等候多时了。于蓝跑上前，喊了一声"妈妈！"便什么话也说不出来了。两人抱在一起，任凭脸上的热泪流淌在一起。夜深了，于蓝服侍老人先睡下。她拿出带来的黑绸布料，找来针线，在灯下为她的陶妈妈缝制了一件"开裆式"的裤子，以解决老人上厕所的不便……

一本书，一部电影，一位主人公，一个人民的艺术家，这生活中的真实故事，令人动容！

难忘田方，生命因你而璀璨

提起田方的名字，也许有人感到陌生，然而提到电影《英雄儿女》中的那个有着深邃目光的我军政治部主任王文清，几乎无人不晓。田方，正是把这不朽的艺术形象留在银幕上的著名表演艺术家。田方从三十年代起就参加了《壮志凌云》等十余部影片的拍摄，被称作"一颗新星"。抗战爆发后，他放弃了自己的演艺明星前程，一腔热血奔赴延安。他比于蓝早到延安几个月，表现出色，先后演出了《日出》《佃户》《带枪的人》《我们的指挥所》《前线》等话剧。毛泽东同志召开延安文艺座谈会期间，留下了一张和全体文艺工作者的合影，坐在毛主席右边的人就是田方。新中国成立后，他在担任繁重的领导工作间隙，还参加了《风从东方来》《深山里的菊花》《一天一夜》《革命家庭》《英雄儿女》等影片的拍摄。

于蓝1938年到达延安时，只有十七岁。经过两年的学习锻炼，组织上调她到鲁艺实验话剧团，开始了演员的生涯。在她的眼里，一切是那么美好。她和一起历尽艰辛共同奔赴革命圣地的同窗好友赵路，经常唱起那首《延安颂》："夕阳辉耀着山头的塔影，月色映照着河边的流萤……"生活的艰苦、工作的劳累仿佛消失得无影无踪了。

这正是1940年一个"春风吹遍了坦平的原野"的日子，爱情之神也在悄悄来临。赵路忽然对于蓝说，刚被一位上级大姐叫走了，她要给我介绍男朋友。于蓝漫不经心地问："谁呀？"赵路的脸红了："田方。"

田方！这个名字让于蓝心里震动了一下：怎么是田方，为什么是田方？她心里慌乱，说不出是一种什么滋味。她不安地问："那你呢，喜欢他吗？"赵路真挚地回答："我早就喜欢他了。"于蓝觉得完了，一切全完了，她的心里也早就有一个人了：田方！

夜深了，赵路已进入梦乡，于蓝却再也睡不着了。经过一夜的煎熬，于蓝想通了，她要衷心祝福情同姐妹的战友赵路，同时彻底熄灭自己刚刚萌芽的爱情火苗。

谁知情况变得如此突然，那位大姐风风火火找到于蓝，说："哎呀，于蓝，我差点办错事儿，田方喜欢的是你呀！"一种委屈涌上心头，他这人怎能这样？于蓝气冲冲地去找田方，想为赵路争取一下，她质问他："赵路有什么不好？"田方解释说："她很好，是个好同志。是那位大姐太冒失了，根本没有征求我的意见。我喜欢的是你啊，从在延河边上第一次见到你，我就暗暗选中你了！"于蓝不知如何是好，想转身离开，却挪不动脚步，她无法拒绝那道深邃、独有魅力的目光。田方大胆上前，紧紧拥抱了她。当年的11月7日，苏联十月革命纪念日，他们在延河边的窑洞里举行了简朴、热烈的婚礼，一对革命情侣走到一起来了。

熟悉"大姑"的亲人及朋友们都知道，田方是她的最爱，也是她的最痛——1974年8月27日，田方因病去世，留给她苦苦的思念至今已整整四十年了！于海丹说，四十年来每逢大姑父的生辰和忌日，大姑都要去八宝山革命公墓看望他。每年两次，风雨无阻，从未断过！儿子田新新、田壮壮等家人陪了大姑四十年，从未断过。大姑把一束小花放在田方的遗像前，含泪喃喃自语，相信天国的他一定能听到。

　　我记得1993年10月，北影的领导和田方的老战友们组织了一个追思会。那天，我冒着秋雨提前到了，发现会场上已坐满了人。主持追思会的北影演员剧团团长、著名演员于洋，用他那特有的浑厚嗓音说："今天，大家有许多由衷的话要叙述，但无论是谁，都会首先想到田方同志。在他创建的演员剧团四十年的时候，谁也不会忘记田方同志所付出的心血和劳动。"著名作曲家刘炽走上台，拿起话筒回忆起抗战烽火中的田方："当时我们随队越过同蒲路时，突然响起了枪声，大家都慌了。只见田方同志镇定地站在小河旁，一个一个地护送大家过去。直到同志们都过去了，他才最后一个撤离。我永远也不会忘了他那高大的身影。"曾任北影厂厂长的汪洋谈到这样一件事：组织上曾让他的老上级，当时任国家电影局副局长兼秘书长的田方同志回北影当他的助手、副厂长，他十分惶惑。田方却不计个人得失，诚恳地说服他大胆工作。汪洋激动地说："我们开始了最愉快的合作。共产党人能上能下，田方堪称楷模。"老艺术家陈强谈到田方生前对他的关怀和爱护时，竟几次泣不成声。田方的战友、著名老作家刘白羽，在病榻上写就了一篇优美的散文《田方在微笑》，由衷地赞美了自己挚友的崇高品格。会议结束时，我和几位同志搀扶老演员赵子岳离开会场时，老艺术家动情地说了一句话，给我留下深刻印象，他说："一个伟大的人，最懂得自己的渺小。"

　　那天，于蓝最后发言，她的话我至今记忆犹新。她说，同志们的呼唤，田方一定能够听到。

【采访札记】

于蓝以延安为起点，她七十多年走过的革命道路、银幕征程，远不是这篇拙作能够承载的。比如她在《烈火中永生》里塑造的江姐，本文只一笔带过；她倾尽心血与赵丹一起准备把《鲁迅》搬上银幕，她为饰演鲁迅夫人许广平做了大量准备工作；她六十岁时受命组建中国儿童电影制片厂，兢兢业业勤奋工作二十年，开创出中国儿童电影事业的广阔天地；艰苦的工棚办公室，滴水成冰的严寒，大门的铁把手粘住她的手指，那撕伤的疤痕至今犹在；退休后她成功创办国际儿童电影节，继续殚精竭虑地为电影事业和青少年的成长力所能及地奔波着……这些我都略过了。

说实话，前两天我去见"大姑"时，难免有些不安。不想，她拿过我自感有"残缺"的一沓A4纸，第一句就说，写那么多干吗，太长了。

于蓝眼神已有些不济，需要用放大镜来看稿件。我借机打量这熟悉的环境。很难想象，在这座普通住宅楼的两居室里，这位1938年参加革命，1939年入党的老干部且是享有国际声誉的著名表演艺术家，已经居住快三十年了。过道有一旧书柜，不高的柜子上面是一堆没有打开的锦盒，她获得的若干奖杯、证书，静静地躺在里面。小小的餐厅和不足十平方米的会客室里，比较显眼的位置，挂着她和周总理在一起的照片，还有电影中江姐的剧照，延安时期一些珍贵的旧照等。最大的一张照片，悬挂在她的卧室里，当然，那是田方。

"大姑"叫我，她看出稿子中的一处差错，说："这块儿怎么能瞎写啊！"我一看，是我笔误，把人名写错了，其他的时间、地点全错。我赶紧说："没关系，没关系……"我是想说，这点好改，我会马上改过来。她没容我说完，严肃地说："怎么能没关系呢？这不是瞎写嘛！"她一点没变，性格还是那么直爽。要不是了解她，我这个写了三十多年的老记，还真挂不住面儿呢。

　　说完稿子，于蓝回到了"大姑"的状态，非常可亲。她的听力也不太好，特意戴上了助听器。我们在一起聊天，埋怨她前些日子过生日也不叫上我们，她只是微笑。电话铃声响了，她拿起话机，声音清脆、响亮，哪像已经九十多岁的老人了。她谢绝了电话那边的活动邀请，并真诚地表达感谢。她说，今年的邀请、活动、采访特别多，我主要是不想给人家添麻烦，能推的都推掉。我们问您一直挂在墙上的"闻鸡起舞"四个大字呢，怎么不见了？她说可能博物馆收集走了，记不得了。条幅虽然没有了，她仍然每天早上不到6点就起床，哪怕手推着轮椅也要到楼下活动一下，练练腿脚。每天安排得挺充实的。有人说起她还参加了书画班，画儿画得不错时，她赶紧小声说："别提画画儿的事儿，他们该要了。"话声虽小，我们却都听到了，大家不禁哈哈大笑起来。"大姑"也开心地笑了。

（原载2015年8月25日《北京日报》）

把乡愁写进读者心里

人生旅程中，你若有一位作家朋友，且喜欢读他的作品，真是一件惬意的事儿；随着斗转星移，时序更迭，你发现他始终走在文学的路上且越写越好，而经多年的岁月磨砺，已然名副其实成为著名作家的他，仍真诚地视你为友为师，那无疑是一件开心的事了。

于我，凸凹即是。

那天，接到报社"人物"版的美女责编丽敏的电话，约稿。我满口答应好好好。我知道，日报的"人物"版是品牌版，一般的人物和写得一般的稿子，是很难登这块"殿堂"的。现在编辑约稿，"人物"肯定是通过了选题的，我当然乐意接活儿。我问要采写谁？丽敏说，你写篇凸凹。见我犹豫，她加了一句："那么熟悉，你都不用采访啊。"我开玩笑说："太熟了，下不了手！"哈哈哈，听筒那边传来丽敏的笑声。

上篇　长义凸凹

知道凸凹的人，不一定知道长义；知道长义的人，不一定知道凸凹。其实，简单说，著名作家凸凹真名史长义，史长义就是凸凹。

真够绕嘴的。但还真得从这俩名字说起。

还是上世纪九十年代初吧，我从记者转岗为编辑，编发他的文稿署名都是史长义，因为他那时在房山政协做文史方面的工作，写的多是此类文章。想来，那时的长义就对文学怀着敬畏之心，虽写的内容囿于"县志"，但字里行间那种真实的生活细节，那种清新鲜活的乡野气息，那种率真恣肆的口吻，深深吸引了我。后来他何时开始用"凸凹"的笔名发表文章我并未在意，只是觉得他越写越好，而且越写越多，凸凹的名字散见于各个报刊，有点"天女散花"的感觉。文坛上有两个"凹"了，一个是贾平凹，另一个是凸凹。他至今也没跟我说清楚，这笔名凸凹有着怎样深奥的蕴意。回忆起二十多年前的时光，他曾在一篇自述中写道：二十年前的一个晚上，在吱吱响的日光灯下枯坐，脑子里突然冒出了"媒婆"这个字眼儿，自己便感到很诧异，因为此时的我，已经有了很优雅的生活，所处的语境是与如此俚俗的字眼儿不相干的，便想把它们驱赶出去。但是，愈是驱赶，愈是呈现，弄得你心情烦躁。便只好抻过几张白纸，在纸面上把这两个字写下来。奇怪地，一旦落笔，相关的字词就接踵而来，直至写得筋疲力尽。掷笔回眸，竟是一篇很完整的关于媒婆的文章，且有不可遮掩的"意义"透出纸背。便不敢再儿戏了，定了一个《中国媒婆》的名字，恭恭敬敬地抄在稿纸上，寄给一家叫《散文》的杂志。一月有余，竟被登在重要的位置上。不久，竟又被著名的选家、全国的选本（选刊）接连地选载与收录。二十一世纪的开元之年，居然被一本叫《二十世纪中国散文经典》的书树为"经典"了。

那一年，用凸凹的笔名发表了散文"经典"的他，年仅二十五岁。凸凹说：文字真的是一种性灵，而不是工具，它默默地独处着，等待着"意义"。文字的等待与作者的等待是相向而行的寻找，一经"路遇"，就结伴而行了，共同地完成了"意义"的过程。路遇，因为不是预先的邀约，便具有宿命色彩，能写出什么样的文章，作者本人也是难以预料的。

一经"路遇"，他不改初衷，筚路蓝缕，玉汝于成，文字与心灵结伴而行。二十多年后的今天，他交出了缀满一串串文学果实的答卷：迄今已发表和出版散文集十八部，长篇小说八部，报告文学集、中短篇小说集、文学评论集六部，作品逾七百万字，获省级以上文学奖三十余项，近六十篇作品被收入各种文学年鉴、选本和大中学教材。长篇小说《大猫》获第二届老舍文学奖长篇小说提名奖，散文《感觉汪曾祺》获第二届汪曾祺文学奖金奖，《天赐厚福》获第二届"四小名旦"全国青年文学奖特别奖，《呃，有一个女孩》获第三届全国青年文学奖，《布鞋》获《中国作家》优秀散文奖，短篇小说《飞蝗》获国务院救灾委员会征文一等奖，文学评论《二十世纪中国散文的文化精神》获文艺评论优秀奖。继长篇小说《慢慢呻吟》《玉碎》大获好评后，他的长篇小说"三部曲"压轴之作《玄武》，被赞誉为新世纪乡土文学的"史诗性作品"，在北京市国庆六十周年文艺作品评选中摘取了唯一一个长篇小说一等奖，被评论界誉为是继浩然、刘绍棠、刘恒之后，北京农村题材文学创作的代表性作家。文学创新上，他与彭程、祝勇一起，开创了"新书话"散文体，散文集《以经典的名义》荣获第四届冰心散文奖，散文《山石殇》获第六届老舍散文奖。

以上"溢美"之词，是凸凹从未主动提及的，皆因北大中文系有一位专门研究他文学创作之路的博士生，博士在论文中才把他的奖项归拢成堆儿。我作为凸凹文学作品的编辑之一，当然知道博士的论文里还落了不少奖项，比如这篇《爱在爱中》。这是为庆祝建党九十周年，报社举办的一次征文活动。凸凹的这篇文章写他大山里再普通不过的农民父亲，含辛茹苦把儿子培养成了国家干部，身患癌症后儿子想用公车送他去医院，老父亲愤怒了，说，你敢！住进医院后，对不时有人来病房探望，他对儿子说，你能不能不叫他们来，我只是你一个人的父亲，于旁人无恩。最后一段是这样写的："送他火葬的那天，我没有哭，因为内心盈满。"读完稿子，我已泪流满面。评委会上，九名评委一致把征文头奖的殊荣，投给了凸凹。前不久，我受邀主编"社会主义核心价值观文学读本"丛书中的散文卷，《爱在爱中》当然入选。编委会上，我提出用"爱在爱中"做散文卷的书名，编委们又一致通过。

二十多年的艰辛创作之路，他从青春步入中年。从大山里走出的凸凹，有着山一样的沉稳。他认为，写作活动少功名、功利的成分，多是为了表达内心所思所得，娓娓地道出对身外世界的看法。外界的评价并不重要，快意于文字本身。这一点，他崇尚孙犁、汪曾祺等前辈作家。他说："因了这个原因，我的写作主观色彩很强，不太愿意作纯客观的叙事，也耻于渲染式的抒情，与流行文字远些。所以，写了这么多年，门前依旧冷清。我常劝慰自己，香火繁盛的庙宇，多是小徒在弄机巧；寂寥深山中，才有彻悟人拈花而笑的静虚守护。这种守护，才真正属于精神。甘于寂寞，不做欺世文章、不说欺人之语，是真正的'门徒'应该具有的最起码的品格。"他追求文字的"复合"品质，学识、思想和体验，不露声色、自然而然地融会在一起。他说，只有学识，流于卖弄；只有思想，失于枯槁；只有体验，败于单薄。三者有机地结合在一起，就丰厚了——前人的经验，主观的思辨，生命的阅历——知性、感性和理性均在，这样的境地才是妙的。其实，天地间的大美，就在于此"三性"的融合与消长，使不同的生命个体都能感受到所能感受到的部分。文章若此，适应了自然的律动，生机就盎然了，对人心的作用——换言之，与心灵遭遇的机会就多了。

正是这种意识，这种自觉，这种"心灵遭遇"，凸凹最重要的散文集《故乡永在》终于在2012年修成正果，这是他主观能动地书写"大地道德"的代表作，出版后引起社会上的热烈反响，评论界普遍认为，这部厚重的散文集在乡土散文写作上，立足"大地道德"这一人类主题，努力与世界接轨，并接续鲁迅先生的传统，勠力呈现大地道德的中国经验，把中国的民族风物、民间经验做了淋漓尽致的书写，阐述出宏富深刻的乡村伦理和土地哲学，在纸上"建立了一座乡愁博物馆"，因此使他与苇岸一道，成为中国大地散文写作的代表人物。

"那时的故乡，虽然贫瘠，但遍地是野草、荆棘和山树，侍炊和取暖，内心是从容的，因为老天给预备着无量数的柴薪，无须急……'猫冬'，是山里的说法，意即像猫一样窝在炕上……春种，夏锄，秋收，三季忙得都坐不稳屁股，到了冬季就彻底歇了。因为这符合四时节律、大地道德，就享受得理直气壮。所以猫冬，是一种生命哲学。"——这是开篇《亲情盈满》。

因我过于喜爱这部散文集了，一些篇章过目不忘。比如，《生命同谋》写父亲终于打到狡猾狐狸但又放掉了狐狸，对此，匍匐在土地上时作者不懂，但现在懂了："因为他完全有能力战胜对手，但是在人与狐狸那个不对等的关系中，他尊重了狐狸的求生意志。在放生的同时，父亲也成就了他猎人的尊严。人性之所以伟大，就在于人类能够超越功利与得失，懂得悲悯、敬重与宽容。也就是说，人性温柔。这一点，再狡猾的狐狸也是想不到的，它注定是败了。但是，在尊重父亲的同时，也要给这只向死而生的狐狸送上真诚的敬意，因为它是生命尊严的同谋。"

再看《人行羊迹》。凸凹的祖父是1938年前入党的老党员，为革命做过贡献，属于可享受待遇的老革命。可他却放弃武装部长的公职，回村里当了一个羊倌。理由是，他尽跟羊打交道了，跟羊有说有笑，跟人谈不来。"跟人谈不来"这话是怎样的富有意味？他还说，"你们不要认为放羊就委屈了人，与其说是人放羊，不如说羊放人，是羊让人懂得了许多天地间的道理。"祖父是没读过书的。站在他的灵前，"我想，有知识的，不一定有文化，有文化的，不一定有智慧，有智慧的，不一定有喜乐。祖父的智慧与喜乐，得益于他终生与羊为伴，在大自然里行走。大自然虽然是一部天书，堂奥深广宏富，但它不刁难人，字里行间说的都是深入浅出的道理。只要人用心了，终有所得。如果说祖父像个哲人，那么，他的哲学主题就是四个字：人行羊迹。所以，在动物里，我最敬重的，是羊。"

我读《故乡永在》里的不同篇章，时常生发出阅读美国作家梭罗《瓦尔登湖》曾经的审美愉悦。我认为，《故乡永在》是中国最具有全新品质的大地美文，是作家凸凹攀登上的一座山峰。为我佐证的是一个有趣的现象——散文集出版三年来，其中的六十六篇文章，全部被《新华文摘》《散文选刊》《名作欣赏》《中华活页文选》《读者》和《今文观止》《世界美文观止》《二十世纪中国散文经典》等权威选刊、选本选载；还有多篇被选入了大中学校的语文阅读教材或语文考试试卷。

我忍不住"质问"凸凹："你的故乡，怎么写进我的心里来了？"

下篇　凸凹长义

这些年，作家凸凹的知名度越来越高，且他的创作在海内外具有广泛的影响。他不仅在国内各大报刊上经常发表作品，还在美国的《世界日报》，中国台湾的《联合报》、香港的《大公报》和上海的《新民晚报》、天津的《今晚报》、广州的《羊城晚报》、北京的《中华读书报》《中国艺术报》等开有专栏，作品被翻译成英、法、德、日和罗马尼亚多国文字。几年前，我们一行到山东威海一所中学与师生们见面时，他得到的掌声长而热烈。

然而一回到房山，凸凹便还原回区文联主席，称呼也变回了长义、史长义。好像作家凸凹是一件外套，回家了便自然更衣。无论他的领导还是下属，一口一个长义长义地叫着，那叫亲切，生怕被外人抢了去。细想，能理解。当年柳青写《创业史》、王汶石写《风雪之夜》，甚至赵树理、浩然，他们深入农村、扎根基层，都属"挂职"，比如浩然老师挂职的是河北三河段甲岭镇的镇长。而凸凹不同，他不是挂职，他生于斯长于斯，从当农业技术员开始，到成为一个乡的副乡长，再到区文联主席的官职，他都是实职。就是说，他在笔耕不辍不断奉献出好作品的同时，肩上还担负着实际工作的另一副重担。

放下凸凹，且说长义。

他的故乡在距县城尚有百余公里的大山里——佛子庄乡石板房村，即他书中常提到的"石板宅"。童年、少年与青春岁月，这段时光是每个人的身心成长时期，同时也是情感胚胎渐次催熟的心灵季节。贫穷甚至吃不饱饭的故乡的乳汁奶大了他的文学心灵：大地的道德，故土的哲理。《故乡永在》出版后引起的余波是，很多人向往"石板宅"这样的故乡，想看看他睡过的土炕。去年春天，一位作家朋友在京城办完事，便与凸凹联系欲见一面，电话中凸凹问道："老兄想看什么？"朋友说："你的故乡石板宅。"他多少感到意外，"那里并不好看。"

但他还是抽身陪朋友前往。

那位作家写道，石板宅小村诚如凸凹所言并不好看，二三十户人家像装黏豆包一样挤在稍显开阔的半山坡上，黄土墙、黑石片"瓦"，河卵石垒成的围墙或木夹障的小院。他带领着我们去看简陋的吃水井、因石而成的土地庙，以及他的亲情印记：奶奶的手把磨，叔叔弃搁在窗台的旧胶鞋，二弟家的废弃灶房，而且土墙上还鲜艳着彩绘的喜字。

凸凹的描写是：晚上，母亲问我："你到哪儿睡呢？娘就这一条土炕。"我说："除了娘的土炕，我哪儿都不去。"躺在土炕上，感到这土炕就是久违了的母亲的胸怀。母亲就是在这土炕上生的我，揭开席子，肯定还能闻到老炕土上胎衣的味道。而今，母亲的儿子大了，自己也老了，却依然睡着这条土炕。土炕是故乡永恒的岁月、不变的情结吗？这一夜，母亲睡不着，她的儿子也睡不着。母亲很想对儿子说些什么，儿子也想对母亲说些什么，却都不知道从何说起，只能清晰地听到对方的呼吸。其实，岁月已使母子很隔膜了，却仍爱着，像呼吸，虽然有时感觉不到，却须臾不曾停止。

怎么又是凸凹了？还是回到长义上来吧。

他回忆说，读初中时，要到八里之外的九道河中学就学，每天都要早起晚归，步行十六里山路。那时没有住宿条件，中午要带饭。干粮多为红薯、南瓜、野菜和玉米粥。玉米粥稀可鉴人，只得用塑料网兜儿兜着，小心地在山路上走。午饭后就在大桥底下午睡，下午接着上课。因为如此，对学习和阅读有"仇恨般的感情"，益发刻苦。初中毕业后，以全县第二名的成绩考取了房山重点高中——良乡中学，从此，开始了寄宿生活。

长义对自己考上的大学并不理想从不隐讳，他说，我没上过正经大学，只是考上了一所农业大学的分校，学的是蔬菜专业。这个专业我不喜欢，但为了解决户口问题，还是要上。因为不喜欢，就把主要精力放在看文学的书上，当然一切都是偷偷地进行。但还是被发现了。记得我在课桌下看《红与黑》，被老师发现了，他不仅没收了书，还告到教务处，说我不仅不好好学习，还情调低下。校方让我写检查，我几乎用了一个通宵，写了一篇一万余字的检查，还冠了题目，叫《我的自白：既当农学家，也当文学家》。不过，我比较正式的文学探索确实是在这所农业学

李培禹
散文选

校就读期间开始的。农业蔬菜学让我记住一个理儿：你糊弄庄稼，庄稼就糊弄你。毕业分配时，我没有任何想法，但是我想，我工作的地方一定要有两个条件，一是有书店，二是有邮局，有书店我可以买书，有邮局我可以投稿。幸运地，我被分配到了良乡——房山最大的城镇，书店居然有两家，邮局竟然有四所，喜极而泣。

长义在发奋读书写作的旺季，迎来了他人生第一个挺重的官职——一乡之长。他把这一转折看作是回报乡亲们的机遇，于是务实苦干，争取多方支持，为乡里修通了一条公路，建起了学校的新校舍。担任区文联主席后，他更感到肩膀上压了重担。他有着一腔赤子情怀，一定要让家乡的文化打个"翻身仗"。他创造性地提出，文联工作既要"顶天立地"（精品创作），又要"铺天盖地"（群众文艺）。在这个理念指导下，他走遍各个乡镇，一个一个地组建起乡镇文联，建构区、乡镇、社区三级文联组织立体覆盖的新格局。新华社《每日电讯》在推出的报道中，称此为"文化大潮中的房山现象"。他还连续多年牵头举办房山图书节；发动文艺家走进企业、农村和社区，组织名人名家书法作品进校园、相声小品下基层、村民合唱大联欢，丰富群众文化生活；他助推阎村镇争得北京市首个"书法艺术镇"的名号；连续多年策划指导佛子庄"二月二酬龙节"，把房山民俗文化品牌推向京城乃至全国；他广请专家成功实施了"房山文化学"研究工程，为房山众多镇乡编写了二十多部地域文化丛书，编纂系列专集六部，总字数达两千万字；他拿出大量时间传帮带，鼓励房山的本土作者多出作品，并多方筹措资金，连续出版"燕都文丛"总计三十二部，推出"房山作家群"，集中展示房山文学创作的最新成果，并主持推出皇皇一千万字的《房山文学艺术精品大观》，让房山文艺抢占北京文艺的新高地。2011年，他被市委宣传部、市文联等单位授予北京市德艺双馨中青年文艺工作者称号。

2013年6月，他作为北京市唯一人选被国家人社部、中国文联授予"全国文联系统先进个人"荣誉称号，这是中国文联成立以来第一次覆盖全系统的国家级表彰。

好个长义，好个史主席！

表彰大会一散，我觉得还是叫他凸凹更顺口，也更熟络、亲近。

我写凸凹长义，还有一层深意，那就是他的为人：重情、重义，工作、生活磊落得让人敬重。

前些日朋友约我去周口店，我给他发了短信。凸凹回复："我要去中国文联办事，早定好的。我决定明早6点多就出发去文联，争取9点多往回赶陪您。"我在《北京日报》农村部当记者时，曾多年负责联系房山区，培养过不少给报社写稿的通讯员，凸凹本不在此列，但他一直自谦也是我的学生。近年来他的名气远远超过老师多少倍了，仍老师老师地叫着。我建议他改称兄不行吗？"不行，您是我的恩师！"他还来劲了。

其实，在房山我的学生中还真有几位是我一直惦记的。我去房山时，凸凹都会一一打电话把他们招来一起聚一聚、见见面。其中一位很有才华，已是大企业家，确很忙。他过来晚了，凸凹劈头盖脸一顿批评，弄得那位董事长连连认错儿，我也觉得有点不好意思了。

我想起房山的一位老作家，他加入北京作协比我和凸凹都早，是我们的前辈。晚年退休后坚持写作，却很难发表。我很理解这种郁闷，当看到他写家乡拒马河的一文后，我觉得有基础，就打电话找凸凹商量，让他帮助润色修改，争取见报。不知凸凹是怎么和老作家磨合的，后来寄我的稿子，仍是老作家的口吻，文笔、风格也没有大的改变，但文章却好看了很多，于是顺利发出见报了。后来老作家患病离世后，他的家人告诉我，那张报纸陪父亲度过了最后的时光，他走得很欣慰。

类似的助人、助文，在凸凹是常事。

有人说"文人相轻"，凸凹身上全然没有半点影子，他对前辈、同辈甚至晚辈写作者都充满敬意。他对朋友的真诚相待，鼎力相助却并不期回报，赢得了朋友圈几乎一致的口碑。作家徐迅和他都是处在上升期的散文创作的高手，可谓熠熠生辉两颗星，他俩也都是《北京日报》副刊的骨干作者，作品经常轮流占据着作品版的头条，看似难免有点"较劲儿"。而我知道，他们是相携共进的"铁磁"好友。凸凹在为徐迅新书出版写的序言里充满激情地说："读后，有大震惊！他写作的姿态的确很低，无非是写跟他生活有关的一些凡常物事。但是，平静之下，却涌动着万顷波澜，内敛之间，却摇曳着万道华彩——质直的文字之中，无感慨处却处处是感慨，无意义处却处处呈现出意义，幽微与丰富，一如生活本身。"

生活本身美好而大有意义。眼下，无论是长义凸凹，还是凸凹长义，都处在事业的上升期和文学创作的旺年。按照他所学的农业技术专业的说法，当前正是他的"盛果期"。相信拥有故乡、拥有情怀、拥有朋友的凸凹，一定能够在自己认定的文学大道上阔步向前，义无反顾。

而文学，已经、而且还将进一步使他幸福盈满。

完稿于2016年新年之夜

（原载2016年2月16日《北京日报》）

浩然在三河

2017年2月20日，是著名作家浩然去世九周年的忌日。今年的3月25日，是他诞辰八十五周年的纪念日。我常想，如果浩然老师还在，也不过八十五岁；而他如果还能写作，哪怕仅写一些独有的回忆文字，也一定会很精彩。如果天假以年，他的创作很有可能弥补上以往作品的缺憾。每每想至此，我便黯然神伤。今天，响应怀念浩然微信群里诸多朋友的呼声，我整理出自己曾经写浩然老师的几段文字，扎成一束素花，敬献在三河墓园他和老伴儿杨朴桥安息的"泥土巢"前。

他在念想里永生

时光回到九年前，即2008年的2月20日。

早晨，我刚走进办公室，就收到这样一条短信："我父亲于今晨两点去世，特告。梁红野。"红野的父亲就是著名作家浩然。我知道，春节前医院就报了病危。几天前红野在电话里还曾安慰我说："我们把父亲的衣服都准备好了，他也没什么知觉和痛苦了。"然而，当今天浩然老师真的走了，我相信会有千千万万的人和我一样因他的离去而悲痛。

最后一次去看望他，是在同仁医院的病房里。那次，我大声呼喊着："浩然老师，我来看你了！"却怎么也唤不醒当年那个一把握住我的手，说"你来得正好"的他了……

从1990年我调到日报文艺部后，因为工作关系，记不清去过多少次位于河北三河浩然居住的"泥土巢"了。每次见到他，他都会热情地握住我的手，说："培禹同志，你来得正好。"后来我越来越理解他这句话的含义了——他把我们去采访、看望他，看作是报社对他工作的支持；另一层意思是能给他帮点忙。当时他扎根三河农村，一边创作一边实施他的"文艺绿化工程"，即培养扶植农村文学新人，他哪有时间进城啊。我去一次，就会带回一堆任务，比如他为农民作者写的序文、评论，要我带回编辑部；经他修改后的业余作者的稿子，要我带回分别转交给京郊日报或晚报的同志，他匆忙给这些编辑朋友写着短信……这景象仍历历在目。一次，他的邀请函寄到了，打开一看，是他亲笔书写的："届时请一定前来，我当净阶迎候！"原来，三河县文联成立了！他的心情是多么高兴啊。

就这样，浩然在三河的十几年里，自己的创作断断续续，他却为繁荣社会主义文艺培养出众多的农村作者，付出了满腔的心血。

红野说，父亲走时是安详的，他意识清楚时，儿女、孙辈们都围在他身旁。我说，是啊，他一生写农民，为农民写，那么留恋农村、热爱农民，你看他给儿子起名叫红野、东山，给女儿起名叫春水，孙子、孙女则叫活泉、绿谷，你们都在他身边，他会欣慰、安息。况且，他的骨灰将安葬在他那么挚爱的三河大地，他将在父老乡亲们的念想里永生！

北京日报社要为浩然同志的逝世敬献花圈。撰写挽联时，我想起浩然老师曾为我书写的一幅墨宝，全部用的是他著作的书名：喜鹊登枝杏花雨，金光大道艳阳天。我准备以此为上联也用他的书名写个下联，便打电话给浩然的好友、北京晚报原副总编辑李凤祥和著名书法家李燕刚，我们共同完成了这样一个下联：乐土活泉终圆梦，浩然正气为苍生！

浩然同志千古！

——以上是我2008年2月20日夜匆匆写就的文字。

浩然魂归"泥土巢"

昨天清晨，一场春雨悄然飘落京东大地。纪念著名作家浩然逝世一周年暨浩然夫妇骨灰安葬仪式，在河北省三河市灵泉灵塔公墓举行。浩然因病医治无效于2008年2月20日凌晨2时32分在北京逝世，享年七十六岁。

洵河水涨，草木青青。浩然和夫人杨朴桥的墓地坐落在洵河东岸的冀东平原深处。浩然的塑像前，一泓泉水汩汩流响，倾诉着他对三河大地的眷恋。墓穴右侧是按照浩然在三河居住了十六年的小院原形建造的"泥土巢"；左侧是镌刻在大理石碑上的金色笔迹，那是1987年浩然亲笔书写的："我是农民的子孙，誓做他们的忠诚代言人。"这也可以看作是这位一辈子"写农民、为农民写"的人民作家的墓志铭。

浩然1988年落户三河，在这里他"甘于寂寞，埋头苦写"，完成了继《艳阳天》《金光大道》后新时期最重要的一部长篇小说《苍生》，并把它搬上荧屏，深受农民群众喜爱。十几年来他不改初衷，以三河这块沃土为基地，开展"文艺绿化工程"，为培养扶植农村文学新军倾尽心血，取得了令人瞩目的成果。

昨天，他的儿女红野、蓝天、秋川、春水率孙辈东山、绿谷等早早来到墓园。春水含泪细心擦拭着父母的塑像，轻声说着："爸、妈，你们看有多少领导、朋友、乡亲们都来送你们了，你们放心地安息吧。"

浩然魂归"泥土巢",不仅三河市委、市政府、市文联当作一件大事来办,也牵动着祖国各地他的生前好友、众多得益于他的几代文学作者的心。顺义望泉寺的农民作家王克臣说,我们都是自发赶来送浩然老师的,以后年年都会来,他永远活在我们心里。

中国作协、北京市、河北省有关领导,北京市文联、北京作协、廊坊市的主要领导同志参加了骨灰安放仪式。北京日报、北京晚报、京郊日报向浩然夫妇的墓园敬献了花篮。挽联全部用浩然的书名写成:喜鹊登枝杏花雨,金光大道艳阳天;乐土活泉终圆梦,浩然正气为苍生!

——以上是我2009年4月13日从三河返回北京的途中,在车上赶就的特写。

浩然在三河

浩然是哪里人?

浩然是哪里人?顺义县的乡亲们说,顺义人呗,金鸡河、箭杆河多次出现在他的笔下;长篇小说《艳阳天》就是写焦庄户的,"萧长春"还在嘛!

通县的干部说,浩然是通县人,他是在那里成长起来的,他的许多作品都完稿于通州镇,而且他现在还是玉甫上营村的名誉村长。

蓟县的同志则理直气壮地说,怎么?浩然明明是我们蓟县人嘛!他们翻出浩然在一篇后记中的话:"从巍巍盘山到滔滔蓟运河之间的那块喷香冒油的土地,给我的肉体和灵魂打下了永生不可泯灭的深深烙印。"

......

1988年，一本六百多页厚的长篇小说《苍生》，悄悄摆上了新华书店的书架，随后，广播电台连续广播，十二集电视连续剧投入紧张的拍摄。当一幅展现八十年代农村改革的巨幅画卷，渐渐地展开在人们面前时，敏感的海外报刊最先做出反应，中国香港一家报纸的醒目标题是：《艳阳天》作者沉寂十年又一次崛起。

中国文坛不能不为之震动，首都庆祝建国四十周年文学作品征文头奖的殊荣，授予了《苍生》。

来自农村的同志亲切地呼唤着那个熟悉的名字：哦，浩然！

其实，浩然的档案这样记载着：浩然，本名梁金广。原籍河北省宝坻县单家庄（现属天津市），1932年3月25日出生在开滦赵各庄煤矿矿区。十岁丧父，随寡母迁居蓟县王吉素村舅父家，在那里长大……

基层的干部群众争认浩然为老乡，因为大河上下、长城内外一百多个县都留下了他的足迹；因为他把一颗真诚的心都掏给了养育他的父老乡亲；因为他将一个作家的艺术生命全部融入了中国农村社会主义建设的编年史！

无须争论，浩然是京郊人，是冀东人，是华北人……而此时，他实实在在是个三河人。他是三河县三十三万人民的儿子，他是燕山脚下段甲岭镇的名誉镇长。

4月，洵河水涨，柳絮纷飞。为寻访浩然的踪迹，我来到了三河县，和这位作家一起度过了几天在他看来平平常常，而于我却难以忘怀的日子。

他把"心"带到了三河

前几年，浩然带着女儿住在通县埋头写作《苍生》时，我就萌发了采访他的念头。我向报社一位家也在通县的同事打听浩然家怎么走，这位同事说："嗨，你到了县城街口，找岗楼里的警察一问，谁都能领你到他家，业余作者找他的，多啦！"

这次到三河，倒印证了那位同事的话。"噢，找浩然啊，往前到路口拐弯，再往西就是。"三河人热情地把我引到了浩然的"泥土巢"。

"姑父，来客人啦！"朝屋里喊话的是浩然妻子的一个娘家侄女，她住在这儿帮着照顾久病卧床的姑姑，腾出手来也帮浩然取报纸、拿信件。

正在和几位乡村干部交谈的浩然迎了出来。他，中等身材，岁月的痕迹清晰地刻在了他那仍留着寸头的国字脸上，鬓角两边已分明出现了缕缕银丝，只是那双深邃而有神的眼睛，是一位充满旺盛创作力的作家所特有的。

显然，那几位村干部的话还没说完，一位岁数稍大点的，把浩然拉到一边"咬起耳朵"来，浩然认真地听着。那情景，我下乡采访时常见到。不用说，浩然这个"镇长"，已经进入角色了。

正好，我可以好好打量打量这"泥土巢"。这几间平房，是他担任了县政协名誉主席以后县政府专门为他盖的。东边一间是卧室，和浩然相濡以沫四十多年的妻子患病躺在床上已一年多了；中间比较宽敞的，是浩然的会客室，乡村干部谈工作，业余作者谈稿子，都在这儿；靠西头的一间是专供浩然写作用的，写字台上四面八方的来信分拣成几摞，堆得满满的，铺开的稿纸上，是作家那熟悉的字迹。看来，由于不断有人来打扰，他的写作只能这样断断续续。

浩然服侍老伴儿吃下药后，给我倒了杯茶。

"我这人天生窝囊，最怕说话，但动了感情，往格子纸上一写，还行。"他说的是真的，谈起他如何把家落户在三河县，如何写出《苍生》等等，他讲得平淡无奇，但翻看一下他做的有关日记、笔记，或"写在格子纸上"的文章，却处处是真情实感的流露，篇篇不乏精彩之笔。最能说明这点的例子是，他和农民萧永顺（长篇小说《艳阳天》中萧长春的原型）是风风雨雨几十年的挚友，他多次提到过，并未引起人们的注意。后来，他写了《我和萧永顺》，在《光明日报》发表，人们才真正被那真挚的深情厚谊所打动。这篇纪实散文，毫无争议地被评为《光明日报》庆祝建国四十周年散文征文一等奖。

书，是作家辛勤耕耘的最终产品；书，是作家漫长创作生涯的浓缩。我的目光不由得停留在占满一面墙的四个大书柜上。浩然拉开布帷，打开书柜，拣出几本给我看，有的是世界名著，有的是已绝版的旧书，经他重新修整并包上了新皮儿，扉页上大都有浩然的签名和购书日期。还有一部分是我国和世界上的一些著名作家、专家学者送给浩然的赠书，相当珍贵。

作为一个也写过点东西的业余作者，我最理解，一个作家珍存的，当然首先是他自己写的书。"泥土巢"的书柜里，竟摆着浩然1958年出版的第一本小说集《喜鹊登枝》，摆着他六十年代的成名作《艳阳天》，摆着七十年代的《金光大道》和八十年代的代表作《苍生》，以及日本、法国、美国、朝鲜等翻译出版的他的著作译本。我看到，包括一度给他带来灾难的上下两册《西沙儿女》在内的共五十多本书——浩然的五十多个"孩子"，他都随身带来了。

浩然把自己的"心"带到了三河。

李培禹
散文选

288

最爱"燕潮酩"

隆冬腊月，窗外飘起了雪花。"哧——哧——"浩然卖劲地给自行车打气。病床上的老伴儿问："大年三十，不在家过？"

"我去看看老人们。"

"道儿黑，慢骑。"

远处传来"噼噼啪啪"的鞭炮声，使段甲岭敬老院显得更加冷清。村里的人们正兴高采烈地"守岁"，辛劳了一天的院长，此时也被人拉去喝酒了，十几位孤寡、残疾老人，有的已封了炉子，要躺下睡了。

"浩然来了！"

"镇长来了！"

老人们又捅开已封好的炉火，在这辞旧岁之夜，他们盼有个人来啊。

浩然把带来的麦乳精、罐头、糕点一一分送到老人床前。他隔段时间就来一趟，老人们也不把他当外人。几位好喝口酒的老伙计拿出酒盅，浩然说："想着哩。"随手拿出一瓶三河县酒厂生产的"燕潮酩"。老人们笑了，"镇长也能跟我们块堆儿喝酒？"浩然听到"镇长"的称呼，听到这话，一股热血直撞心头……

到三河落户后，他走遍了全镇二十二个村子。有欣喜，有兴奋，也有忧虑。改革大潮，难免混杂进泥沙。最让他不安的是，我们的一些干部忘了最底层的人民群众。在半封闭的农村生产向商品经济转变的进程中，有的干部"总经理"的名片一揣上，就忘了他同时还是一个共产党的支部书记。他想，此时此刻，如果那些终日奔忙的村干部也能来这里一趟，该多好啊。思绪又乱了，他想起柳青《创业史》中的梁生宝，想起王汶石的《风雪之夜》，想起自己笔下的萧长春，想起豫东平原那个令人怀念的县委书记焦裕禄……

"喝！""干！"浩然端起酒盅，一饮而尽。老人们开怀大笑，浩然也开怀大笑。夜色浓了，马年就要来临，沟河两岸沃野平原那甘之如饴的气息，伴着酒香扑鼻而来，使人微醉，平时很少写诗的浩然竟脱口而出——

尝遍天下酒，
最爱燕潮酩。

今夕伴君醉，

酒美情更浓。

今天，浩然的赞酒诗已在三河县普遍流传开来，三河县酒厂的干部职工不负著名作家的厚望，"燕潮酩"白酒的质量不断提高，销量成倍增长，已成为冀东乃至整个河北省的名酒。电视连续剧《苍生》中，凡是有酒，必是"燕潮酩"。

长篇小说《苍生》中有这样一个情节：田家的大儿子田留根终于要娶媳妇了，结婚酒宴请不请党支部书记邱志国？田大妈说："不沾他。我办喜事儿与他当支书的无关！"二儿子保根故意问："呃，怎么改了组织路线？您过去不是总板脖子、够脸、踮着脚后跟巴结他吗？""我那会儿是拥护共产党、靠近共产党。他早不是先前那个邱志国啦！""他现在照样还坐在支书的那个位子上呀！""坐在共产党支书的位子上，他干的不是共产党支书的事儿。他跟旧社会的地主老财、保甲长没两样儿。"……

浩然落笔写这段时，心情极为复杂，两行热泪忍不住滚落下来。女儿春水在旁着急地问："爸，怎么啦？你怎么啦？"

今天，浩然真切地对我说："一个作家，一部作品，能量是有限的，但我要用自己的全部心血，净化一块土地，绿化一块土地。"

到三河后，他配合段甲岭镇党委办起了农村基层干部培训班。他亲自出面，请来了北京市优秀党员、劳动模范、通县玉甫上营村的党支部书记陈宏志；请来了改革中不迷途，带领群众共同致富的房山区琉璃河乡兴河造纸厂厂长唐金远……为了寻找身边的"亮点"，浩然把已构思好并动笔写了六章的长篇小说《活泉》的稿子重新锁进抽屉，迈脚走到改革中去。他终于找到了八百户大队党支部书记高惠。这位老党员虽也经受过各种风雨的冲击，也曾困惑过，但最终坚持带领农民走社会主义共同富裕的改革之路。浩然满腔热情地又当起记者来，他写了一万余字的报告文学《迷离中的闪光》，在《河北日报》发表后引起很大反响。这是他到三河后为三河县写的第一篇文章。

浩然在三河，三河县的知名度陡然提高；浩然在段甲岭，段甲岭镇的人们也觉得脸上光彩。

然而有一位"企业家"却总也沾不上这位著名作家的边儿。他钱有了，车有了，产业有了，领导"看着顺眼"也有了，只缺个好名声往外扬扬。一天，这位"总经理"用汽车拉着厚礼找到浩然的"泥土巢"。茅台、五粮液应有尽有。可惜，他不知道浩然最爱"燕潮酩"。这位"企业家"终于得到了一封浩然的亲笔信。这信当是十分珍贵的：

XX同志：

看在乡亲的面上，你的礼物我收下了，你的心思我明白了，你的目的也同时达到了。所以，请以后不要在我身上再费心，你认为有必要的时候，可以到我家或镇政府坐坐、聊聊，但像今天这种举动不能再重复。

只要你奉公守法，不坑国家，不害乡亲，我们仍然能够像以往那样：你挣你的钱，我写我的书，互不相犯。

请放心，我一介文人书生，即便对你的为人品行有什么意见，又能奈何？

我明日抽空把你的礼物如数送给段甲岭镇敬老院。那里居住着的孤寡老人们，虽然不是英雄模范，也不是曾经显赫一时的有地位的大人物，但他们一生都默默地劳动，苦熬岁月，把青春和智慧都掏给了段甲岭这块土地，曾经用汗水种植了难以计数的五谷，养育了并不是他们骨肉的段甲岭的后代，创造了今天，支援了国家的社会主义建设。因此，我想我这么做，你不会有说的。

在同一座山前、同一块土地上活过来的我们的乡亲们中的那些穷者、老者、弱者，才是我们有钱或有力的人最应该惦记、同情、关心和伸出温暖的援助之手的。你以为我这看法有道理吗？

匆匆

祝好！

浩然

二月十二日

"唯有门前镜湖水，春风不改旧时波。"保持一块净土，扩大一块净土，浩然说：还是那句话，共产党员应该是一粒种子。

"七九河开，八九雁来"，当春雨又一次叩醒冀东平原的时候，农村社会主义教育运动已在三河县深入开展起来。这天清晨，浩然把病情稍好的老伴儿扶到自行车后座上，妻子问："干啥去？"浩然兴冲冲地答道："出河工去！"

啊，多少年没听到这话了，妻子理解他：泃河东水西调工程今天正式开工，他是高兴啊！

"姑父，来客人啦"

"姑父，来客人啦！"内侄女又在招呼来人。我住在浩然这儿，每天至少要听到五六回这个声音。有时晚上九十点钟了，也会忽然响起一声："姑父，来客人啦！"

这天清晨，蓟县、平谷的业余作者来了。此时，只有我知道，他们的浩然老师刚刚为妻子梳洗过，然后做了煎鸡蛋、煮牛奶，看着妻子吃下。书桌上，他给延庆县业余作者孟广臣的信才刚写到一半。那是几天前在一次领导召集的座谈会上，浩然替这位长期在农村坚持业余创作的农民作者呼吁，引起了领导同志的关注，有关问题有可能得到解决。浩然从北京回来连夜就给孟广臣写信，信刚开了头，被老伴儿的病缠住，又搁下了。

多少年来，浩然已养成一个习惯，他无论外出开会，还是到哪儿深入生活，除了洗漱用具外，身边总要带上一堆全国各地业余作者寄给他的稿子，途中乘车、午间小休、晚上临睡前那点工夫都要挑选出几篇来看。女儿春水最了解父亲，帮他打点行装时，总要把一摞信稿放进他的旅行包。

一个叫陈绍谦的年轻业余作者，患先天性心脏病，失去了生活的勇气。他写信给浩然，诉说了心中的苦闷和绝望。信几经辗转，到了浩然手里。第二天，当这位农村青年崇拜已久的著名作家出现在自己面前时，他激动得半天说不出一句话来。浩然抹着额头的汗水，微笑着告诉他："我一溜儿小跑，找到你家来了。"

以后，陈绍谦按照浩然老师的话去做，一边读文学书籍，一边读社会生活这本大书，不断地练笔，终于写出了充满生活气息的小说《灾后》。浩然读到这篇稿子，立即推荐给北京的一家刊物。稿子被退回来了，浩然又挂号寄给上海的一家文艺期刊，又被客气地退回了。第三次又寄出去，两个多月不见回音，稿子也找不回来了。浩然写信给小陈，热情肯定了这篇习作写得好，要他把原稿再寄来。浩然把《灾后》的原稿拿给女儿春水看，"写得怎么样？喜欢吗？"春水正在大学中文系进修，她读后由衷地说："嗯，不错，喜欢。"浩然一笑说："那劳驾了，你给抄写一份吧。"春水对爸爸的话从没说过不字，她认真抄写了这篇小说。浩然留下原稿，将抄写的稿子第四次寄给了辽宁的《庄稼人》杂志。陈绍谦的处女作就这样终于发表了。如今，这个青年已经成为农村业余作者中的佼佼者，他的中篇小说《腊梅》在《北京日报》郊区版连载后引起反响，并在当年评选中荣获了一等奖。

像陈绍谦这样，许多农村业余作者都直接得到过浩然的指导和帮助。北大荒的默然、海南岛的杨屏、吉林三岔河小镇的中学生、绿色军营里刚入伍的战士……那天，我偶尔翻出一封天津蓟县的来信，这位叫张树山的业余作者写道："最敬爱的浩然老师，我不知该怎样表达我的感激之情。那篇稿子我早已不抱希望，早忘了，没想到您却一直惦记着它，当我吃惊地看到它已经您的修改、推荐发表出来后，我要告诉您，这是我一生中最幸福、最愉快的事情……"

我跟春水谈起这些事时，春水说："爸也给人抄过稿子，我看他大段大段为业余作者誊稿儿时，心疼，就帮他抄呗。我写了一篇儿童故事，他说过不错，可一年多了他也不理茬儿。那天我悄悄翻了翻他专门存别人稿子的小柜，我那篇还排在好几篇来稿后边呢，他忘了。"

浩然来到三河，原打算"深入生活、埋头苦写"，尽量避开干扰，准备完成他的第二部自传体长篇小说《活泉》。可作为一个三河人，一个三河县的基层干部，三河的各项事业都引起他的关注，尤其是三河县群众文化工作比较薄弱，业余创作队伍还远远没有建立起来的现状，更不能不牵动着他的心。

为了发现、培养三河县的业余作者，他到处奔走，并和县文化馆的同志积极筹办《燕潮文学》小报，他在创刊号上满腔热情地呼唤："我们三河县没有成长起一个知名作家，甚至没有出版过一本有影响的文学作品。并非每个县份都得出作家、产作品，而是有山、有水、有平原，又具有悠久、丰富、光荣历史的三河田野，需要作家们用笔来描述，来记载，来传播。三十三万三河县人民大众，迫切需要自己的歌手，需要自己的代言人。"

他办讲座，亲自授课，修改大量业余作者水平参差不齐的稿件，从中发现可培养、扶植的苗子。一个叫刘玉林的青年作者脱颖而出，一篇又一篇散文、报告文学发表出来了，浩然自然对他投以更多的关注，等待时机成熟，浩然鼓励他结集出书，并带病为他写了几千字的序文。浩然欣喜异常地欢呼道："刘玉林很可能是三河县文学新军的一只头雁，随后将会有长长的雁阵排开！"

当三河县在浩然倡议下筹备成立文联时，有关部门酝酿请浩然担任名誉主席。浩然提出把"名誉"两字去掉，他要当一个实实在在的县文联主席。他的宏愿是，以三河县为基地，以《苍生文学》为龙头，带动起河北香河、大厂，天津宝坻、蓟县和北京郊区的顺义、平谷、通县、密云等，在不久的将来，看到社会主义农村文学事业的振兴和繁荣。

"姑父，来客人啦！"

我看看表，晚上9点半已过了，我劝他让来人把稿子留下算了，今天太累了。浩然说："马伸桥的，骑车跑了几十里，得见。"

深夜，我和浩然一起送客人出门。一位业余作者忽然拉住我的手，问："为什么像浩然老师这样的作家，现在这么少呢？"

我和浩然都一时语塞。

"浩然老师，不能让您再跑了"

著名评剧演员赵丽蓉找到三河来了，她言真意切地对浩然说："浩然哪，我演了四十多年的戏，从没犯过瘾。看了你写的《苍生》，一下子把我的瘾勾起来了。我一定要演你笔下的田大妈。我为咱们河北老乡、为广大观众塑造成这个形象，就彻底退出舞台，回家抱孙子去，死也闭眼了。浩然哪，你一定要把《苍生》搬到电视上去！"

一席话，点燃了浩然心中的火焰。是啊，《苍生》只印了一万零八百册，能有多少农民看到？如果把它拍成电视连续剧，农民不是坐在炕头上就能看到了吗？赵丽蓉的热情感染了他，他紧紧地握住了自己的老乡、这位著名老演员的手。

此时，先后有四五家电视台找上门来，洽谈拍摄《苍生》的事。浩然毫不犹豫地把《苍生》的拍摄权交给了家乡的摄制机构——河北省电影电视剧制作中心。他还怀着满腔热望，为省影视中心请来北京的导演林汝为。

1989年3月，四五十人的摄制组进驻段甲岭，其中有人们喜爱的著名演员赵丽蓉、梁音和一批青年演员。原本就淳朴、好客的三河人民，更加上一层对浩然的敬重和对电视台为农民拍戏的感激，动员了全部力量诚心实意地要接待好摄制组，力所能及地提供了一切方便。

说起作家"触电"，浩然已不陌生，他的《艳阳天》《金光大道》《山水情》都曾被拍摄成故事影片在全国上映。然而这次不同了，他感到许多地方跟以前不一样了。一些人为的问题，常使他累得疲惫不堪。不能不让人遗憾的是，作为这部电视剧的文学顾问，他出于对原著和农民观众负责而提出的一些关键意见，没有被听取；而其他一些琐事，却不时要他去"顾问"。例如，摄像机架好了，而几位配角演员突然不来了，怎么办？找浩然。浩然马上放下手里的笔立即出动去做工作，协调各方面关系。

谁知，偏偏时乖命蹇。拍摄过程中，一个青年人心脏病突发猝死，难免引起一场风波。不几天，一个电工又出了严重的工伤事故，卧床起不来了。浩然急出了一头汗，想了想，他把自家的一个亲戚接来专门照顾那个受伤的电工。

最让人头疼的事终于摊在浩然面前：原来预算的每集三十万元经费远远不够，电视剧拍不下去了。这是一个没有意料到的困难，这个简单的问题却决定着电视剧的生死存亡，而时间紧迫，秋季就要过去了。

真急人呐！浩然知道三河县的财力，他们已尽了最大的努力。一急，他的高血压病又犯了，头晕目眩，前些年落下的颈椎骨质增生也来凑热闹。他真想静静地躺上几天，让疲惫的身子缓一缓，可他忘不了《苍生》开拍的消息登报后，那一封又一封农村干部和群众的来信，他们盼着早一天看到《苍生》，看到他们自己的电视剧……

浩然要通了北京一位老朋友、某局副局长的电话，这是他第一次开口跟人家要钱。他支支吾吾把意思说了，那位副局长倒安慰起他来："老梁，你别为难，又不是往你自己兜儿里装。你等我消息吧。"

消息来了，一家大企业愿意资助《苍生》剧组，条件是：要求他去一下，几位领导都是他的读者，人家想见见作家浩然。

病中的浩然连声说："我一定去，一定去。"

然而第一次浩然失约了，老伴儿病重他离不开。第二次约在一天下午4点。

这天，他下午1点多就到了北京站。本来就对城里不怎么熟悉的浩然，一下子想不起怎么走啦。他只好坐车先到月坛儿子家，叫儿子蓝天用自行车带着他继续找。阴差阳错，当他好不容易找到那位副局长的楼门口时，只见门上留了张纸条儿，是写给司机的：时间已过，不能再等了，我先去一下，如你等到浩然，要负责把他送回三河去。

浩然看看手表，5点钟都过了，他更急了："不能就这么回三河。"他想啊想，忽然记起那个单位的地址在西直门附近，好像有一个"柳"字，于是他一边走一边打听"柳"什么的。长话简说，下面似乎是一篇传奇小说，他竟找到了那家单位。当他犹犹豫豫地推开人家单位餐厅的大门时，正等着他的人们都惊讶地站起来——满头淌着汗的浩然，那个多次被载入《世界名人录》的著名作家，来啦！

回三河县后，他又接着去了廊坊、赵县、石家庄等地，都得到了全力支持。一家企业的总经理是读着浩然的书长大的，望着浩然那掩饰不住的倦容，他再也忍不住了，说："浩然老师，不能让您再跑了，中国只有一个浩然啊！"

浩然和这些热心的同志告别时，心里总有一种负债感，他重复地说着:"等《苍生》拍完,我再来这里,办培训班、讲课、看稿子,都行啊!""我等《苍生》拍完,我再来这里……"

《苍生》历经艰难,终于被搬上荧屏。当亿万观众一集一集地欣赏这部电视连续剧时,有谁会想到,在这部电视剧拍摄期间,一向以多产作家著称的浩然,竟有两年多的时间没有能够写完一篇作品。

冰心说:浩然树小根深,风摇不动

这几天倒春寒,气温骤然间下降。不知是我传上了浩然,还是浩然传上了我,我俩都感冒了。我拿出随身带的"感冒通",有药同吃。我们一人披了一条毯子,觉得暖和多了。

浩然真诚地说:"我是个说过错话,办过错事,也写过错文章的人。但我始终没有毁灭,没有沉沦,因为人民托住了我,保护了我。迷惑的时候,他们提醒我;困难的时候,乡亲们理解我。由于我曾是全国'八个样板戏一个作家'的那'一个作家',粉碎'四人帮'后,尽管我由衷地拥护党的十一届三中全会的路线,发自内心地欢呼文艺春天的来临,但有些同志仍把怨气和对'文革'的仇恨发泄在我身上,当时我感到万念俱灰,我浩然对党、对人民还有用吗?就在这个时候,顺义县的一位房东大嫂托人送来一篮子鸡蛋,并捎话给我:'千万不要想不开,现今我的孩子大了,日子宽绰了,城里住得憋闷,就回家来,我们养得起你,养着你一本一本地写书。'还有我的好友萧永顺……那时,我暗暗跟自己说,'写农民,为农民写',我要把这担子挑到走不动、爬不动,再也拿不起笔的时候为止。忘了农民,就意味着忘了本,就表示伤了根,就会导致艺术生命的衰亡。我不该这样做,不敢这样做,不能这样做……"

浩然动情了。

他说，我们去看看老人吧。于是我跟着他朝段甲岭敬老院走去。他带去了平生第一次得到的重奖——长篇小说《苍生》的全部奖金一千五百元，他要用这笔钱为孤寡老人、残疾人每人做一身新衣裳，包括外套、背心、裤衩儿和鞋、袜。他嘱咐敬老院的院长，不要买现成的，要请裁缝专门来一个一个地量尺寸，要让老人们舒心。为了给老人们增添些欢乐，他还给每位购买了一台半导体收音机，让老人们听听戏曲和故事。

太阳升起来了，浩然和老人们说着、笑着。我忽然想起这样一段往事：当年，由于国家政治风云的动荡，浩然曾一度跌入谷底，1978年五届人大开幕式上，他被取消了人民代表资格。真正了解浩然人品的同志都为他揪着一颗心。这时，文学界老前辈、著名作家冰心，意味深长地说了这样一句话，以告慰众多关心着浩然命运的同志和朋友："浩然树小根深，风摇不动。"

是的，他的根已深深地扎在了人民之中。

他是人民的儿子。

——此文采访于1990年4月下旬，完稿于1990年五一假期，首发在6月2日的《北京日报》上。新华社予以转发，中央人民广播电台《午间半小时》节目连续播出，中央电视台据此拍摄了"东方之子"浩然专辑。

（原载2017年3月2日《中国艺术报》）

在那遥远的地方

蓦然回首，王洛宾先生离开我们整整二十个年头了。

1995年夏天，八十二岁的"西部歌王"王洛宾在首都北京度过了他艺术生涯六十周年的喜庆日子。在那段日子里，这位充满传奇色彩的老艺术家走进京城的小胡同，找寻他童年的梦，并与神交久矣的著名老诗人臧克家惺惺相见……

今天，作为二十年前的亲历者，更作为洛宾老人信任的一个晚辈朋友，我忽然意识到，那段日子是这位生于北京、长于北京，被誉为"全世界华人的伟大歌者"的老艺术家，阔别京城半个世纪后重回故里，在北京度过的最后时光啊！

于是，为了纪念这位不同寻常的人民音乐家，也为了海内外无数喜爱他歌曲的朋友们，我谨以自己笨拙的笔，完成这篇早该写出的文章，了却一桩心愿，告慰洛宾老人。

第一次也是最后一次登上首都舞台，倾倒全场观众

那是1995年初，一个大雪纷飞的日子，我到新疆采访，顺便拜访了仰慕已久的王洛宾先生。我的朋友、新疆著名作家李桦

是洛宾老人的挚友。也许是好友引见的缘故，那天，洛宾老人十分高兴，拉上我们到一家正宗新疆风味的餐厅吃饭。饭后我们一起回到他的寓所，老人带我看他创作的房间，还有台湾作家三毛住过的卧室。谈着谈着，老先生竟把埋藏在他心中许多年的一件大事托付给了我：他希望在北京度过他艺术生涯六十周年的喜庆日子，他希望在首都的舞台上和热爱他的歌的朋友们见见面。

我是带着一位具有传奇色彩、历经坎坷、已经八十二岁高龄的老艺术家的重托，带着沉沉的压力回到北京的。

一位拥有那么多优秀作品的音乐家，何以把"登上首都舞台"看得如此重呢？原来，由于王洛宾青年时代即投身大西北，钟情西部民歌到了痴迷的状态，一生搜集、整理、翻译、编配、创作了近千首西部民歌。许多歌曲人们传唱了半个世纪后才知道，这些优美动听的旋律后面，站着一位"传歌者"（王洛宾语）。由于当时的种种原因，洛宾老人沉陷于一场无端的"版权纠纷"之中，甚至有人把"抄袭""剽窃"的污水也往他身上泼。然而老人始终采取了沉默的态度，他不止一次地说过："版权不是争来的，人民喜欢我的歌，这就够了。"

喜欢他的歌的人实在是太多了。时任北京建工集团党委宣传部副部长的苟永利就是其一，他是第一个支持并始终参与了音乐会筹办全过程的"铁杆"朋友。许多著名艺术家、中青年演员都十分感佩洛宾老人的艺术人生，积极参与策划、排练。记得我和我的好友、军旅作家褚银，晚上来到著名钢琴家鲍蕙荞的家，她正忙得不可开交，但仍热情地接待了我们。鲍老师十分诚恳地说：老艺术家一辈子都献给我们的民族音乐了，太不容易了。我熟悉、喜爱他的歌，我愿意给他伴奏，你们放心吧。几天后，创作一贯严谨的鲍蕙荞老师就完成了钢琴伴奏谱，并邀请王洛宾到她的钢琴城来合伴奏。那天，两位优秀音乐家的手紧紧相握，排练过程十分愉快。有意思的是，在《赶巴扎》中扮演"孙女"的北京歌舞团的青年演员颜丙燕，灵气十足，唱跳俱佳，得到两位大师的称赞。王洛宾说，这小姑娘是和我合作过的"孙女"中最好、最可爱的一个。鲍蕙荞则派人买来冷饮让"孙女"吃，颜丙燕一手举着冰棍儿，一手做动作，把大家都逗笑了。

1995年6月30日，北京展览馆剧场前的广场上，升起了彩色氢气球牵引的巨幅标语，"祝贺王洛宾艺术生涯六十周年"的红色大字格外引人注目。19时15分，随着"半个月亮爬上来"那人们熟悉的旋律，文艺晚会拉开了帷幕。文化部老干部合唱团、解放军军乐团、北京歌舞团、北京舞蹈学院以及杨洪基、蒋大为、韩芝萍、鲍蕙荞、李雪健、范圣琦、杭天琪等著名歌唱家、艺术家的精彩表演，使整场晚会高潮迭起。尤其是八十二岁的洛宾老人亲自登台，演唱了歌词长达五段的原汁原味的《在银色的月光下》和在伊犁刚刚创作的《蓝马车》两首歌，受到热烈欢迎。再次登场，他带着"孙女"载歌载舞，那迷人的艺术风采，更是倾倒了全场观众……

那晚演出结束后，大家都不愿意离去。众演员一呼百应，几乎一个不落地参加了庆祝晚宴。大家纷纷举杯，祝贺王洛宾艺术生涯六十周年，祝愿老人健康长寿。李雪健说：我带头唱一个吧，然后每个桌出一个代表。于是，掌声四起。他刚唱完，蒋大为便接过话筒，依次，韩芝萍、杨洪基来了个二重唱。主持人阚丽君在晚会上一直是说，这会儿她也兴致勃勃地上来了，说，我是学声乐的，也会唱……

我看到八十二岁的"西部歌王"王洛宾眼睛有些湿润，银灰色的胡子微微翘动，老人完全沉浸在幸福之中了……

不久，北京电视台在黄金时间播出《在那遥远的地方》文艺晚会录像。

7月底，我接到洛宾老先生自乌鲁木齐寄来的邮政快件——

培禹好友：

　　北京音乐会很成功，再次向你感谢。厦门之行，收获也不小，最大的满足，是广大观众们都很喜欢我，一个观众在我为他签名之后，郑重地说："王先生，我今天理解三毛为什么喜欢你。"这说明这位观众是很喜欢我的，这句话同时也是对我艺术的评价。

　　在厦门为臧克家先生的诗谱了一曲，有机会费神转给他老，并带问好……

　　前天凌晨才飞返乌鲁木齐，手忙脚乱，下次再谈。

　　祝福！

洛宾
七月二十八日

　　信不长，只有一页稿纸，却有一半文字谈到了"观众"。其实，我上面的文字，已替王先生做了注解。我曾就"版权之争"的困扰这个问题问他："为什么不运用法律的手段来保护自己？"老人淡然一笑，给我讲起这样一件事：在纽约联合国总部举办的王洛宾作品音乐会上，他被鲜花和掌声包围着。突然，一位抱着孩子的女士跑到台上来，孩子吻了他之后，这位女士也亲吻了他，在他的脸上留下唇印。老先生风趣地摸了摸腮边，仿佛那唇印犹在，然后朗声说道："这，就是我的版权！"

　　在老艺术家看来，"观众很喜欢"，就是对他艺术的最高评价。

王洛宾与臧克家：两位世纪老人的会面

　　洛宾老给我的信中，谈到为著名老诗人臧克家的诗谱曲的事，这也是值得记下来的一段佳话。

　　王洛宾1912年12月28日出生在老北京的一条小胡同里，从三十年代他离开北京师范大学音乐系，投身西北战地服务团起，再回到北京，已经是半个世纪过去了。然而，难以割舍的老北京情怀，却时时萦绕着他。

音乐会后的一天，我们伴着他在一条条小胡同里信步走着，从朝阳门外一直走到朝阳门里的南小街。走着走着，我忽然发现，我们竟来到了赵堂子胡同，著名老诗人臧克家的院落前。这散步的"意外"，像是老天冥冥之中的安排，促成了两位世纪老人的会面。

我知道，年已九十一岁高龄的臧老，近年身体一直不太好，极少会客，我很久不忍上门打扰了。可这天，我还是按响了那扇朱红色大门上的电铃。来开门的是臧老的夫人郑曼，她热情地把我让进院里。我犹豫了一下，说："今天，我陪王洛宾逛逛北京的胡同，路过这儿，想见见臧老，不知……"

"王洛宾？西部歌王？王先生在哪儿？快请进。"郑曼热情地搀扶着洛宾老人，一边带我们走进客厅，一边说："昨晚电视新闻里播了，我们都看到了，老先生从艺六十年，很不容易。怎么能不见呢？"

我们在宽敞明亮的客厅落座后，郑曼去臧老的书房兼卧室通报，这时，臧老的女儿苏伊一家三口，过来向王先生问好，苏伊可爱的小女儿文雯连声叫："西部歌王爷爷好！"苏伊说："我们全家都喜欢您的歌，今天能见到您，真没想到，真高兴。"

一会儿，臧老从书房走出来，向王洛宾伸出了双手，王洛宾迎上前去，两位饱经沧桑的老人，两位二十世纪杰出的诗人与歌者的双手，紧紧地握在了一起。

王洛宾说："我在北师大读大学时，就读您的诗，《老马》《春鸟》等名篇现在还能背得出来。"臧克家说："当年我在大西南。你在大西北，战地服务团吧？五十多年了……你的那么多民歌，是歌，也是诗。"

郑曼为我们沏上浓浓的香茶，然后嘱咐老伴儿："你心脏不好，不要太激动啊。"臧老挥挥手，说："不要紧，我们慢慢聊。"他关切地问起王洛宾的身体怎么样，王洛宾说："3月份刚做了胆切除手术，现在不错，昨天还在舞台上表演，一连唱了三首歌。"

我向臧老介绍了文艺晚会的盛况，并说："北京电视台录了像，很快会播出。"臧老很感兴趣地说："到时我要看看。"

在一旁的臧老的小孙女，这时拉着"西部歌王爷爷"的手说："爷爷表演一个节目吧！行吗？"苏伊马上把她拉过来，说："别缠着爷爷，听话。"王洛宾老人却笑了，他风趣地说："请客人表演，你得先表演，怎么样？"不想，小姑娘一点也不发怵，说："好吧。"她眨了眨眼睛，问妈妈："唱哪个歌？"苏伊说："就唱你平时爱唱的王爷爷的歌吧。""好吧。"于是，小姑娘带有表演动作地唱起来——

> 掀起你的盖头来，
> 让我看看你的眉，
> 你的眉毛细又长啊，
> 好像那树梢的弯月亮。
> ……

童声童趣，给两位老人带来很大的快乐，大家鼓起掌来。臧克家说："你的歌有翅膀，很多人都会唱。"

王洛宾拿出一本中国文联出版公司出版的《纯情的梦——王洛宾自选作品集》，翻开扉页，在上面写了"臧克家艺兄指正 洛宾 1995年7月1日"，然后送给老诗人。臧老让夫人取来新近再版的《臧克家诗选》，也在扉页上写下"洛宾艺兄存正 克家 1995年7月1日"，回赠给老音乐家。

王洛宾翻开厚厚的诗集，对臧老说："小朋友刚才唱完了，该我了。我即兴为您的一首诗谱曲，然后唱给您听听，看您满意吗？"臧老和大家都拍起手来。

王洛宾选的是一首臧克家写于1956年的题为《送宝》的短诗。他略作构思，便放开喉咙——

大海天天送宝，

沙滩上踏满了脚印，

手里玩弄着贝壳，

脸上带着笑容，

在这里不分大人孩子，

个个都是大自然的儿童。

歌声婉转抒情，十分动听，臧老听罢高兴地站起来，连声称赞，并意味深长地说："好听的歌子在生活中，你的旋律是从那儿来的。"

王洛宾郑重地对老诗人说："我要再为您的诗谱写一首曲子，会更好的。"臧老说："谢谢你了。"

时间过得很快，眼看一个小时快过去了。我和王先生只好向老诗人告辞。臧老拉着我们的手，说："今天很难得，来，我们多照几张相吧。"他还把一直在旁边为我们拍照的摄影记者王瑶叫到身边，让女儿苏伊为我们又照了一张合影。

离开时，臧老执意要送一送。于是，两位耄耋老人相互搀扶着，慢慢地穿过弥漫着丁香花香气的庭院，来到大门口。洛宾老人再次与他景仰的老诗人紧紧握手。臧老则一直目送着"西部歌王"远去……

此后，在繁忙的演出和出访中，王洛宾没有食言，他在给我的信中，附有一页歌谱，是他为他的"艺兄"臧克家的名篇《反抗的手》创作的——

> 上帝给了享受的人一张口
>
> 给了奴才一个软的膝头
>
> 给了拿破仑一柄剑
>
> 也给了奴隶们一双反抗的手

曲子用了 d 调，4/4 拍，旋律高亢而有力度。这，也许是这位著名作曲家最后的创作了。

王洛宾去世的噩耗通过电波传进北京协和医院的病房，九十一岁高龄的臧老在病床上对女儿说："要尽我的意思……"女儿以他的名义，代他向"王洛宾艺兄"敬献了花圈。

魂归天山，曲留民间，京城留下他眷恋的足迹

王洛宾历尽人间苦难，在中国民族音乐尤其是民歌领域辛勤耕耘六十余载，硕果累累，无愧于民间民众授予他的"西部歌王"的称号。他在生命的最后一年，以八十二岁的高龄，奇迹般地创造了西部民歌和他艺术生涯的最后辉煌——不仅可容纳两千七百个座位的北展剧场一票难求，音乐会的录像在北京电视台播出后，观众反响热烈，电视台安排重播竟达五次之多。令人欣慰的是，在这位老艺术家生命的弥留之际，1996 年 1 月 29 日，中国音乐著作权协会急件致函王洛宾，明确："关于民歌的著作权问题，我会认为，谁改编、整理的，版权就应归谁。"2 月 7 日，解放军总政治部文化部发出慰问电，高度评价王洛宾（新疆军区正师级离休干部）为弘扬民族文化做出的巨大贡献，并希望他早日康复。

然而，老人对这一切已淡然处之，他心中依然看重的唯有观

众。他对我说过：一个音乐家，他的歌没有人唱了他就死了；我希望我的歌，五百年后还有人在唱。

我庆幸有缘与洛宾老一起度过了他在北京的最后一段时光，许多难忘的情景至今历历在目：1995年6月16日下午，我和中国少数民族文化基金会的负责同志，还有苟永利等朋友到首都机场接机，一位女士献上了一大束鲜花，给老人带来欢乐。我告诉他安排他住在磁器口宾馆，他连声说："好，那儿有豆汁喝。"宾馆的刘总十分崇敬洛宾老，每天派人打来热乎乎的豆汁儿、焦圈儿放到老人的餐桌上。一次，我陪他逛燕莎商城，老人在当时算很时尚的大商厦里看得有滋有味。恰巧，我们遇上了也来购物的陈宝国、赵奎娥夫妇。宝国一下瞪大了眼睛，说："我们太喜欢您的歌了。您的音乐会我可以去主持啊。"赵奎娥说："见到您真高兴，我们一起照张相吧。"这一拍照，围过来不少人，人们不认识王洛宾，却都认出了陈宝国。宝国一再嘱咐我："别忘了把照片给我啊。"

欢乐的时光总是过得太快，终于我们设宴为洛宾老饯行。那夜，大家都喝多了。不揣冒昧的我，竟提出请洛宾老为我刚刚发表的一首诗谱曲。老人微笑着，说："好，你把它写下来吧。"我快速地把那首题为《那支歌不再有旋律》的诗写在纸上。洛宾老默吟了一会儿，说："这是写给心上的姑娘的啊。"他站起身，轻声唱了起来。在座的音乐学院女博士李玫，熟练地记下了曲谱。洛宾老稍作订正后，送给我作纪念。若干年后，《音乐周报》总编辑白宙伟，还把这首歌发表在他们报纸的"创作版"上了。

第二天，我和朋友们送洛宾老去首都机场，他要赶赴厦门去参加一个庆典活动。在机场，不少人认出了"西部歌王"，纷纷围过来向他致意，请他签名留念。一个小伙子转过身子，执意让老先生在他的背心上留言。于是，洛宾老微笑着提笔写了这样一句话："音乐使人向上！"机场的工作人员也提供方便，破例让我陪着老人一直通过安检。就要分别了，洛宾老紧紧握着我的手，说："这些天，你辛苦了……"我怎么也没有想到，这竟成了与王洛宾先生的永别。

1995年12月底的一天清晨，下了夜班刚刚睡着的我，被一阵电话铃声吵醒，原来是洛宾老人到了首都机场，电话是他打来的。听来，老人十分兴奋："告诉你一个好消息……"他告诉我，文化部正式通知新疆有关部门，要自治区歌舞团赶排一台歌舞节目，全部用王洛宾的作品，准备出国演出。他还说，这次是应邀去新加坡访问路过北京，回来后我们再见面。

当时，我和洛宾老都不可能想到，我们竟再也不能见面了……距我们那次通话仅仅两个多月后的一天——1996年3月14日凌晨零时四十分，王洛宾老人在那遥远的地方溘然长逝。新华社当天向全世界发布了这一消息，我清楚地记得标题是：《魂归天山，曲留民间，一代歌王王洛宾逝世》。

洛宾老走了，他带着最后的辉煌走了，他带着满足与欣慰走了，他也带着许多还未了却的心愿永远地走了……

敬爱的洛宾老，这篇文字没有能够在您的生前写出，您永远看不到了，这全是我手懒的罪过。然而，就在我写就此稿，还在面对着电脑呆呆地发蒙时，报社合唱团的同事来催我，"今晚排练王洛宾的歌，别忘了带上歌谱……"

是啊，洛宾老，您的歌，您留在人间那无数优美的旋律，以及您用全部真诚与爱心写就的人生乐章，人们会永远永远地传唱下去……

（原载2016年11月24日《解放日报》）

一条大河波浪宽

一条大河波浪宽，
风吹稻花香两岸。
我家就在岸上住，
听惯了艄公的号子，
看惯了船上的白帆……

每当我听到这首动人的电影插曲时，便会情不自禁地跟着轻轻吟唱，胸中不禁涌起一股亲切自然的美感。近来，一则台湾作家龙应台在港大演讲"启蒙歌"的视频在网上流传，那场讲座的主题叫作："大学问：一首歌，一个时代。"龙应台问台下听众，人生的"启蒙歌"是哪一首。一名操着广普的中年男士（据说是香港浸会大学副校长周伟立）回答，是大学师兄们教的《我的祖国》。龙应台似乎不太相信地反问了一句："真的？《我的祖国》怎么唱?"听众席上突然有人唱了起来："一条大河波浪宽，风吹稻花香两岸。"第一句的声音还很薄弱，可越往后，加入的人越多，慢慢就变成了全场大合唱："这是美丽的祖国，是我生长的地方……"

因为这个视频，《我的祖国》这首歌又结结实实地火了一把。这首为抗美援朝电影《上甘岭》创作的歌曲，诞生于1956年。今年恰好是它诞生六十周年。它的词作家、我国著名词坛泰斗乔羽老爷子，也已八十九岁高龄了。由于身体的原因，乔老爷常年在家静养，不再接受外界的采访了。去年10月31日，有关部门在人民大会堂为他隆重举办《我的祖国——乔羽作品音乐会》，我高兴地拿到了邀请函，本以为能在台下望几眼十分惦念的乔老，可那天还是失望了——乔老爷亲切的面容，是通过VCR出现在大屏幕上的。他用浓重的山东口音说，我想念大家，想念朋友们！

　　我想念乔老爷。二十九年前到他府上，和他聊天儿，听他风趣、幽默、妙语连珠的话语的情景一下奔涌而来，历历在目仿佛如昨天。那次，乔老爷敞开心扉，首次披露了《我的祖国》的创作过程。我写出稿子后，又经他过目审定，应是权威版本。此后，多有文章提及"一条大河波浪宽"的故事，皆出自拙作。至今也没有走样儿，令我颇感欣慰。

　　记得那篇题为《一条大河波浪宽》的独家专访，刊发在1987年6月我供职的报纸上，还有我为乔老爷拍的照片——他捧着正翻看的《曾国藩家书》，站在书柜前。

　　今天，很高兴有机会把它重现在《中国艺术报》上，并通过微信等网上传播，使更多喜爱乔羽乔老爷的朋友们读到、看到。我也愿以此方式，谨向敬爱的乔羽老师送上我深深的祝福！

　　下面就是"一条大河"的故事——

　　我时常想，乔羽是个什么样的人？他是怎样写出这么美的歌词来的呢？

　　5月末的一天，《中国少年报》的一位资深编辑罗大姐来电话，她兴冲冲地说："约好了，乔老爷同意见你！"于是，我跟着她一同来到垂杨柳，敲响了一幢普通楼房的门。乔羽热情地把我们让进客厅，正巧遇到两位青年同志正在邀请他参加中央电视台的一个活动，时间、地点叮嘱了不下五遍，乔羽和我们都忍不住笑了。确实，今年六十岁的乔羽，现任中国歌剧舞剧院院长、中国音乐文学学会会长，同时还是刚刚成立的中华诗词学会的发起人之一，加上他的创作和其他社会活动，工作之忙，是可想而知的。看上去，乔羽一副老学究的样子，甚至带有几分领导者的尊严。然而交谈起来，你会感到：他，快人快语，推心置腹，爽直的语言中，不时闪现出睿智和幽默，就像他的歌词那样朴实亲切，容易让人接近。

电视台的客人走后，我坦率地交底："来访之前想查查关于您的资料，可惜没有找到。"

"我根本没有资料。"乔羽笑了，没有丝毫的不悦。他说："我名不见经传，二十岁时就搞专业创作，从小寂寞惯了。"

"寂寞"中，乔羽却为祖国、为人民奉献了他的全部热情和智慧。四十年来，他创作了大量脍炙人口的优秀作品，像建国初期他写的不知给多少人留下了童年美好记忆的"让我们荡起双桨，小船儿推开波浪"……像六十年代风靡全国的电影《刘三姐》中的那些精彩对唱，还有像《祖国颂》《心中的玫瑰》《春雨，蒙蒙地下》《天地之间的歌》以及《牡丹之歌》等等，都受到广大人民群众深深的喜爱，至今传唱不衰。

我们的话题很快集中到电影《上甘岭》的主题歌《我的祖国》的创作上。我急切地问："'一条大河'流传了三十多年，这么美的歌词，您是怎么写出来的？"

乔羽略作思索，娓娓谈来，他披露了一个挺有意思的故事。

那是1956年，长春电影制片厂投入很大力量拍摄的当时作为重点影片的《上甘岭》，需要有一首插曲。整个摄制工作已接近尾声，就等这首歌了。著名导演沙蒙和担任影片音乐的作曲家刘炽商量：歌词请谁来作？刘炽回答得很干脆："非乔羽莫属！"
此时，乔羽正在江西进行电影剧本《红孩子》的创作。于是，一
封电报从长春飞往江西。乔羽接到电报后，回了一封电报："还
是就地请别人写吧，我回不去。"然后又专心去搞他的剧本了。
不想，长春跟着又来了电报，电文不是一张了，而是厚厚的一
沓。电报到时，已经是晚上了，电文没有翻译出来就送给了乔
羽。乔羽到邮局请工作人员翻译，电报的大意是，要他立即赶往
长影，片子已停机待拍，有了他的歌词才能最后拍完，摄制组等
一天就要花去上千元的经费……乔羽读到这儿，对邮局的同志
说："下边儿的不用译了。"他决定立即动身，去长影。沙蒙导演
早已同时拍电报给上影的袁文殊同志，使乔羽顺利地从江西经上
海转车到达了长春。

　　乔羽原以为这部以抗美援朝一次战役为题材的片子，大概尽
是打炮，喊冲啊杀呀一类的。看过已拍完的样片后，他沉默了，
没有想到《上甘岭》竟拍得这么好。他问导演沙蒙："对歌词有
什么要求？"沙导演回答："没什么要求，只希望将来片子没人看
了，而歌却是流传的。"

　　乔羽感动了，他拿起笔，坐在书桌前苦思冥想，却怎么也写
不出来。一天过去了，两天过去了……沙导演一点也不催他，只
是每天笑着到他的房间坐坐，聊几句闲天就走了。乔羽心里却明
白，大家都在等他。就这样苦苦地"憋"了十几天，他终于诗如
泉涌，一挥而就，写下了三段歌词。他把稿子交给沙蒙，沙导演
反复看了十几分钟，一语不发，最后大喊了一句："行，就它了！"

　　乔羽轻轻地吐了一口气。后来，沙蒙和乔羽商量，歌词中的
"一条大河波浪宽"，能不能改成"万里长江波浪宽"？乔羽说，
不能改。他说："这首歌是写家乡、写祖国的，人们都会怀念故
乡的小河，哪怕他家门前流过的是一条小水沟，但在他的眼里却
永远是一条大河。这样，'我家就在岸上住'才使人感到亲切。

如果开头用‘万里长江’，那么就会失去很多人，在长江边上住的能有多少人？毕竟是少数啊。"沙导演听后，连声说："对，对，就‘一条大河’！就‘一条大河’！"

回想起三十多年前的情景，乔羽显得激动起来。他说：其实，这首歌词的第一个读者，是贺敬之同志。当时他也应"长影"之邀来创作，就住在隔壁房间，我们两人都是整天"愁眉苦脸"的。我的任务完成了，沙导演还没来，就先拿给他看。贺敬之也是看了好久，不作声。我问他怎么样，他说：乔羽啊，你第三段里"朋友来了有好酒"这句太好了，要我说是：绝好！

歌词交给刘炽谱曲，他和乔羽是老搭档了，心是相通的。乔羽说："刘炽一向是个快手，但这回，他用的时间比我还长！"《我的祖国》终于完成了。最后决定由郭兰英担任领唱，到中央人民广播电台去录音。"一条大河波浪宽……"歌声在流动、在飞扬，乔羽、刘炽、沙蒙以及在场的许多人都激动不已。有趣的是，第二天，电台的编辑在未同作者和长影打招呼的情况下，就向全国播放了这首歌，一下在城乡传开了。《上甘岭》半年后才公映，而"一条大河"早已家喻户晓了。

乔羽创作了多少歌词？连他自己也记不清了。人们喜爱乔羽的作品，常有人来信问：哪儿能买到他的作品选集？乔羽说："我至今没有出版过一本歌词选集。"

这回答不禁使我们惊讶。他的案头，有许多本已经出版的中青年歌词作者的集子，几乎大多数都是由乔羽作序的。翻开近年我国出版的两部最重要的歌词选本《中国歌词选》和《现代百家词选》，其序言也都是请乔羽写的。而他的大量优秀作品却未能结集出版，不能不令人遗憾。这大概是他"甘于寂寞"的缘故吧。乔羽笑笑说："也许历史会给我出一本集子吧。"

乔羽是个作家，一谈起创作，他来了劲头。他告诉我们，最近他应彭丽媛的要求，为山东（他和彭丽媛是山东老乡）曹州牡丹写了一首《看牡丹》。彭丽媛看后，拍着手说喜欢极了。对老诗人的新作，我们当然也很感兴趣，要求把这首歌词记下来。乔羽说："好，这首歌词前几天刚写成，请你们看看怎样。"于是他轻轻地念道——

人称牡丹花之王，国色天香谁敢当。
阳春三月曹州路，人来人往看花王。
十里斑斓十里香，看罢魏紫看姚黄。
青枝绿叶都好看，此时才算好春光。
入得诗来诗也美，入得画来画也香。
人间春色它占尽，莫笑看花人儿狂。

我们期待着彭丽媛的演唱。我们祝愿乔羽同志的创作，永远像一条大河，紧连着人民，奔涌不息！

作者附记：

采访乔羽的稿子写完后，我把小样（那时还没有电脑、微信类的）寄给乔老爷审阅，信中告诉他可把改样寄回给我即可。不想，我却接到了他夫人的电话，约我去家里面谈。我心里咯噔一下，心想稿子没通过吧？不敢怠慢，赶紧第二次来到乔老爷府上。开门的是乔老的夫人，她微笑着把我让进客厅，端上了热茶，像老朋友似的。她说："这篇稿子我先看的，不瞒你说，一连看了好几遍，看得我直流眼泪。好多事我都不知道啊，他从不说的。"这时，乔羽忙完手里的事儿，走过来，他把稿子的小样递给我。我扫了一眼：没有改动。细看，竟一个字没改。我望着乔老爷，他说，没动，写得很好。你们报发吗？我连说，当然当然。

至此，审稿结束。那天乔老爷心情大好，留下我喝茶聊天儿。我借此不断发问，乔羽老师更是快人快语、妙语连珠。许多给我留下深刻印象。比如，我们谈到古典诗词，他给我讲了个笑话：一次，他参加作家笔会来到新疆的天池，兴致所致，顺口吟诵出一首《天池令》来——

　　一池深绿，雪岭掩映，万仞山中。至清，女儿心胸，夏无暑，冬无冰。
　　不闻天子车驾，但凭小舟轻盈。才舍短棹上短亭，忽逢骤雨如绳。

　　大家都很喜欢这首小令。乔羽故意问身边的几位青年作家、诗人："这首小令是哪个朝代的啊？"有位作家想了想，答道："是明代的吧。"乔羽哈哈大笑，得意地说："这是我刚诌出来的。"大家都笑了。

　　他嘱咐我说，这事儿别写啊，人家那几位可是名人哪！

　　那天，他还给我朗读了好几首得意之作，可惜，一是我自己旧体诗词底子太差，二是他浓重的山东济宁口音我不能完全听明白，就没有记下来。至今，乔羽先生的旧体诗词似也未见发表，不免遗憾。不过，当我们欣赏他创作的亲切、朴实、朗朗上口的当代歌词时，很容易寻到优秀古典诗词的韵律之美。这，也是乔羽乔老爷对中华优秀文化传承的突出贡献。

（原载2016年12月28日《中国艺术报》）

渤海惊魂

令人难以置信！刘伟，一个全然不识水性，甚至连游泳池也未进过的"旱鸭子"，深夜不慎坠入茫茫大海，在海上漂流达十八个小时竟奇迹生还。这个一年多前发生在渤海海域的真实事件，创造了中国海洋史乃至世界海洋史上的一个奇迹。

2008年新年伊始，当事人刘伟第一次详叙这次刻骨铭心的经历时，仍发出"难以置信"的叹喟。随后，事件的部分亲历者也从不同角度回顾了海上救人的全过程。于是，刘伟"渤海惊魂死里逃生"的一幕幕又呈现在眼前，动人心魄！刘伟说，他的生命奇迹固然有着个人求生欲望的支撑，但最最幸运的是，他在绝境绝望中，遇到了祖国的"神州号"货轮，真实感受到了人间那真善美的力量！

让我们回到那个波涛汹涌的大海深夜——

深夜坠海不识水性，海上漂流命悬一线

【大连海事局信息显示证实，事件发生位置：渤海湾烟大航线中心附近，约北纬38度09分2秒，东经121度45分2秒的山东海域。】

刘伟是中国传媒大学远程与继续教育学院的一位工作人员，他尽量让自己的语气保持平静，几次说不下去时，他便用有点抖动的手去端茶杯来掩饰内心的激动——

2006年7月，已经几年没有休假的我，终于可以放松一下了，便选择了用旅游来度过这段难得的假期。7月29日，从山东烟台到大连的滚装客运"海桥轮"23点30分准时起航。半个小时以后，我从船舱里走到了甲板上，观看夜间的海景。待了一会儿回到舱内，洗漱完毕之后，我还看了一次表，时间已经到了凌晨1点。失眠的老毛病又来困扰，我干脆拿了一瓶"小二"（二两装二锅头酒）和随身带的小食品来到船尾的甲板上。一会儿，我起身往甲板上的垃圾桶丢杂物，却忽然感到一阵恶心想吐，于是下意识地急忙向船舷栏杆奔去，谁知灾难就此发生了，我身高一米八二，体重有一百公斤，就觉得脚下被什么东西绊了一下，瞬间一个趔趄，人已坠入茫茫大海。

无论如何我也回忆不起自己是怎么从甲板上掉到海里去的，搜索成了一片空白。因为根本不会游泳，本能的求生欲望令我使出了全身的力气，不停地用手拍打着水面，同时脚不停地向后蹬水。我的意识是自己的生命就要终结，马上就会被大海吞没了！就在这个扑腾的过程中，我发现有一个姿势可以保持与海水浮力之间的平衡，以不致沉溺水中：双臂伸展，头向后仰，双腿叉开伸直。就这样，待我睁开眼睛的时候，自己呈"大"字形平躺在海面上，只见前面一艘大船疾驶而过，渐渐远去。我猛地警觉，这艘船不正是自己乘坐的"海桥轮"吗？

经过一阵极度的恐惧，我恢复了正常的思维。第一个念头是用手去掏裤兜里的手机，发现根本不可能，因为"大"字的姿势稍有改变就会下沉。况且在深海海域能有信号吗？第一个求生希望破灭了。我又盼客轮能发现少了一个乘客，开回来找人，马上自己就否决了，因为我买的是A等舱单间，半夜不会有人来打扰。第二个希望也不存在了。死亡的恐惧袭上心头，离我是这么近！在惊涛骇浪之中，完全无助，我只有随波逐流。由于海浪的此起彼伏，还是难免喝进了很多海水。肚子也逐渐肿胀起来，疼痛益发难忍。我开始主动地不停呕吐，借以去减少腹中的海水。每隔一段时间，就强迫自己吐一次海水。其实都吐在脸上了，小浪打来就冲干净了。两三个小时过去了，我只有一个清醒的意识：自己真的还活着！

　　天渐渐发亮了，估计应是清晨四五点钟了。在大海中，如果始终保持平躺的姿势，虽然能暂时保住性命，但是要被发现并得到解救几乎是不可能的。于是，我想站起来，看看有没有过往的船只。可是，刚把头抬起来，身体便迅速下沉，只能赶紧恢复"大"字形以保持平衡。但总不能这样坐以待毙！休息了一会儿之后，我开始进行第二次尝试。稍微改变了一下动作，像做仰卧起坐一样，迅速地站了起来。这一次，没有像前一次那样沉下去，我看到海面了。我用手掌不停地拍打着海面，脚也用力地向后下方蹬。在危难的时刻，我无师自通地学会了踩水。但是，兴奋之后，却被眼前的景象吓呆了。在平躺的时候，眼前全是天，大脑一片空白。但是立起来之后，看到了大海无边无垠的景象，海连着天，天连着海，没有尽头。视觉所及，别说船只，就连一个漂浮物甚至一根稻草都没有。恐惧、忧虑、绝望的心情又占据了心头。

　　在平躺和踩水之间不停变换姿势，我快速地消耗着体力，但仍然看不到任何来往的船只。我的生命和时间一起在不断地消耗着。我估算已经落水快十个小时了，在这段漫长的时间里，大部分时间都是躺在水面上，单一的姿势使脖子变得僵硬和疼痛。由于海水的温度只有十几度，我全身冷得发抖，牙齿也开始打战。我出现了幻觉，总感觉听到了马达的声音从不远处传来，一艘小船向自己开过来。同时，还感觉后面有什么东西，可以让我靠一会儿。这种感觉就像做梦一样，时不时地来侵扰。极度寒冷，肺部呛水，筋疲力尽，但我仍有求生的欲望，心里默念着：坚持！坚持！哪怕只能再坚持最后一个小时！

五艘海轮经过徒劳呼救，十八小时后幸遇"神州号"

【大连海上搜救中心收到"神州号"高频呼救，请求迅速安排锚地泊位。大连港随即派出一艘"辽航一"驳船进入锚地待命。】

已经是中午了，一直阴沉着的天空，开始下起小雨，能见度更低了，刘伟近乎绝望了。他本能地接喝了一些雨水（事后医生认为这唯一补充的"养分"也帮了他的忙），倒觉得缓解了一点嗓子的肿痛。熬着熬着，天空终于裂开了一道缝隙，太阳出现了。也就在此时，漂浮的刘伟终于发现了一艘船！他兴奋地大声呼救，奋力地挣扎，试图让过往的船只发现自己，但是距离太远了，那艘船很快就驶过消失了。当他看到的第二艘船也这样过去后，他突然意识到，有船经过的水域一定是主航道，他因随风漂流，已偏离了航道，向船行驶的路线上靠近或许是唯一生还的希望。于是，他挣扎着再次上浮，向船只经过的航道方向游去。这个过程中，第三艘船过去了，第四艘船过去了，第五艘船也过去了……体力消耗快到极限的刘伟祈祷着：天黑之前还会有船只经过！

第六艘船终于出现了！刘伟看到这艘船很大，应该是艘"巨轮"，而且离他的距离比前五艘船都要近。他不顾一切地拼命踩水全力斜插过去，并使劲挥动着手臂大声呼救。船真的在他的前方停下来了，而且，他清楚地看到了"神州号"三个大字。刘伟无比亢奋，他拼尽全力向大船靠近，一米、一米、一米……谁知，大船却突然启动，开走了！此时的刘伟已彻底绝望，他望着渐渐暗下来的天空，无助地漂浮着……

刘伟当然不知道，此时，"大船"上究竟发生了什么。

事后，参与救助的船员们应刘伟的恳求和有关部门的要求，对当时的情景、细节做了认真的回顾与核实。

这艘巨轮叫"神州号"，是中海发展货运公司上海分公司的一艘十万吨货轮。2006年7月30日这天，该轮正在执行从江阴至天津港的货运任务。对于神州轮的船员们来说，这不过是普普通通的一个工作日。

这天，海上刚刚下过小雨，船员们已经吃过晚饭。轮机员董文彪像往常一样，饭后来到甲板上散步。就在他准备返回船舱的时候，倏忽间有些异样的感觉。他好像听到了什么，但是竖起耳朵仔细听的时候，却没有了声息。在海上已经航行了几天的董文彪虽感疲惫，但是并没有立刻返回船舱。常年的轮机员工作，使得董文彪的听力非常好。他继续停留在甲板上，侧耳倾听着海上的声音，因为他不相信自己会听错。然而，在茫茫大海上除了惊涛骇浪和轮船的机器鸣响声外，再也听不到别的声音了。从甲板向海上遥望，也一无所获，视线被淹没在了海天相接的地方。难道是自己听错了吗？可是，在那波浪起伏间明明有一个救命的声音啊！董文彪的精神开始高度紧张了起来。于是，他当机立断向神州轮的船长和政委报告：我听到海上有人呼救！

船长王永全和政委吴运成马上决定，轮船减速，准备停船。随即他们和船员们都到甲板上寻找。这就是刘伟看到的神州轮停下来的一幕。

也许是海上的风浪淹没了一切，什么目标也没有找到。王船长询问董文彪，小董没有含糊，回答说确实听到有人呼救。船长王永全和政委吴运成迅即协商后决定，货轮掉头，继续寻找！常人无法想象，一艘十万吨巨轮在大海上掉头是什么样的情形，因船是疾速航行着的，所以不得不先减速，然后等待轮船速度近乎于零的时候，才能掉头回驶。

"神州号"轰然启动掉头，这也是让刘伟最后陷入绝望的"大船又开走了"。

神州轮上，船长、政委以及船员们用望远镜在甲板上反复搜索，十几分钟后仍然毫无发现。不会是听错了吧！其他船员不禁对董文彪产生疑问，而这时轮船已经划了一个大圈，天也越发暗下来了。按照惯例，航行在海上的船只遇呼救时，转过一圈未能发现目标完全可以放弃，不受谴责。那么，放弃搜救吗？人们把目光投向了船长王永全。王船长沉着地发令：找，继续搜救！轮船继续沿着董文彪听到声音的方位航行，甲板上的船员们不停地移动着望远镜。在神州轮绕了两个大圈之后，船员王慧民大叫一声："看到了！"随着他的手指，全体船员都看到了在水里挣扎着已近乎奄奄一息的刘伟。

此时的刘伟觉得又是幻觉，身后有机器的轰鸣，好像有什么东西在推他的脖子。他努力向身后望去，只见一艘大船就像从海底升起来似的突然出现在他后面。他极度兴奋地一边喊叫一边奋力靠近，已然听见船上传来的"坚持住"的声音。

发现刘伟之后，神州轮立刻开始救援工作。因为无法向前靠近，船长王永全下令放下救生艇，由船员陈小弟、张卫达、袁德喜等前去营救。救生艇接近目标后，把绳索、救生圈抛到刘伟身边，可他已无力去抓。于是一位船员不顾个人安危趴在救生艇边上把一根棍子伸过来，刘伟双手紧紧抱住，被拉到救生艇边上，船员们一起用力终于把他拖到了艇上。昏昏沉沉中，刘伟听到了一个声音："同志，你获救了！"

就在此刻，船上的报务员汪正明用手机拍下了这一瞬间。这张后来成为刘伟随身带着的珍贵照片上，准确地记录下他获救的时刻：18点35分。也就是说，全然不识水性的刘伟，从坠落渤海到被"神州号"救起，整整经历了十八个小时！

救助刚刚开始，波涛记下生命的感动

【"神州号"改变航道，就近尽快送被救者上岸。三名刑侦警官问清情况后，也马上投入热心救助。】

刘伟回忆说，"神州号"显然不是第一次海上救人，正是他们丰富的海上救生经验，保证了自己的"起死回生"。一个在海上漂浮了十八个小时，受到海水严重侵害，生命体征几近衰竭的人，如果被发现后没有得到及时、合理的救助，生命或将重归死亡或留下致命的后遗症。而刘伟幸运的是，他遇到是资深航海人王永全船长。

王船长第一时间向大连海事局船舶交通管理中心报警，要求就近安排锚地泊位；同时请求上级批准改变航线，尽快将被救者送上岸治疗。很快，中海发展货轮公司上海分公司的领导批复，同意你轮改变航道，不再赴天津卸货，而是直奔大连旅顺港。"救人要紧"！这意味着十万吨巨轮"神州号"将多绕行九十余海里，承受大额经济损失！

刘伟说，随着自己身体的越来越不适，他才知道船长的决定是多么正确。起初，他躺在神州轮的担架上，船员撕开他的衣服，他还清楚地说："慢一点。"他甚至谢绝了船员陪同，自己冲了淋浴。随后，他发觉越来越冷，盖了两床被子。船员端来了姜糖水，一会儿，厨师做好了鸡蛋面。可他火辣辣的嗓子疼痛难忍，什么也吃不下。船员找来矿泉水、可口可乐，让他压压疼痛。王船长守候在身边，不断地安慰他。吴运成政委则默默地把刘伟脱下来的衣裤进行了整理和清洗，他身上的钱包、身份证复印件、船票、手机等都在，吴政委很负责任地开出了一份清单。（坠落大海后，刘伟的手表一直戴在手腕上，被救起时脱落在救生艇上，后被船员发现。吴运成政委利用"神州轮"靠岸的间隙，把这块在海上漂流了十八个小时的手表，邮寄回了成都。刘伟看到这块上弦后仍能正常行走的手表时，不禁百感交集。）

经过对刘伟近八个小时的"特护"，"神州号"驶入大连旅顺。由于船太大，无法靠岸，好在大连港务部门派出的"辽航一"驳船早已在锚地等候，把刘伟转接到驳船上，迅速向岸边驶去。

在驳船上，迎接刘伟的是三名目光严峻的警官。原来，刘伟原乘坐的客轮"海桥轮"发现一位乘客失踪后，立即报了案。警方初查后认为游客有被他人落水的可能，派出了关国宏等三名警官进行刑侦。刘伟说清情况后，警官们松了一口气。笔录完成后，他们并没有撤离，而是应刘伟的请求，用警车迅速将他送往大连大学附属中山医院急诊科救治。警官们搀扶着他，替他挂号、划价、交费。由于需要马上住院，关国宏警官毫不犹豫地出面担保办理了住院手续。因病情属危重，医院要求亲属陪护，警官们又成了"亲属"。后在刘伟再三恳求下，三位警官才离去，这时天已经快亮了。

住院的前两天，刘伟彻夜难以入睡，据他回忆，当时一闭上眼想起的都是海上漂浮的可怕情景，眼前的景象似乎像重现一样。感觉人都是飘着的，门窗像是在飞一样，医院的墙壁明明是白色的，但在刘伟眼里却成了无数个古装人物的小头像……经过医护人员十几天的精心诊治，刘伟的病情已经基本稳定并逐渐康复，他于8月12日出院，告别大连，却永远记住了待他像亲人的三位警官和给他精心治疗的呼吸科主任、宋医生、护士长、小柳护士，还有那位日夜服侍在身边的朴实的农民护工。

两百多天后才敢看海，一生铭记救命恩人

【中海发展货轮公司的领导说，公司的另一艘轮船前几天又在海上救了一个人。其实每年都有救人的事发生，只要是我们的轮，船员们都会选择全力救助。】

刘伟生还以后，回到了四川的工作单位，因为一时无法面对这次灾难带来的心理阴影，他变得终日沉默寡言。但他心中的感激还是让他拿起笔写下这样一封致谢信——

中海发展股份有限公司货轮公司：

今年7月30日凌晨1点，我从乘坐的烟台至大连的客轮上不慎落水，在茫茫的大海上漂浮挣扎了十八个小时。在我生命的最后关头，有幸被贵公司由上海开往天津的神州轮抢救上船，重获新生！我万分感谢神州轮船长王永全、政委吴运成，万分感谢神州轮的全体船员。感谢贵公司培育出如此优秀的人才。

就在我漂浮了近十八个小时，被苦涩的海水呛得咽喉肿痛，眼睛被海水冲得快睁不开，颈部疲惫得失去知觉，甚至出现幻觉的一刻，是贵公司的神州轮听到了我的呼救，并在茫茫的大海上搜寻了我长达一个小时，终于找到了我。神州号的恩人们，是你们为冻得浑身发抖的我换上了暖和的衣服；是你们为已经嗓子渴得冒烟的我送上了解渴的饮料；更是你们不计成本代价，不惜改变航道专程将我送回大连！在治疗护理期间，医生说我命大，说我创造了奇迹。不！我发自内心地说，不是我命大，更不是我创造了什么奇迹，而是贵公司"神州号"的全体船员和领导的恩情大，是他们用爱心谱写了人道主义的赞歌！但愿我这封迟到的感谢信，能代表无数被贵公司救起的海上遇险者的一份心，真诚祝福贵公司的员工好人一生平安！祝福贵公司的事业蓬勃发展，蒸蒸日上。

就在8月15日上午，神州轮又拨通了我的手机，询问我的通信地址，准备寄来我丢失在救生艇上的手表。贵公司无微不至的人性化关怀，让年过半百的我深深地感动和佩服，谨让我代表全家人再次向贵公司表示衷心的感谢！我们全家将永记贵公司的救命之恩，并将你们的爱心扩展到全社会。

　　此致

　　敬礼！

刘伟于四川

中海发展股份有限公司货轮公司的回信——

尊敬的刘伟先生：

　　你好！你8月15日寄来的感谢信早已收到，迟复为歉。最近，又收到了你寄来送给神州轮的五包礼品，原本想退还于你，但可谓是礼轻情义重，因为我们知道这五包礼品寄托着你深深的感激之心和敬佩之情，所以最终我们还是决定替你转给神州轮。

　　近日，我们在回复贵单位写来的《感谢信》中曾提及：发生在7月30日渤海中的惊险一幕，确实令人难忘。但这不仅仅是我们中海海员义不容辞、责无旁贷的职业道德和社会公德，而且也是每个公民做人的起码道德和准则。当然，也是在海上漂浮近十八个小时的你本人的命大福大造化大，终于绝处逢生、化险为夷。

　　从贵单位的《感谢信》中我们得知：你是中国传媒大学远程与继续教育学院资深教育工作者，也是资深传媒工作者，长期以来在两个领域中取得了很大的成绩，为此我们在敬佩之际也由衷希望你能将对神州轮的感激之情转化为进一步努力工作的动力，因为神州轮助人为乐的举动，只是我们大家在共同构建和谐社会中的一朵小小的浪花。

最后，我们衷心祝愿你在今后的工作中取得更大成绩，为成人教育和传媒事业做出更多的贡献，并祝你全家身体健康，万事如意！

此致

敬礼！

中国海运集团（原中海发展）货轮公司上海分公司

转眼间，八个多月过去了。2007年4月15日，对于刘伟来说，又是一个难忘的日子，因为在这一天，他终于抛弃恐惧，决定重返大海，实现一直搁在他心里的愿望，那就是要当面感谢给了他第二次生命的恩人们！在过去的二百八十六天里，刘伟一直不敢面对大海，甚至听到海的字眼儿都感到一阵恐慌，心跳加剧。就在此次去上海之前，他利用去深圳探亲的机会特意在海边站了一个小时，为自己的这次感恩之旅做准备。

终于，他来到了上海。4月16日下午，他一眼认出了"神州号"的吴运成政委。当吴政委亲切地和他握手时，刘伟竟激动得说不出话来了。在场的中海货运上海分公司的所有人员都被这情景深深地感染了。刘伟说，我到现在才来登门感谢，主要是因为身体和心理没有调整好，对不起，对不起。吴政委只好一再安慰他。第二天下午，在吴政委的陪同下，刘伟又见到了在上海休假的几位"神州号"的船员。他们中有报务员汪正明、轮机员董文彪等。从他们口中刘伟知道了很多原本不知道的细节，并得到了那张用手机拍下的珍贵的"生死之照"。

在采访刘伟的过程中，他拿出这张照片时手仍有些发抖。那一刻，不知道他在想些什么，是对船员们的无尽感激，还是自己劫后重生的庆幸？我们无从揣测。然而，神州轮在营救刘伟的过程中，从船长、政委到每一个船员，没有放弃一丝希望，不顾巨轮掉头的安危和将给神州轮造成的经济损失，那一刻他们想到的只是去全力营救一个素昧平生的人，一个无比宝贵的生命。这种人道主义精神，不是足以让任何人为之动容吗？

刘伟说，他不久前从上海归来，中海发展货轮公司的领导告诉他，前几天公司的另一艘轮船又在海上救了一个人。其实每年都有救人的事发生，只要是他们的轮，他们都会选择全力救助。

这句话也许过于平淡了，但却是刘伟能够创造生命奇迹的最好注脚！

相关链接：专家解释获救可能

大连海军舰艇学院教授刘永禄、大连海事大学海上安全专家李伟等海洋学家认为，刘伟可能获救的原因有六点：（1）落水瞬间是呈抛物状飞出去的，避开了螺旋桨的伤害；（2）落水者不会游泳，以平躺为主，相对保存了体力；（3）气候原因：夏季渤海水温大约为二十摄氏度，虽感寒冷还能承受，多数时间风浪较小、阴天，未被太阳灼伤；（4）所幸没有海洋生物尤其是海蜇、鲨鱼的攻击；（5）落海者良好的心理素质，抗拒住恐怖、害怕、绝望，始终没有放弃求生的希望；（6）神州轮的出现是决定因素。

记者手记：偶然获得采访线索

2007年岁末，本报记者送中国传媒大学一位毕业生去看望老师，这位老师就是刘伟先生。聊天儿时学生埋怨老师一年多销声匿迹失去联系，刘伟说出坠落渤海死里逃生之事，因一直没有缓过神来，绝少与外界沟通。后在我们说服下，刘伟老师给予了积极配合，并提供了珍贵的照片和必要的采访线索。

（原载2008年2月19日《北京日报》）

后记：一封带着温度的书信

一本书公开出版，就要交给读者阅读了，作者的心一定是忐忑不安的。当这本散文集带着墨香摆上书架时，我不安的心情尤甚。按说，已经出版过不止两三部书的我，还会如此心重吗？

我想公布一封友人书信，大家读后再听我说吧——

尊敬的培禹兄：

　　您好！

　　希望这封信也成为您收到的众多书信中让您难忘的一封。

　　之前，写过一封信给您。那是在一个星期日，专门跑到团结湖小天宇市场买回那别致的、仿古的信纸而就的。给您，给另外几个师长足足写了不下六封信，贴上邮票，虽没有直接将信塞进邮筒，但想象着同在北京的你，收到朋友来信时的欣喜与感动……我觉得，这也是生活的情调吧。

写信的感觉，是一种惬意的沉静。虽然，那封信丢失了，您并未收到，但没关系，再写。细细品味，我们需要的，只是这"写"的过程。不是一定要有别致的信纸和华丽的文字，我们朋友之间的友谊落在纸上，比一束鲜花还要艳丽。

培禹兄一定还记得，因为工作关系，我们副刊编辑们常常会收到各方的稿件和信件。面对着一封封不相识的名字、地址时，会想象着写信人的性别、年龄和职业，然后一封封地拆开，逐一阅读对号。来稿总要附信的，那信不长，草草五六行字，龙飞凤舞便占满了一页纸。我珍惜这写着我的名字的来信，便每每收藏起来。时间长了，也就成了厚厚的一本。

给您写这封信，缘起2月24日您在《人民日报》"大地"副刊发表的那篇《信的随想》。这篇文章唤起了大家对"写信"时代的美好回忆。被文章内容感染，我说，让我们大家写信吧。我果真给您写了一封信，虽然丢失了，但那种无言的温暖，抹不掉。

见字如面。培禹兄善良幽默、性情纯真，每有小聚您总是谈笑风生，有时还有歌声烘托相聚的时光。我们之间，您和副刊的情感，还有朋友的往来，淡淡的友情很真，平静中有绵长的纯净，更有山东老乡的亲近。从您笔端流出的文字，读来总是惬意。在光阴的素笺上，这些文字让更多的人看见了您的速写：留一份坦荡在心间。守住心的领地，留一片自己朝拜的净土。几次同行采风，一路旅尘，一路的山光水影，云南大理、山东日照、江苏宜兴……不知不觉中，发现所有的心情都已抹上了一种令人愉快的光辉。琴珍、杜京、陈戎、彭诚、丽文、赞歌，还有田霞、黄燕、红唯、雨花姐……那么多的副刊姐妹都和您成了守望相助的朋友。

汪曾祺老人说过："我的年龄亮在我的眼睛里。"认识您近二十年来，我为您画的素描似乎永远是一个性情纯真的阳光大男孩。当您尽情地和任何一个朋友畅谈时，大家分享了您的勤勉，您的谦逊，您的博学，您的乐观，还有一种幽默中的悲悯情怀。这些美德，都是我学习的模板。

写信，是一种温馨。信，写在纸上，是朋友间真诚的相待。人海茫茫，和您和副刊的兄弟姐妹能走在一起，真的是一种缘分。我很珍惜这缘分。有人说，所有的故事都会有一天在岁月的素笺上泛黄，但我相信，你吟就的每一首小诗，书就的每一抹眷恋，都将在浅色的流年里，用明媚演绎精彩。您的书卷气，得益于一种孜孜不倦读书的习惯，您经历过风雨，经历过挫折，见过了彩虹，也见证了成功。您把悲喜写进昨天，新的篇章删繁就简，定格美好今天的片段，任岁月的潮水涌动，您心自安然。

说到此，我想起我们在宜兴竹海的云雾里穿行时，您给大家照相的情景。善于发现美，给更多人留下美的瞬间，您的镜头里集副刊才子佳人之风华，展示出江南山水之灵气。

现在，写信成了一种唯美的奢侈，您的《信的随想》一发表，让包括我在内的许多友人都心生感慨，仿佛回到那个时段的纯真年代。您主编的《爱在爱中》，把人最平常的亲情拨动出音符，变成作品，丰富而深远，旷达而虔诚。从你们这一代人身上，我想写出一种精神。培禹兄，这也是您和这个音符和谐的交响。你们这代人有信仰，思想独立，自我奋斗，尽管也有困惑和茫然，但更多的是淳朴和善良。培禹兄的个性中再现了这些品质。从天南海北来信的时代成了记忆，写信的快乐和浪漫温馨重温一次，在"写信"中体味细节之美，虽然东一句西一句没有格式，却也感动了我自己。字字句句，酝酿在笔下，弥漫着表达、感受、体味和送出的意境，应该会有惊喜吧。

祝培禹兄身体健康，万事如意！

紧紧地握手！

友　华静

2016年5月20日

给我写这封信的是才华横溢的女作家华静，她的话语令我陷在温暖之中。这信是用碳水笔工工整整书写在一册精美的笔记本上的，我读至信尾，发现后页还有文字，展开再看，只见标题是《李培禹文录》，下面内容是我近年来在报纸和刊物上发表的文章目录，散文、诗歌、评论、杂文，几乎未遗漏一篇，甚至我在《原乡书苑》《新三界》等微信公众号上发的作品，也全列入了。望着华静清秀的笔迹，我汗颜了！要知道，她不仅是成就在我之上的作家，更是一位资深的文学副刊编辑，现为一家国字头报社的副总编辑啊！在这样一位专家读者面前，我无处藏拙。我深知她的真诚，知道她希望我好。就这样，我按照她为我整理列出的作品篇目，初步编好了这本"李培禹散文选"。我想，如果这本小书能够出版，就算作对自己辛劳笔耕的小结，也是对众多鼓励我、支持我，起码不讨厌我的作家、编辑、读者朋友的一种回报吧。

此书的第一读者是梁衡老师。这位我敬重的文学大家，百忙中俯下身子阅读了一篇篇拙作，并亲自作序，我视作老大哥的深厚情谊和对我这样一个作品不多的写作者的鼓励和鞭策！

作　者

2017年5月于大兴小院

图书在版编目（CIP）数据

总有一条小河在心中流淌 / 李培禹 著. -- 北京：
作家出版社，2017.6（2018.7　重印）
　　ISBN 978-7-5063-9525-0

　　Ⅰ.①总… Ⅱ.①李… Ⅲ.①散文集 – 中国 –
当代　Ⅳ.① I267

中国版本图书馆CIP数据核字（2017）第148255号

总有一条小河在心中流淌

作　　者：李培禹
责任编辑：宋辰辰
装帧设计：意匠文化·丁奔亮
出版发行：作家出版社
社　　址：北京农展馆南里10号　　邮　　编：100125
电话传真：86-10-65930756（出版发行部）
　　　　　86-10-65004079（总编室）
　　　　　86-10-65015116（邮购部）
E-mail:zuojia@zuojia.net.cn
http://www.haozuojia.com（作家在线）
印　　刷：三河市兴博印务有限公司
成品尺寸：148×225
字　　数：248千
印　　张：21.25
版　　次：2017年7月第1版
印　　次：2018年7月第2次印刷
ISBN　978-7-5063-9525-0
定　　价：38.00元